Narratori Feltrinelli

Valerio Principessa
La casa del tè

Prima edizione ne "I Narratori" maggio 2022

Stampa Grafica Veneta S.p.A. di Trebaseleghe - PD

ISBN 978-88-07-03497-8

FSC
www.fsc.org
MISTO
Carta
da fonti gestite in
maniera responsabile
FSC® C021883

La casa del tè

Ai forestieri. Agli sconfitti.
A chi sta ai margini della trama.

Scappare dal dolore

C'era il sole il giorno in cui Berta morì. Faceva ancora caldo, stava iniziando settembre, e io mi domandavo dove trova il coraggio la gente per morire d'estate. È una cosa da non crederci, insomma, tutta quella vita, quei colori, tutti quei bambini che corrono nei parchi e uno se ne va. Non si potrebbe almeno aspettare l'inverno, quando in giro non c'è più nessuno?

Sarebbe meno triste, per chi resta e per chi parte.

Berta, dicevo, morì che c'era il sole, più o meno dieci minuti dopo che ero uscito dalla stanza. Aveva chiesto di vedermi, con quel poco di fiato che le rimaneva in gola, e allora qualcuno si prese la briga di chiamare la signora Schmidt.

Io da qualche giorno stavo da lei, nell'appartamento al terzo piano da cui usciva perennemente odore di cucinato. Era sempre impeccabile la signora Schmidt, col suo tubino grigio e la giacca marrone; non ricordo d'averla mai vista con un vestito diverso.

Viveva da sola, faceva ripetizioni di matematica e tedesco, due cose per cui è richiesto un certo rigore. Non è che mi fosse un granché simpatica, e forse nemmeno io le andavo a genio, eppure quando Berta finì in ospedale mi parcheggiarono lì. Nessuno venne a chiedermi cosa ne pensavo, quantomeno se fossi d'accordo. Se non hai un posto nel mondo, la tua opinione non interessa a nessuno. Sta di fatto che la signora

Schmidt mi accompagnò in ospedale, senza nemmeno darmi il tempo di finire il pranzo.

Viale del Policlinico bruciava, non avevi quasi voglia di respirarla quell'aria bollente, ma dovevi accontentarti. Come diceva sempre Berta, questo passava il convento. Nella sala d'aspetto al primo piano una donna piangeva, c'è sempre qualcuno che piange in un posto del genere, e io non avevo nessuna voglia di essere dov'ero.

Il fatto è che odio gli ospedali, odio il silenzio che avvolge i corridoi, le mattonelle, l'odore del disinfettante, persino l'intonaco dei muri. Ma la cosa che odio più di tutte è la solitudine di quelli che non ricevono visite. La odio perché mi spaventa, che quando stai male e non viene nessuno a trovarti forse non vale la pena guarire. Quando stavo in ospedale, per colpa dell'occhio, ero in stanza con uno così. Qualche notte prima m'ero svegliato piangendo, anche se non ero triste, e avevo acceso la luce. Lo specchio nell'armadio lo usavo ogni tanto per controllare se c'ero, se non ero sparito nel frattempo, ma quella sera l'avevo usato per guardarmi negli occhi.

Erano rossi, come il sangue e il rubino.

Berta m'aveva trovato in un fiume di lacrime, scendevano giù che era un piacere. Al pronto soccorso venne fuori che avevo un bel buco nell'occhio destro e uno più piccolo al sinistro. Non vedevo quasi niente, continuavo a piangere senza essere triste e il dottore ripeteva solo questo: "Ulcera corneale, ricovero d'urgenza". E così ero finito in camera con Giovanni. Stava tutto il giorno a letto, spalle alla porta, faccia verso la finestra, mai che dicesse una parola.

L'avevo capito subito che era uno abituato a stare solo, perché a chiunque verrebbe naturale girarsi sentendo delle voci, e invece Giovanni no. Chissà da quanto aveva smesso di aspettare. L'unica cosa che riuscivo a distinguere era questa sagoma sdraiata che non aveva un volto, un'età, una squadra di calcio di cui parlare.

Per quattro giorni non m'alzai nemmeno io, avevo una paura terribile di rimanere cieco, facevo promesse a un dio che non m'ascoltava. Berta veniva tutti i pomeriggi. Portava sempre qualcosa da mangiare. Parlavamo poco, non che di solito parlassimo molto, io sono uno che preferisce pensarle le cose piuttosto che dirle. Sarà per questo che la gente non mi ama, perché le cose vuole sentirsele dire, ha un bisogno insopportabile di ascoltare parole.

I ricercatori sostengono che nell'uomo la sintassi sia innata, codificata nella corteccia cerebrale sinistra, e che sappiamo disporre le lettere secondo uno schema preciso già nel momento in cui nasciamo. Forse nel mio caso s'era inceppato qualcosa, non saprei dirlo, è solo che parlavo poco, e quando lo facevo mi pentivo. Avrei potuto incastrare meglio le parole, o usarne di più belle. Ne avevo un sacco in testa, nella mia collezione privata, in tante lingue diverse.

Berta, dicevo, portava sempre qualcosa da mangiare, ma io avevo promesso allo stesso dio che mi aveva relegato lì dentro che se m'avesse fatto uscire non avrei più toccato un dolce. Prendevo le merendine, i biscotti, i tranci di crostata fatta in casa e li lasciavo dopo cena sul comodino di Giovanni. Il nome l'avevo sentito dalla dottoressa che passava a visitarlo; non parlava nemmeno con lei, ma in compenso mangiava.

Dire che diventammo amici forse è un'esagerazione, ma ogni volta che tornavo in stanza, dopo le mie fughe per i reparti, lui aveva cominciato a girarsi, spostava per un attimo la faccia dalla finestra e controllava. Chissà se ce l'ha fatta a guarire. Chissà qual era la sua malattia.

Forse quella dell'essere solo.

Ho preso il ricordo di Giovanni e l'ho inchiodato alla parete della mia memoria. Sotto ho scritto una parola giapponese che mi piace, una di quelle della mia collezione.

Ibusemi: malinconia che non può essere spiegata, cupezza senza giustificazione.

Quel giorno asfissiante restammo in sala d'aspetto per dieci minuti, forse venti, o forse qualcosa di più, ma anche un secondo sarebbe stato troppo. Poi venne a prendermi un dottore con il camice verde, che chiese alla signora Schmidt di restare dov'era.

Iniziammo a camminare sopra quelle mattonelle che odiavo, attraverso quei corridoi che odiavo, un odioso reparto dopo l'altro. Quando alla fine ci fermammo, davanti a una porta che non era né aperta né chiusa, ci tenne a dire questo: "Devi essere forte".

Che significa? avrei voluto chiedergli. Che senso ha dire a qualcuno "Devi essere forte" se poi non gli indichi esattamente cosa deve fare? "Non piangere", "non metterti a saltare", "non strapparti i capelli", queste sono cose che hanno senso. In che consiste "l'essere forte" nessuno te lo spiega mai. È una cosa che devi imparare da solo. Dalla porta non usciva nulla. Luce, rumori, nulla, forse nemmeno l'aria. Lui entrò prima di me.

Non dovremmo mai guardare negli occhi una persona a cui vogliamo bene un attimo prima che muoia. Berta era a letto, ma non era lei, ci misi un po' ad accettare l'immagine che avevo davanti. Pallida, smagrita, tentava in maniera convulsa di scoprirsi. Le sue gambe, che mai avevo visto in quegli anni, nascoste sotto gonne lunghissime, mi misero addosso una tristezza invincibile.

"Ciao," dissi avvicinandomi. Mi rispose muovendo la testa. Stringeva nei pugni il lenzuolo. Il dottore si mise a controllare la flebo, ma non c'era niente da controllare, cercava solo d'essere invisibile. Per un attimo Berta lasciò la presa, spostò il braccio destro in modo che l'indice della mano toccasse due volte il polso sinistro. *Tap tap*. Un cenno per chiedere l'ora.

Guardai l'orologio appeso alla parete, poteva vederlo anche lei, ma se aveva fatto uno sforzo così grande doveva esserci un motivo. "Vuoi sapere che ore sono? Ecco, è l'una, è ora di pranzo, Berta. Non hai fame?" Lei tornò a stringere il lenzuolo, stavolta con una sola mano. Con l'altra faceva un gesto diverso, l'apriva e la chiudeva. Un ciao.

Forse era stanca, forse voleva rimanere sola, forse dalla voce m'aveva riconosciuto. Entrò un'infermiera. Le disse: "Hai il cuore che sta facendo i capricci, sei troppo agitata, con questa ci calmiamo". E aggiunse qualcosa alla flebo.

Berta non ascoltava, non guardava più neanche me.

Il medico finì di controllare il nulla e tornò visibile, con la mano mi sfiorò la spalla e iniziammo il tragitto al contrario. Di nuovo quei reparti, quei corridoi, quelle stupide mattonelle che odiavo. Fino ad arrivare dalla signora Schmidt. All'una e dieci Berta era morta.

Bisognava portarla prima in ospedale, questo è quello che disse il dottore, scoprire prima il problema. Lei invece aveva tentato di nasconderlo con i farmaci. Perché la maggior parte delle persone scappa dal dolore? Forse, se Berta avesse avuto il coraggio di soffrire, oggi sarebbe ancora viva.

Sono tornato con la testa a quel *tap tap*, a quella mano che si apriva e si chiudeva. Non era una domanda, non era un invito ad andarmene. L'ho capito solo dopo, quando ormai capire non serviva più a niente.

Berta mi stava dicendo: "È arrivata la mia ora, ciao".

Ho letto da qualche parte che il tempo non esiste, è una cosa che abbiamo inventato noi uomini per cercare di organizzarci.

Se prendessimo due orologi abbastanza precisi che segnano la stessa ora, ne spostassimo uno più in alto e uno più in basso rispetto alla posizione iniziale, e dopo un po' li rimettessimo vicini, non segnerebbero più la stessa ora. È una cosa da impazzire.

Se avessi un fratello gemello e lui se ne andasse per un po' in montagna, al ritorno sarebbe più vecchio di me. In alto il tempo va più veloce, è una questione di potenziale gravitazionale. Che poi a pensarci meglio anche questa storia di alto e basso non ha senso. L'alto a casa mia è il basso della Nuova Zelanda. Fuori dalla Terra, nell'universo, quella di alto e basso è una nozione che non esiste. L'abbiamo inventato noi, il tempo, insieme a una serie di altre cose utili per non farci perdere l'orientamento.

Se le cose stanno così, se nel mondo ci sono miliardi di orologi che segnano ore diverse, anch'io voglio scegliere la mia. Ho preso uno dei ricordi di Berta e ho stretto bene il cinturino intorno al polso. Prima, però, ho tolto la batteria dall'orologio, ho spostato le lancette e le ho fermate. Un secondo prima del secondo più brutto.

Il tempo, che non esiste, ha smesso di scorrere lì.

Dopo aver capito non piansi. Se ti dà fastidio la gente che piange nelle sale d'aspetto, non puoi essere uno che piange nelle sale d'aspetto. Guardavo fuori e pensavo al sole. La signora Schmidt invece aveva gli occhi lucidi. Cercò di posarmi la mano sulla spalla, gliela tolsi con tutta la forza che avevo. Odio essere toccato. Quando hai a disposizione 6500 parole in grado di coprire il 98% dei tuoi discorsi, perché mai dovresti usare le mani? Si chiama vocabolario di base. Scegli una parola, anche sbagliata, ma non toccarmi mai.

Ci stavamo avviando in silenzio verso il grande atrio dell'ospedale, quando la signora Schmidt mi chiese d'aspettare un momento, doveva usare il bagno.

Fu lì che li vidi, seduti attorno al tavolino scarno della camera 138.

Un uomo, una donna e una ragazza in pigiama. L'uomo indossava uno di quei completi grigi a buon mercato, teneva il cappello posato sul ginocchio. La donna portava i capelli raccolti da un fermaglio, ogni tanto carezzava la mano alla ragazza. Tirò fuori dalla borsa due fagotti e li mise sul tavolo, vicino al vassoio riservato ai pazienti. Pranzavano insieme.

Guardandoli non ti veniva da pensare che ci fosse altro, insomma, un pranzo è sempre un pranzo in ogni posto del mondo. Io invece ci vedevo una battaglia disperata, un tentativo folle: nascondere pasticche, dottori, paure, cercare di portare casa dove casa non c'era. Un uomo, una donna e una ragazza in pigiama. Una famiglia. Quella che non avevo io.

Ho scattato una foto con gli occhi e l'ho nascosta, nel buio dell'ultimo cassetto dei ricordi. Prima di chiudere ho scritto col colore del sangue un'altra parola che amo. *Engentar*, nel senso messicano del termine: voglia di mettere il mondo da parte, allontanarsi dal resto.

Uscimmo di nuovo nell'aria bollente, tre giorni dopo ci fu il funerale. Alle nove in punto del quarto giorno vennero a prendermi in due, e salutai per sempre la signora Schmidt.

Casa Retrouvailles

Suburra è un nome di etimo ignoto. Significa che per quanto tu possa percorrere a ritroso la storia della parola, cercandone la forma più antica, la prima impronta, non troverai mai nulla. C'è chi dice che il termine nasca dal latino *sub-urbe*, "più bassa rispetto alla città", non all'altezza di Roma. Ma sono solo voci. Che m'avessero spedito lì, che mi sentissi uno scarto del creato, emarginato e indegno, era una mera questione di numeri.

La teoria della scimmia instancabile di Émile Borel sostiene che se si lascia per un tempo indefinito una scimmia davanti a una macchina da scrivere, consentendole di premere tasti a caso, esiste una probabilità diversa da zero che componga la Divina Commedia. Non ero quindi autorizzato a pensare che il tutto avesse a che fare con un disegno divino. Era semplicemente capitato.

Il quartiere, prima di diventare Rione Monti, era stato il cuore pulsante di una città parallela, fatta di bettole, ladri e bordelli. Attraversare la Suburra di notte era come sfidare il destino, se tenevi alla vita dovevi circondarti di schiavi armati, tirare dritto per la tua strada e sperare.

Io ora mi trovavo lì, in un palazzo sgangherato in via della Madonna dei Monti. Accanto al portone, subito sotto il citofono, una piccola targa recitava *Casa Retrouvailles*.

Gli assistenti sociali dissero che dovevo aspettare all'ingresso. Mentre posavo la valigia, i miei accompagnatori scomparvero dietro una porta a vetri.

Ne approfittai per guardarmi intorno. Il parquet di mogano luccicava, un lunghissimo tappeto di seta rossa segnava il sentiero per una scala di venti gradini, che portava al piano superiore. I battiscopa bianchi, con gli angoli smussati, spiccavano sul beige delle pareti.

Ti veniva voglia di restare fermo, avresti smesso persino di respirare, pur di non rompere quell'armonia. L'unica cosa che sembrava fuori posto era una piccola colonna greca, alta circa un metro e mezzo. Entrando nell'atrio, non potevi fare a meno di notarla. Sul fusto si leggeva: *Omnia fert aetas*. Il tempo porta via tutto.

In cima al capitello era poggiato un cesto.

"Allora grazie, signora Michiko, anche per il sakè. Il ragazzo la aspetta all'ingresso." Gli assistenti sociali uscirono insieme dalla porta, uno mi fece l'occhiolino, l'altro cercò di toccarmi la spalla. Mi scansai nel modo meno brusco possibile. "Salve," dissi, e tornai a guardarmi intorno. Io salutavo quasi sempre così. *Salve*: dall'imperativo latino *salvere*, essere in buona salute. A molti non piaceva, pensavano fosse un modo per tenerli lontani, una specie di distanza di sicurezza. Non capivano invece che *salve* era un augurio, un invito a star bene, niente a che vedere con uno stupido *ciao*.

Quella parola, *ciao*, non era nella mia collezione.

In veneto i servi la usavano come saluto formale: "Sciao vostro", dicevano, "Sono vostro schiavo". Poi, come tutte le cose del mondo, nel corso del tempo aveva perso il suo significato, era cambiata. Da *sciao* s'era arrivati a *ciao*, saluto informale per eccellenza, senza reverenze. Ma io la conoscevo la storia di quella parola e schiavo, cascasse il cielo, non lo sarei mai stato.

Quando la signora Michiko comparve stavo ancora fissando la colonna. "Caro, gradisci una tazza di sakè?"

"No, grazie," risposi guardandola negli occhi. Erano di un castano splendente, limpidi, come il cielo assolato di un mattino d'inverno.

Indossava un abito di seta azzurra, con dei fiori dorati sulla manica sinistra. Una cinta rossa le cingeva la vita, in tono con due piccole bacchette che teneva tra i capelli bianco perla. "Che peccato," continuò lei, "io adoro il sakè, mi fa sentire libera. E sai perché?"

Non lo sapevo.

"Perché nessuno, su questa terra, potrà mai dire con certezza quale sia il modo migliore per gustarlo. E nessuno, caro, potrà mai prendersi il diritto di dire che il suo sakè sia migliore del mio. Ogni sakè è diverso e buono a modo suo. Hai presente una pista da sci, subito dopo la prima neve? Ecco, in Giappone il sakè lo vediamo così: puro, immacolato. E ognuno, su quella pista intatta, può tracciare il suo sentiero."

Io, che non avevo mai visto la neve, ascoltando quella donna ne sentivo il sapore, mi sembrava quasi di poterla toccare. Mi piaceva il suo modo di raccontare le cose, insomma, la maggior parte della gente non sa spiegarti nemmeno perché si alza la mattina, poi arriva la signora Michiko e ti racconta la neve partendo dal sakè.

"Benvenuto a Casa Retrouvailles," esclamò entusiasta.

"Grazie," dissi rimanendo dov'ero, poi mi chinai e sollevai la valigia. Pesava poco, dentro non c'era nemmeno un ricordo. Sono quelli che rendono le cose pesanti. Se insieme a un oggetto ci portiamo dietro il suo passato, finisce per pesare un accidente. La signora Michiko indicò la scala con un cenno della mano: "Terza porta sulla destra, dopo la biblioteca, puoi sistemarti lì".

M'ero mosso appena, giusto un paio di passi a lato del tappeto, quando lei mi bloccò: "Non puoi portare proprio tutto. Chi viene a stare a Casa Retrouvailles lascia qualcosa lì". Fu allora che guardò la colonna. "Puoi mettere nel cesto ciò che eri e non sarai mai più."

Mi avvicinai per dare un'occhiata. Un pezzo di vetro, una conchiglia, un coltello, un ago, un portachiavi. Nel cesto, foderato di una stoffa blu, c'erano già cinque oggetti.

"Hai l'aria di uno che pensa molto," continuò la signora Michiko. "È il vezzo tipico degli infelici. In queste situazioni noi giapponesi diciamo: *mono no aware*. La serena contemplazione della fine. Come guardare un tramonto sul mare o una foglia che cade. Bisogna assaporare la fragile esistenza delle cose, commuoversene anche, ma senza la tristezza di chi affonda. Lascia qui dentro un pezzo di quello che eri, caro, coraggio. E poi torna a vivere."

Letteralmente, *decidere* significa "tagliare via". Ogni volta che prendiamo una decisione tranciamo le corde che ci tengono legati a quello che non abbiamo scelto. È così che funziona, per muoversi bisogna *decidere*, per andare avanti bisogna *tagliare*.

Una volta avevo detto a Berta che da grande avrei fatto lo scrittore e che lei non avrebbe più avuto bisogno di comprare un libro. Se si fosse alzata un giorno con la voglia di una certa storia, io l'avrei scritta per lei. Se si fosse addormentata con in testa un personaggio, il giorno dopo gli avrei dato vita. A Berta la cosa era piaciuta, e l'indomani tornando dal mercato m'aveva dato un pacchetto.

La carta era quella marrone del negozio di Cesare, un buco a due passi da casa nostra. Era uno dei miei posti preferiti perché potevi trovarci di tutto: quadri, giocattoli, coltelli, una vera granata della Seconda guerra mondiale. Avevo scartato il pacchetto senza rompere la carta e avevo tirato fuori la penna. Una stilografica col fusto decorato e il pennino rifinito a mano. Dio, com'era bella! Stavo fermo a guardarla con la bocca aperta, aspettando che le parole uscissero da sole, ma non ce l'avevo fatta. Berta se n'era accorta lo stesso che ero felice, se ne accorgeva sempre, così se n'era andata in cucina a sistemare la spesa.

La portavo addosso in ogni situazione, la penna, nel caso mi fosse venuta l'idea giusta. Ce l'avevo anche quel giorno a Casa Retrouvailles. Che senso aveva tenerla, adesso che lei non c'era più? Decidere significa tagliare. Ho preso l'immagine di me che metto la stilografica nel cesto e l'ho appesa insieme alle altre. Sul bordo, ho scritto una parola coreana.

Won: difficoltà di rinunciare a un'illusione, guardare in faccia la realtà.

Mentre salivo i venti gradini di quella scala elegante, una delle porte al primo piano s'aprì. Ne uscì una ragazza magrissima, coi capelli di un nero profondo. Io ci provavo a non fare rumore, ci provavo da quando ero entrato, ma più mi muovevo più il legno scricchiolava. Lei invece camminava senza toccare il pavimento. Galleggiava nell'aria, tanto era leggera. Quando ci incrociammo mi spostai sulla mia metà del gradino, lei fluttuò sulla sua. I capelli le coprivano gli occhi.

"Chiara, tesoro, gradisci una tazza di matcha?" disse una voce alle mie spalle.

"Volentieri, signora Michiko."

E sparirono insieme dietro la porta a vetri.

Il colore del parquet del primo piano era lo stesso della sala, ma non c'erano tappeti. A sinistra, oltre a quella di Chiara, c'erano due camere. A destra la disposizione era simmetrica. Raggiunsi l'ultima porta, sul lato del corridoio che m'era stato assegnato, e mi fermai. Tutto era in ordine a Casa Retrouvailles.

Ogni cosa al suo posto, tranne me.

Il cuculo è un uccello parassita. Depone le uova nei nidi di altri uccelli e spesso i legittimi proprietari non riescono a riconoscere l'uovo abusivo. Quando nasce, il pulcino ha l'istinto di caricarsi sul dorso tutto ciò che lo circonda e così spinge le uova, o gli altri piccoli, fuori dal nido. Li uccide, per essere sicuro di sopravvivere. Le altre specie cercano in qualsiasi modo di scacciare i cuculi adulti dal loro territorio, o di buttare fuori dal nido l'unico uovo che non sia loro. Ci provano tutte, ma a volte una non lo fa: la cornacchia.

Quando si sente minacciato, il pulcino del cuculo espelle una sostanza repellente con un odore talmente forte da scoraggiare i predatori. Gli scienziati hanno scoperto che nei nidi di cornacchia dove si trovano anche i piccoli di cuculo gli attacchi sono meno frequenti. I pulcini che non vengono buttati fuori dall'ospite hanno maggiori probabilità di sopravvivere. Davanti a quella porta mi sentivo un parassita, un uovo deposto in un nido non suo. Quanto tempo sarebbe passato prima di cadere giù?

Non potevo nascondermi per sempre. Quando sei solo, nella vita, l'unica cosa che puoi sperare è di essere cuculo tra le cornacchie. Non c'è altro modo per chiudere gli occhi la notte se non questo: pensare di essere utile a qualcosa, illudersi che dietro il tuo essere ospite ci sia almeno lo straccio di uno scopo.

In camera l'arredamento era essenziale. Un piccolo bagno sulla sinistra, un letto attaccato alla parete, un armadio a due ante. Un'unica finestra sul muro opposto alla porta. Sotto, a dar luce alla stanza, una scrivania intarsiata. Passai la mano sul legno levigato.

Spostai una sedia che aveva l'aria di essere più antica dello scrittoio e mi sedetti. Questa volta misi tutte e due le mani sul pianale e lasciai che scivolassero in avanti, sempre più giù, fino a quando non mi trovai con la punta del naso sul legno.

Profumava di carta, di pagine ingiallite.

Fu allora, nell'annusare quella fragranza, che mi sentii improvvisamente stanco, come se il sonno perso e accumulatosi nei giorni addietro fosse spuntato a reclamare il suo spazio. Mi trascinai fino al letto, deciso a riposare. La trappola scattò non appena sfiorai il materasso e la coltre di fitto silenzio, che aveva tenuto il mio tormento nascosto, si sollevò di botto.

Rividi la stanza stretta dov'ero cresciuto, un ripostiglio trasformato in camera, e l'imbarazzo di Berta, che aveva pensato quel posto per i detersivi. Rividi tutta la casa, vuota, con la pioggia a ticchettare sui vetri e le foglie cadute, trasportate dal vento, a marcire sui balconi. Immaginai l'abbandono in cui versavano i miei angoli preferiti, ma già la mente sfumava dettagli che fino a poco prima erano nitidi. Anche la casa mi stava lasciando, come m'aveva lasciato Berta.

Ero stato fortunato, pensai, ad aver conosciuto solo lei, a non aver memoria di altri legami. Per la perdita non esiste abitudine, una famiglia numerosa si presta solo al gioco dell'eterno ritorno del dolore.

Di questo ero convinto, mentre fissavo il muro sdraiato su

quel letto estraneo. Rimasi così, con la guancia sul cuscino, chissà per quanto. Quando bussarono alla porta, per istinto, guardai il mio orologio segnare un tempo che non c'era più.

Tirai fuori il telefono, bussarono ancora, mi alzai e andai ad aprire. Fuori c'era un ragazzino con una felpa larga, che si sistemava il ciuffo. Cominciò subito a sparare parole: "Tu sei quello nuovo, vero? Io sono Leo, sto qui da un po', nella camera accanto alla tua. Non è male questo posto, ti ci abituerai. Certo, qualcuno è un po' fuori di testa, tipo Scar o Amina, ma niente di che, bisogna solo farci il callo. Michiko vorrebbe sapere se per pranzo ci sei, insomma se resti con noi, si mangia tra mezz'ora. Che le dico? Ci sei o no? Come ti chiami?". E se ne restò lì, a fissarmi sorridente.

Sembravo un condannato e lui il plotone d'esecuzione.

Ho sempre avuto un pessimo rapporto con quelli che parlano troppo. Alcuni si mettono persino a toccarti tra un concetto e l'altro, come se il fastidio di stare ad ascoltarli non fosse già abbastanza. Per fortuna questo Leo si limitava a parlare, le mani le usava per sistemarsi il ciuffo.

"Ci sono, ci sono. Mi chiamo Gabriel," tagliai corto io.

"Grande, vado subito a dirlo a Michiko. Il rancio non è male, non so da dove vieni tu ma io quando sono arrivato..." Lo interruppi con un gesto della mano: "Scusa, davvero, è che se non mi sbrigo farò tardi, vorrei sistemarmi un attimo, prima di scendere. Ci vediamo giù tra mezz'ora, ok?" e chiusi quella maledetta porta. Rancio. Neanche fosse un soldato. Chissà cosa gli passava per la testa. Posai sul letto una valigia leggera, appesi nell'armadio una giacca senza ricordi, svuotai le tasche dei jeans.

Mentre fissavo la mia immagine riflessa nello specchio del bagno, con i gomiti poggiati sul lavandino e l'acqua che scorreva, pensavo a un libro sui maghi che avevo letto da bambino e a una specie di catino incantato.

Ci potevi buttare i ricordi, in quel catino, tirarli fuori dalla testa con la bacchetta e fare spazio, alleggerirti, scaricare il peso.

Gli altri, all'evenienza, avrebbero potuto guardare dentro

e capire quello che avevi vissuto tu, vivere loro stessi il tuo ricordo, senza chiederti di spiegare. Che invenzione sarebbe stata quella, e che risparmio: di peso e di parole.

Se un catino incantato non si poteva avere, perché nessuno aveva ancora pensato ai sentimenti light? Dopo il caffè decaffeinato, la birra analcolica e lo yogurt magro, sarebbe stato il passo successivo. Vorrei una nostalgia col 30% di sofferenza in meno, una paura senza ansie aggiunte, una solitudine indolore con voglia di sparire inferiore all'1%.

Se per ogni cosa esistesse una confezione light, e si potesse scegliere che cosa caricare nel carrello, il mondo sarebbe un posto più leggero. Sarebbe persino più facile, in fila davanti alla cassa, accettare che è arrivato il momento di pagare.

Tra i fiori il ciliegio

Cinque minuti prima che scoccasse mezz'ora chiusi la porta della camera e scesi al piano di sotto. Il concetto di puntualità cambia in base alle abitudini di chi devi incontrare, ma quando queste abitudini non le conosci c'è bisogno di una regola generale, un principio da seguire nel dubbio. La mia regola era quella dei cinque minuti d'anticipo, che aveva tra le sue comodità il non doverti mai scusare. Nessuno chiede scusa per essere arrivato prima.

La sala da pranzo, una stanza con l'angolo cottura e un tavolo nel mezzo, era di fronte all'ufficio di Michiko.

In piedi vicino ai fornelli, Leo, Chiara e la signora giapponese passavano piatti e pentole a chi era seduto: una ragazza biondo miele, una giovane donna nera che stringeva un bambolotto, un uomo che si lisciava la barba, ingrigita, e che mi aveva appena salutato. "Salve," dissi entrando, mentre cercavo lo sguardo di tutti.

L'uomo sorrise, la ragazza nera sorrise, quella coi capelli biondo miele alzò una mano, senza staccare gli occhi dal telefono.

Evitai accuratamente il contatto visivo con Leo, mentre Chiara, come prima sulle scale, portava ancora i capelli sugli occhi. Non potevi vederla, ma lo capivi che non ti fissava. Aveva un modo tutto suo di piegare la testa. Michiko spezzò la catena e si fece avanti: "Eccoti caro. Lui è Gabriel, il ragazzo di cui vi parlavo. Starà con noi per un po'. Hai già incontrato gli altri?".

"Qualcuno."

"Be', meglio che faccia gli onori di casa allora."

Cingendomi la vita con un tocco impercettibile, mi guidò verso la sedia occupata più vicina. La ragazza che aveva alzato la mano continuava a ignorarmi, sembrava totalmente assorta nella contemplazione dello smartphone. A giudicare dall'espressione rapita, su quell'apparecchio stava andando in scena lo spettacolo più interessante del mondo. Michiko forzò un colpo di tosse. Poi un altro. Dopo un sospiro rapido, come svegliata all'improvviso da un sogno, la ragazza biondo miele disse: "Greta, piacere". Soddisfatta, Michiko si mosse. Mentre passavamo oltre, lanciai un'occhiata allo schermo per scoprire la causa di quell'attrazione morbosa. L'unica cosa che vidi fu l'espressione apatica di Greta, immortalata in una foto.

"Lei è Amina," s'affrettò a dire poi la signora giapponese, indugiando per un istante davanti alla ragazza nera, che m'era parsa più vecchia a prima vista. Aveva il sorriso umile, ma gli occhi duri, che non andarono giù nel confronto con i miei; unica nota stonata su un viso dolce e discreto. Non parlò, e Michiko non la spinse a farlo. Accarezzando il bambolotto, seguitò a osservarmi anche dopo, quando ero già fermo davanti all'uomo con la barba ingrigita.

"Bienvenue," disse quello accennando un inchino, "Bernard è lieto di conoscerti." Non abitava con noi, precisò, aveva un appartamento al piano superiore, a ogni modo l'avrei visto spesso a Casa Retrouvailles perché curava ogni questione relativa alla biblioteca. Per la sua presentazione non ci fu bisogno dell'intervento della donna.

In sottofondo, Chiara cercava di spiegare qualcosa a Leo. Teneva un dito puntato verso il basso e gli disegnava intorno, con l'indice dell'altra mano, un cerchio immaginario, come l'orbita di un pianeta. Ben presto il ragazzino mostrò d'aver capito, non aveva ancora finito d'annuire che già s'era voltato, puntando dritto verso di me. Avrebbe ripetuto volentieri la sua serie di domande, se Michiko non avesse fatto finta di rincorrerlo per tappargli la bocca. Ridendo, scappò verso la sua sedia.

Quella fu la prima volta che vidi Greta, Amina, il bambolotto e il vecchio Bernard, che stava a capotavola. Di fronte a lui, dall'altro lato, sedeva Michiko. Otto piatti, otto bicchieri, otto forchette poggiate sopra otto tovaglioli bianchi. Ma noi eravamo in sette.

Bernard mi invitò a prendere posto alla sua sinistra, aveva un piacevole accento francese.

Ogni casa che si rispetti ha il suo rito prima di mangiare. Non parlo di qualcosa di formalizzato, come canti, preghiere o roba simile, ma di piccoli gesti che di fatto t'autorizzano a usare le posate. A Casa Retrouvailles il pasto iniziava dopo il secondo di silenzio che seguiva al sospiro di Michiko, e quando entrava Scar. Scar entrava sempre per ultimo, con la testa rasata e le cuffiette nelle orecchie. Nessuno quella volta si prese il disturbo di salutarlo, a parte Greta che gli lanciò un *ciao* a cui lui non rispose. Io pronunciai il mio solito *salve* a mezza bocca, quello classico di quando volevo dire qualcosa ma la voce non era d'accordo. "Benvenuto," disse fissandomi per un attimo. Una piccola cicatrice gli tagliava il sopracciglio, ma non riuscivi a guardarla se lui ti fissava. Quegli occhi ti arrivavano addosso come un gancio al mento, erano di un azzurro che graffiava. Girai lo sguardo e iniziai a mangiare.

"È un bell'esemplare quello che hai al polso, mon frère. Anni sessanta?" Bernard parlava con me.

"Cosa?"

"L'orologio, mon frère, deve valere molto."

"Ah, be' non saprei."

"Posso dare un'occhiata?" Tirò fuori un monocolo appannato dalla tasca e prese a squadrarmi il polso. "Sì, c'est pas mal... ma la batteria è scarica, s'è fermato da poco, posso cambiarla io."

"Mi piace così."

"Non toccherò niente, farò solo girare le lancette."

"Davvero, mi piace così."

"Fais comme tu veux mon frère," che forse voleva dire "vai al diavolo". Non lo so, non parlo francese.

Si tolse il monocolo e tornò a mangiare. Pensai che se l'era presa. Abbiamo sempre l'impressione che davanti a una certa situazione gli altri reagiscano come reagiremmo noi. È sbagliato, e anche un po' presuntuoso, pensare di conoscere qualcuno al punto di saperne i sentimenti. Se esistesse un monocolo per leggere le facce, invece che gli orologi, ci sarebbero meno sensi di colpa a tenerci svegli. Basterebbe metterlo su dopo aver detto qualcosa e squadrare bene la faccia degli altri, il tanto che basta per capire se abbiamo davvero di fronte una persona come noi.

Mi piace osservare come mangia la gente, come tiene in mano la forchetta o l'ordine che segue nell'infilzare quello che ha davanti. Puoi capire molto da un momento così. C'è chi afferra le posate alla base del manico o nel punto più alto. Chi le usa come fossero un'arma e colpisce a ripetizione la pasta, o chi tratta i rigatoni come il braccio di un bambino che ha paura del prelievo, e li buca piano. Poi ci sono quelli che partono sempre dallo stesso punto del piatto, o quelli che vanno dove capita e a volte non guardano nemmeno dove cade la posata. Puoi capire se uno è cresciuto da solo dal modo in cui tiene la forchetta. Puoi capire se uno ha il cuore calmo, o i mostri dentro, dal ritmo con cui si riempie la bocca.

Amina sembrava non mangiasse da giorni. Leo si sporcava le dita di sugo. Bernard e Michiko non facevano rumore. Greta ogni tanto batteva il piatto dove non c'era più niente. Pensava ad altro.

Finimmo il pasto quasi tutti nello stesso momento, a parte Leo, che aveva passato metà del pranzo a parlare. Raccontava piccoli episodi della sua giornata senza curarsi che ci fosse qualcuno in ascolto. Ogni tanto la signora giapponese doveva interromperlo per ricordargli di assaggiare un boccone.

Scar invece era rimasto seduto forse dieci minuti, sempre con le cuffie nelle orecchie, giusto il tempo di buttare giù la pasta. Dopo aver lasciato piatto e posate nel lavandino, aveva aperto il frigo, tirando fuori un contenitore, e se n'era andato. Non sentii lo scricchiolio delle scale, la sua stanza non era di sopra.

Mentre si allontanava l'avevo seguito con gli occhi, senza farmi accorgere, ma non ero stato il solo. Riesco sempre a capire se a una ragazza piace qualcuno, a patto che quel qualcuno non sia io. Se si tratta di me, sono un disastro, ma con gli altri, insomma, me la cavo. Che Greta pensasse a Scar l'avevo intuito da uno sguardo, quello che lei gli aveva lanciato mentre lui se ne andava.

Il nome generico del girasole è *Helianthus*, dal greco *helios*, che significa *sole*, e *anthos*, che significa *fiore*. Avevo sentito una storia una volta, parlava proprio del girasole e del suo strano movimento.

Anche se lo porta nel nome e non lo può cancellare, il fiore è intimorito dal sole, al punto di non riuscire a guardarlo. Aspetta ogni notte che torni, ma all'alba, quando lo vede spuntare, si gira mostrandogli i petali. Solo al tramonto trova il coraggio. Come chi ama di nascosto e si protegge da un amore che fa male, ma poi si volta per un ultimo sguardo, fugace, cercando nell'assenza una briciola, una sola, che sazi la sua fame.

Al momento di sparecchiare ognuno faceva il suo e anch'io cercai di rendermi utile. Avevo una voglia matta di tornarmene in camera a non fare niente, a starmene un po' per conto mio. Alle cose fatte "tanto per non stare solo" io avevo sempre preferito stare solo.

Mentre gli altri cominciavano a uscire dalla sala da pranzo, Michiko disse che voleva parlarmi.

La seguii, per la prima volta, dietro la porta a vetri.

Pace. Ecco cosa provavi entrando in quella stanza. Niente era troppo vicino, né troppo lontano, lo spazio tra le cose era semplicemente giusto. Su una delle pareti campeggiava una scritta in eleganti caratteri giapponesi. Dalla finestra veniva una luca calda, che si specchiava su un tavolino basso, con le gambe a sciabola, fermo al centro di un tatami. Sopra c'era una brocca di ceramica nera. Michiko prese posto su uno dei divanetti ai lati del tappeto, io sulla poltrona di fronte.

In mezzo a tutto quell'ordine, solo una cosa stonava: uno sgabello in legno grezzo, rustico e irregolare, unico elemento d'arredo alle mie spalle. S'era accorta che lo guardavo. "*Wabi sabi*," disse indicandolo col dito, "l'autenticità dell'imperfezione, l'eleganza del difetto. Solo l'irregolare è irripetibile."

Mi domandò di nuovo se avessi voglia di sakè. Stavolta ebbi come l'impressione che mi stesse pregando di accettare, e allora dissi "Sì".

Si alzò piano dal divano, l'osservai mentre spariva, chinandosi, dietro una scrivania. Estrasse dal suo nascondiglio due scatole di legno, due bicchieri, una bottiglia che sembrava di ghiaccio. Poi riemerse insieme a un vassoio, su cui aveva sistemato tutto. Lo posò sul tavolino con le gambe a sciabola. Prima di parlare sollevò la brocca di ceramica nera, lasciò che qualche goccia d'acqua le cadesse sulla mano, e dopo averla rimessa al suo posto prese a sfregarsi dolcemente i palmi, attenta a non bagnare il tatami.

Si purificava, disse. Sistemò sul mio lato del tavolo una di quelle piccole scatole. Ci mise dentro il bicchiere di vetro. Stappò la bottiglia. Iniziò a versare, e nel farlo pronunciò sottovoce poche parole, che sembravano rivolte più alla bevanda che a me. Il bicchiere si riempì quasi subito, ma Michiko continuò a versare. Prima che il sakè debordasse cercai di fermarla, ma lei mi ignorò.

Il liquido uscì dal bicchiere e colò lentamente nella scatola di legno. Ogni movimento, ogni minimo gesto, era parte di una coreografia misteriosa e perfetta, che ti calmava lo spirito.

Speravi, in cuor tuo, che durasse per sempre.

Mentre preparava il suo bicchiere, Michiko raccontò la storia del *masu*, un recipiente quadrato di cedro giapponese che veniva dal passato e misurava esattamente una porzione di riso. Far debordare il sakè era segno di ospitalità, e anche il giusto compromesso tra progresso e tradizione: ti dava l'opportunità di gustare due sapori diversi, quello moderno del sakè in vetro, e quello antico, fatto di note di legno, del sakè bevuto dal *masu*.

Sollevando con attenzione la scatola e il bicchiere, le chiesi cosa significasse la scritta sul muro. Rispose: "*Hana wa sakuragi, hito wa bushi.* Tra i fiori il ciliegio, tra gli uomini il guerriero". Spiegò che durante la fioritura il ciliegio offre uno spettacolo incantevole, ma basta un temporale improvviso perché i fiori cadano, come cade un samurai sotto la spada di un nemico. Disse che siamo tutti come il ciliegio e il samurai, e anche se siamo appena sbocciati, se abbiamo vinto la nostra battaglia, non dobbiamo sentirci invincibili, perché il vento è in agguato. Con questo Michiko non voleva dire che la vita è una lotta, o che siamo destinati a morire, ma intendeva che fiorire e cadere sono parte del gioco, che il ciliegio e il samurai hanno dentro la primavera e il suo opposto. L'aveva fatta lei quella scritta, perché credeva nella forza dei segni, e che il pennello potesse registrare in ogni carattere il cuore del calligrafo.

"Il tuo è un nome particolare, sulle carte leggo 'Gabriel García'. Forse a chi l'ha scelto piaceva leggere." Mi guardò, aspettando una risposta. Era tanto che non sentivo il mio nome pronunciato per intero. Mi fece un effetto strano. Per tutti ero semplicemente *Gabriel*, un nome come un altro, e andava bene così. Credo avesse ragione, tuttavia, sulla questione della lettura, perché una volta avevo chiesto a Berta per cosa stessero le due *G* puntate che vedevo su così tante copertine della sua libreria. "Gabriel García," aveva risposto lei con la luce negli occhi. Io però non avevo approfondito. *Nomen omen* è solo un modo di dire. Un'etichetta che ti appiccicano addosso quando nasci non può influenzare in alcuna maniera il tuo destino. Tacqui, abbassando lo sguardo.

"Ad ogni modo," continuò Michiko, "ci tenevo a spiegarti le regole della casa e come si svolge la vita qui dentro," nel dirlo s'era fatta improvvisamente seria.

"Per quanto possano attaccarsi alle caviglie, i problemi restano fuori dalla porta, nessuno permette che entrino in camera. Per non contaminare la casa, in Giappone lasciamo le scarpe all'ingresso e indossiamo ciabatte pulite. A te chiedo lo stesso, di sfilare ogni sera le inquietudini che ti sei trascinato, i dolori che hai raccolto per strada. E ne raccoglierai, caro, stanne certo, ma se li lasci al freddo, là fuori, finiranno per cercare riparo da un'altra parte. Sarai libero, per il resto. Esci ed entra quando vuoi."

Disse anche che tra i miei doveri c'era quello di passare almeno un'ora al giorno in biblioteca – cosa che avrei fatto anche senza imposizioni – oltre a svolgere qualche lavoretto in casa. Potevo scegliere io quale, a patto che fosse utile per tutti. In cambio avrei ricevuto dei soldi. Potevano farmi comodo, pensai, giusto per stare sicuro, a come spenderli poi c'avrei pensato.

Scelsi di spazzare il parquet delle aree comuni tre o quattro volte alla settimana, a seconda delle circostanze. In fondo per me non era nemmeno un lavoro. Quando vivevo con Berta ero sempre io che spazzavo il pavimento, avevo iniziato da piccolo con una di quelle scopette per pulire i camini. Le andavo dietro il giorno delle pulizie, che era sempre il sabato mattina. Con gli anni la scopetta era diventata una scopa vera.

A cosa pensano gli altri quando spazzano per terra? Se è vero che polvere siamo e polvere ritorneremo, non gli viene da chiedersi chi è che stanno spazzando via? Magari era qualcuno di importante, uno con una storia dietro.

La verità è che quando fai le pulizie nessuno sta lì a chiederti cosa ti passa per la testa. Per loro stai pulendo e basta, quindi sei libero di andare dove vuoi. Io spazzavo per pensare in santa pace, per immaginare le vite che non stavo vivendo e quelle dei granelli di polvere che avevo sotto i piedi. A volte, quando proprio immaginavo fortissimo, mi capitava di spazzare la stessa stanza tre volte.

A guardarlo da fuori, uno come me l'avresti definito un amante della pulizia, mentre il mio passatempo preferito era scappare.

Ero un amante, è vero, ma delle fughe da me stesso, delle mille evasioni in pieno giorno, rimanendo esattamente dov'ero.

Spunta singola

```
Io sono a casa. Tutto bene.
E voi?
risp.
```

Occhi buoni

Il giorno in cui ho smesso di ferire ero alle scuole medie. Giocavamo a pallavolo in cortile durante l'ora di educazione fisica, una ragazza sbagliò la ricezione e io la feci piangere con una parola. Volevo solo ridere, della partita non m'importava niente, prenderla in giro mi sembrava una cosa da poco. Ricordo il suo sforzo per non darmela vinta, la faccia rossa, il cedimento e un fiume di lacrime. Se ci ripenso mi sento ancora male. Quel giorno qualcosa dentro di me s'è rotto, o forse s'è aggiustato. Sono ancora bravo a trovare il lato nascosto, il punto debole, la carne viva che brucia, ma appena vedo i mostri sotto al letto, li lascio lì. E quando qualcuno scopre le mie crepe, quando chiama per nome il mio mostro e lo invita a uscire, io penso a quel giorno, a lei che piangeva, al punto debole di chi ho davanti.

Ci penso e non affondo.

È un modo per chiederle scusa, per dire a quella ragazza ferita che sono cresciuto.

Il punto debole di Leo potevo vederlo da lontano, anche adesso che stava di spalle, tutto solo, con i gomiti poggiati sul tavolo della biblioteca e il piede che dondolava dalla sedia. La stanza, vigilata da quattro busti di marmo posti uno a ogni angolo, era al piano di sopra, prima porta sulla destra. Dagli scaffali, altissimi e colmi di libri, nasceva un profumo di legno che avvolgeva l'ambiente.

Quando arrivai in cima alle scale, dopo essere uscito dallo

studio di Michiko, Leo si girò come chi attende da una vita. Gli Inuit dell'Artico hanno inventato una parola per descrivere la sensazione che provano guardando l'orizzonte, in attesa di veder spuntare i cani che trainano le slitte. È un po' la frustrazione di chi aspetta un messaggio e non lo riceve. Ho preso l'immagine di Leo in biblioteca e l'ho messa tra le cose che non devo dimenticare. La parola inuit che ho scritto sotto è *iktsuarpok*: irrequietezza nel controllare se qualcuno sta arrivando, desiderio di contatto.

"Forte quella stanza eh?" disse Leo alzandosi. Come se niente fosse, fece scivolare in tasca una boccetta. "Hai parlato con Michiko?"

"Già. Tu che ci fai qui?" Era la prima domanda che gli rivolgevo.

"Niente, ho finito i compiti da un pezzo, non ho voglia di starmene in camera, per caso ti andrebbe di uscire? Michiko non mi manda in giro da solo, pensa che sia un ragazzino."

In effetti lo era.

Avevo appena ricevuto la mia copia delle chiavi del portone, sarebbe stata un'occasione buona per provarle, e poi di quella zona non sapevo niente. Il giro l'avrei fatto volentieri senza di lui, certo, ma avevo la sensazione che Leo fosse una specie di tassa da pagare per vivere a Casa Retrouvailles. La prossima volta avrei trovato una scusa per non portarlo fuori. Guardai l'orologio fermo.

"Andiamo, ma non ho molto tempo."

C'è gente davvero brava a descrivere il mondo. Si mettono lì e ti raccontano le strade, i palazzi, una montagna che si vede da lontano. A volte, se sono bravi sul serio, succede di chiudere gli occhi e di trovarsi proprio dove dicono loro: vicino all'albero dove sta riposando il contadino, sotto uno di quei muretti a secco che costeggiano le strade di campagna, sulla barca che risale il fiume di cui ti stanno raccontando l'acqua.

Io non ero così. L'unica cosa che riuscivo a fare, quando dovevo raccontare qualcosa, era parlare d'altro. Cercavo l'immagine più vicina a quella che volevo tratteggiare e spesso, più che un'immagine, era una sensazione.

In fin dei conti le parole sono questo, segni che usiamo per parlare d'altro, e dentro ognuno ci mette un po' del suo.

Se avessi avuto ancora la mia penna, per descrivere il Colosseo visto da via degli Annibaldi avrei usato l'immagine di un bambino che scarta un regalo la mattina di Natale. Girando a destra, da dove stavamo noi, lo vedevi lontano, come un pacco sotto l'albero che non si può aprire. Ogni passo era un cioccolatino tirato fuori dal calendario dell'Avvento. Le mura alte non ti davano modo di spaziare con gli occhi, quando camminavi su via degli Annibaldi potevi solo guardare avanti. Trecento metri di felicità e impazienza fino a Colle Oppio, fino alla mattina di Natale.

Lo stupore l'avrei descritto così.

Uno sciame di turisti saliva e scendeva la scalinata di pietra che portava a via dei Fori Imperiali; se qualcuno ci passava vicino, Leo si nascondeva dietro di me e diventava muto. Il viavai di persone lo metteva a disagio, non faceva che guardarsi intorno.

Perché m'aveva portato lì se stava male?

Trovammo un metro di muretto libero, nei paraggi era tutto uno scattare di foto. Mi lasciai assorbire da quel posto incantato, chiudendomi in una specie di isolamento estatico. A scuotermi ci pensò Leo, tirandomi la maglietta. "Possiamo andare?" chiese.

"Dove?"

"Sul ponte." A un centinaio di metri da noi s'alzava un ponticello. Rispetto al muretto non c'era quasi nessuno, ti potevi persino accomodare su una specie di blocco di pietra, che divideva i due sensi di marcia. Un ambulante cercava di convincere i passanti a comprare un bastone per i selfie, poco lontano una donna sorrideva con i gomiti poggiati sul parapetto. Leo mi fece cenno di seguirlo.

Andò a sedersi al centro del ponte, vicino a un uomo con gli occhiali da sole che indossava un abito tipico dell'Africa, un dashiki nero e oro.

"Ciao Kojo, come stai?"

"Oh oh! Piccolo amigo mio, che bello sentirti."

"Lui è Gabriel, te lo presento, sta da noi." Ma Kojo non s'era girato. Aveva teso in avanti la mano e continuava a guardare il Colosseo. C'andai io da lui, perché avevo capito.

Gli strinsi la mano e dissi: "Salve".

"Manca tanto per la storia, Kojo?"

"Sei giusto, è adesso," e Leo si fece muto. Un paio di bambini, coi loro piccoli vestiti sgargianti, stavano salendo sul ponte. Come se potesse vederli, Kojo accarezzò la testa a entrambi quando gli furono vicini. Poi cominciò.

Disse che molto tempo fa, nella radura, un enorme Rinoceronte si sentiva padrone incontrastato, vista la sua stazza e il suo corno formidabile. Intimoriti, gli animali che vivevano nei dintorni erano costretti a chiedergli il permesso per abbeverarsi e mangiare, ma il Rinoceronte, di carattere scontroso, spesso non glielo concedeva. Venne la siccità, e la radura rimase inspiegabilmente l'unica zona rigogliosa, file di scimmie, gazzelle e zebre attendevano pazienti che il padrone le ricevesse. Spettava a lui decidere la loro sorte.

Per paura di rimanere senza cibo e acqua, l'enorme Rinoceronte scacciò via tutti, minacciando chiunque avesse avuto l'ardire di farsi rivedere, ma non aveva fatto i conti con la fame. Due giorni dopo gli animali si presentarono di nuovo; le scimmie iniziarono a lanciare pietre al Rinoceronte, zebre e gazzelle lo caricavano, finché non fu costretto alla resa. Fuggì dalla radura, e da quel momento condusse una vita solitaria, esiliato da un regno che non gli spettava. Kojo disse ai bambini che l'egoismo li avrebbe portati a rimanere soli, e che dovevano temerlo più dell'enorme Rinoceronte. Solo restando uniti e condividendo tutto avrebbero avuto una vita felice, anche durante la siccità.

Seguì un minuto buono di silenzio, poi uno dei bambini corse ad abbracciare l'ambulante che vendeva bastoni per i selfie. Quando tornò dai compari salutarono Kojo e si misero a giocare a pallone nella piazzetta vicina al ponte. Leo m'aveva chiesto il permesso di andare e io avevo detto sì. Era talmente abituato a dipendere dagli altri da investire d'autorità persino uno come me, uno a cui non s'era mai chiesto il permesso di niente.

Il cieco invece se ne stava dov'era, seduto con la faccia al Colosseo. Sarebbe un bel mestiere quello di raccontare le favole ai bambini, ma per una faccenda del genere bisogna essere tagliati, come per fare i professori. Non è che puoi alzarti una mattina e dire "da oggi racconto favole", le devi saper raccontare e soprattutto serve qualcuno che ti stia a sentire.

Io non sarei stato in grado, anche se mi sarebbe piaciuto. Provavo una specie di invidia verso chi riusciva a divertire i bambini, o per chi se li prendeva in braccio. L'unica cosa che riuscivo a fare io, quando mi guardavano, era sorridere. Poi restavo fermo, immobile come un perfetto imbecille. La paralisi all'incrocio di un'altra timidezza. Come si guarisce da una malattia così?

Kojo in realtà non raccontava solo favole, quei bambini li controllava senza vederli, era un enorme magnete cieco che aspetta di sentire attaccati i suoi piccoli chiodi. I bambini potevano anche andar via, ma tornavano per una storia, una domanda, per capire chi avesse ragione dopo una lite. Lui se li riprendeva sempre, e se qualcuno tardava bastava una parola all'uomo dei bastoni, che si metteva a cercare.

"Gabrieeel," chiamò Kojo all'improvviso, "Leo è tuo fratelo?"

"No, penso sia più legato a lei che a me."

Rise di gusto, come ridono gli uomini buoni. Mi raccontò che era nato così, e che da piccolo sua madre lo portava sulla spiaggia. Sedevano a riva, uno accanto all'altra, e parlavano e ridevano per ore. Quando al villaggio le chiedevano "perché porti Kojo davanti al mare, se lui non lo può vedere?" lei rispondeva che a volte non servono occhi buoni per guardare. Il mare, diceva sua madre, è una di quelle cose che si sentono.

Lui c'aveva creduto a tal punto da riuscire a sentirlo per davvero.

Erano quasi le sette di sera quando riuscii a strappare il ragazzino dalla piazzetta, sudato fradicio e con il fiatone. Mi correva davanti sulla strada verso casa, facendo lo slalom tra i passanti.

Non era più a disagio. Almeno lui quel giorno era felice.

Alla cena mancava un'ora e mezza, potevo finalmente stare un po' per conto mio, svuotare la valigia, sistemare la camera. La chiave del portone funzionava. Leo corse come un razzo su per le scale.

Note inconciliabili

Sfilai per la prima volta l'orologio fermo ed entrai nella doccia. L'acqua faticava a scendere, s'accumulava vicino allo scarico e formava una specie di vortice. Avevo letto da qualche parte che tra i modelli più difficili da capire nella dinamica dei fluidi c'era quello dei flussi turbolenti. Persino Werner Heisenberg, uno che aveva vinto il premio Nobel per la fisica, disse che il giorno in cui avrebbe incontrato Dio gli avrebbe fatto due domande: perché la relatività? E perché la turbolenza? Forse, aggiunse poi Heisenberg, nemmeno Dio avrebbe saputo rispondere alla seconda.

Sembrava veramente uno di quei problemi che entrano nella lista degli enigmi del secolo e restano lì per chissà quanto, in attesa che qualcuno li risolva. La cosa più difficile, quando si cerca una risposta, è trovare la persona giusta a cui fare la domanda. È una regola che vale sempre, anche per i flussi turbolenti.

Una notte di giugno, mancava poco all'alba, Vincent Van Gogh decise di dipingere quel che vedeva dalla finestra della sua camera. Da un mese si trovava nel manicomio Saint-Paul-de-Mausole, per la storia dell'orecchio che s'era tagliato da solo. È così che venne fuori *Notte stellata*. Lui si tolse la vita un anno dopo.

Passò più di un secolo prima che alcuni scienziati, grazie al telescopio Hubble, riuscissero a osservare una nube di polvere attorno a una stella e pensassero che sì, somigliava proprio a un quadro di Van Gogh. Si misero a studiare in dettaglio il cielo di *Notte stellata* e scoprirono che c'era un modello preciso dietro quei mulinelli di luce, sembrava un fluido turbolento, un'equazione matematica nascosta tra i colori.

Per capire meglio, digitalizzarono alcuni dei suoi quadri, tra cui l'autoritratto con la pipa, e misurarono la variazione di luminosità tra i pixel. Venne fuori che solo le tele del periodo di agitazione psicotica erano così vicine alla turbolenza fluida. Quando era calmo, Van Gogh non riusciva a replicare il modello.

Fa strano pensare che in un periodo di sofferenza profonda un uomo riesca non solo a percepire, ma persino a dipingere uno dei concetti più difficili del mondo. O forse tanto strano non è. Magari chi ha inventato l'universo ha deciso che solo una mente turbolenta può avvicinarsi al segreto della turbolenza, o che la pazzia sia il giusto prezzo da pagare per conoscere certe risposte. Non lo so.

Mi rincuora soltanto l'idea che la sofferenza non sia inutile e che un giorno qualcuno scoprirà l'importanza straordinaria di tutto questo star male.

Infilai l'accappatoio e l'orologio, non saprei dire se prima uno o poi l'altro. La valigia era ancora sul letto. Mi vestii velocemente, ad asciugarmi, con quel caldo e la testa rasata, ci misi un secondo. Sistemai nell'armadio la poca roba che avevo, mentre fuori cominciava a imbrunire. Quando controllai il telefono, alla cena mancava un quarto d'ora. Quanto diavolo ero stato nella doccia?

Scesi le scale alle otto e venticinque.

Greta era sempre seduta con lo smartphone, Amina teneva il bambolotto sulle gambe e l'abbracciava. Non mi faceva poi così impressione. Ci abituiamo più in fretta a una palese assurdità che a una piccola stravaganza. Infatti al modo in cui Chiara piegava la testa, ai suoi capelli sugli occhi, non m'ero ancora abituato. Questa volta era Bernard ad aiutare lei e Michiko, e mi chiesi se ci fosse una specie di ordine, un'alternanza concordata in cucina in cui avrebbero inserito anche me.

Leo prese posto, passarono i piatti e le pentole, ci fu il sospiro di Michiko e l'arrivo di Scar con le cuffie nelle orecchie. Se ne andò dopo dieci minuti, portando via un contenitore dal frigo.

La velocità con cui Amina ingurgitava il cibo era davvero sconcertante, nessuno teneva il suo ritmo e così lei si ritrovò, per la maggior parte del pasto, a fissare il resto della tavolata.

Nonostante avessi l'impressione che non fosse sazia, mai una volta la sentii aprire bocca per chiedere un rigatone in più, o una fetta di carne più grande. Non parlava, non partecipava in nessun caso alla discussione.

Un paio di volte fu Bernard a tirar fuori un argomento, a chiedere il parere di Chiara, o di Greta, e a sentirsi rispondere da Leo.

I riflessi del ragazzino erano invidiabili, come la sua velocità di pensiero, scattava ogni volta che l'inflessione della voce dell'uomo lasciava presagire la fine della domanda. Sembrava che a Leo non importasse tanto il contenuto della replica quanto l'atto del replicare, il far sapere all'altro che il suo interrogativo non era caduto nel vuoto. Bernard l'ascoltava sempre con interesse, non c'era una sola ruga sul suo volto che tradisse un segno di impazienza mentre il piccoletto spiegava le sue questioni. E di quelle questioni, ne ero certo, Bernard sapeva già tutto.

Concluso lo sfogo di Leo, la palla passava alle ragazze, principalmente a Chiara. Greta, infatti, non era una tipa loquace, quando Michiko la chiamava in causa, ripetendo l'oggetto della discussione, lei alzava gli occhi dal piatto e la fissava con uno sguardo asettico, impermeabile. A seguire pronunciava frasi brevi, ma talmente decise da sembrare sentenze inappellabili. Peccato che dal mio punto di vista non avessero alcun senso.

A parte Leo, che si lasciava sfuggire ogni tanto un: "Cosa c'entra?", sottovoce, gli altri non la smentivano. Emesso il verdetto, Greta tornava al suo piatto, disinteressata al resto.

"Tu che ne pensi cara?" diceva allora Michiko.

Era palese che si rivolgesse a Chiara, anche se non la puntava né con gesti delle mani né con cenni del capo.

La ragazza, adagiando le posate senza il minimo rumore, diceva la sua.

Forse per merito del maggior tempo avuto per pensare, o del disorientamento che rendeva inadeguata la mia capacità di giudizio, le risposte di Chiara mi sembravano di gran lunga le migliori.

Mi incuriosivano i suoi paragoni astrali, in un modo o nell'altro tutto tornava alle stelle.

A poco a poco, dopo il primo giro di risposte, nacque un piccolo dibattito e sul volto di Bernard s'accese come una specie di luce. Credo fosse quello il suo obiettivo, sin dall'inizio, sin dalla prima innocua domanda. I toni si erano accesi parlando dei cavolfiori.

"Non si può mangiare una cosa con un odore del genere," diceva Leo. "Io li userei come antifurto i cavoli. Se li mettessimo fuori dalla porta non verrebbe più neanche il postino!"

"Ma fanno bene alla salute," lo incalzava Bernard.

"E hanno tante vitamine," aggiungeva Michiko.

"Ce le ha anche il cioccolato, eppure non lo trovo mai nell'insalata," replicava il ragazzino, fiero della sua argomentazione.

"Non farti sentire da Amina!" rispose ridendo Michiko. "A te piacciono i cavolfiori, Greta?"

"Mi piacciono le acque termali. Lo zolfo fa bene alla pelle."

"Cosa c'entra?" sussurrò Leo.

"Lo zolfo fa bene alla pelle," sentenziò Greta.

Bernard annuiva.

"Cara, tu che ne dici?" chiese Michiko, dopo aver ingoiato il boccone.

"Se aggiungessimo del pane nell'acqua dove bolle il cavolo assorbirebbe un po' l'odore," rispose Chiara. "Anche l'aceto potrebbe bilanciare lo zolfo".

"L'aceto?" obiettò immediatamente Leo con una smorfia

di disgusto. “Aggiungiamo direttamente il detersivo, no? Ha un sapore cento volte migliore dell’aceto.”

“L’hai mai assaggiato?”

“No, ma ho assaggiato l’aceto.”

Ci fu un momento in cui tutti, a eccezione di Amina e me, dissero la loro contemporaneamente e io pensai che fossimo sull’orlo della totale anarchia.

Nel caos vidi Michiko far tintinnare per un momento la forchetta contro il piatto. Poi indicò Bernard, quindi Leo, Chiara e infine Greta, che ripeté la frase di un attimo prima.

“Lo zolfo fa bene alla pelle.”

Ognuno parlò al momento stabilito, per un attimo il rumore divenne armonia. Ma finito il primo giro, la confusione era tornata.

“‘Cavoli’ è già un’ottima imprecazione, perché fargli fare anche il contorno?”

“Le acque termali.”

“Lo zolfo si forma per nucleosintesi stellare.”

“Mademoiselle, com’era la faccenda del pane?”

Michiko provava a dirigere quell’orchestra di solisti senza sbracciarsi da un podio. Se ne stava seduta al suo posto e con movimenti dolci, accennati alle volte, inseguiva la musica nascosta tra note inconciliabili. Non la vedevo mai imporre i suoi dettami, anche quando la situazione le sfuggiva di mano. Se qualche strumento suonava un po’ per conto suo, lei lo lasciava andare, paziente. Veniva naturale, a Bernard e agli altri, accogliere l’dea di melodia della signora giapponese, perché sembrava che nessuno meglio di lei avesse studiato la partitura. Che riuscissero a metterla in pratica, però, era un’altra questione.

Ce ne sarebbe voluto di lavoro, per ottenere un risultato perfetto. Chissà quanti anni di prove, quanti giorni passati ad accordare, a riparare tasti.

Il miglior gesto che ricordo, tra i tanti eseguiti a cena dalla direttrice, fu quello che Michiko non fece. La sua bacchetta invisibile saltava da una viola a un contrabbasso, da un’arpa a un fagotto, ma non indugiava mai sul mio tamburo bucato. Da un paio di sguardi, posati su di me mentre seguiva lo spartito, lasciò che trasparisse un'assoluta comprensione. "Arriverà il tuo turno," sembrava che dicesse, "anche il silenzio è un suono, dopotutto." Le fui riconoscente. A mio parere, durante quella cena, si stava parlando del più e del meno, e io lo ritenevo un motivo validissimo per non partecipare alla conversazione.

A poco a poco gli inquilini di Casa Retrouvailles iniziarono a uscire dalla cucina. Persi quasi subito le tracce di Chiara, vidi Greta salire le scale fissando il telefono, Amina ritirarsi dopo aver dato una mano a Bernard a sparecchiare la tavola. Usava letteralmente una sola mano, con l'altra teneva sempre stretto il bambolotto. Nonostante la durezza negli occhi, nel complesso m'ispirava tenerezza e pensavo a lei come si pensa al diamante, pietra tenace ma fragile, senza schegge ma in grado di finire in frantumi.

Mentre Leo passava gli ultimi piatti a Michiko, che caricava la lavastoviglie, io mi misi a spazzare il pavimento. Andando via insieme a Bernard e al ragazzino, la signora giapponese mi augurò la buonanotte. La sua camera da letto, dove si ritirava solo per dormire, era accanto allo studio. Presto dall'ingresso arrivò un vociare indistinto, rumore di passi e porte che si chiudono.

Poi, lentamente, si spense ogni suono.

Mi fermai al centro della sala, senza staccare le mani dalla scopa. Socchiusi per un attimo gli occhi e lasciai che la testa cadesse all'indietro. Respirai profondamente.

Dappertutto, a Casa Retrouvailles, c'era odore d'antico, come fosse il salotto di un vecchio. L'aria ti faceva venire nostalgia di cose che non avevi vissuto, di libri che non avevi letto, d'affetti e compagnie che prima non conoscevi. Era piacevole, certo, aveva un non so che di rilassante. Ma non era l'odore di casa mia.

Tornai a spazzare, sperando d'allontanare l'inquietudine.

Passata mezz'ora ero al terzo giro di sala, dovevo proprio essermi perso in un pensiero bellissimo, quando un cigolio leggero mi fece tremare. Nel buio dell'ingresso vidi chiudersi l'altra porta accanto allo studio di Michiko e una figura muoversi nell'ombra.

"Buonanotte," disse Scar senza accendere la luce, e uscì da Casa Retrouvailles.

Il gelido distacco nel tono di voce frenò sul nascere il mio accenno di risposta. Ripensai al suo atteggiamento divergente, m'esercitai nell'accostare la sua nota a quella degli altri, per cercare l'incastro, ma non ne cavai niente. Scar era dissonanza, contrasto che crea instabilità. Serviva un compositore coi fiocchi per renderlo funzionale all'insieme, uno del calibro di Richard Wagner.

Purtroppo, gente così, nasce una volta ogni cent'anni.

La cattedrale

C'è una parola che viene dalle regioni aride dell'Australia occidentale, e che sta molto a cuore al popolo Pintupi. Gli aborigeni la usano per descrivere un gesto semplice, ma con un significato più profondo di quello che di solito gli attribuiamo noi. La parola in questione è *kanyininpa*, e non ha un corrispettivo nelle lingue occidentali. Descrive un certo tipo d'abbraccio, l'atto di stringere a sé una persona per fornirle protezione, guida, amore, per prendersene cura insomma. *Kanyininpa* è una madre che accoglie tra le braccia un bambino, un anziano che serra tra le mani il futuro di un giovane uomo. *Kanyininpa* è ciò che io provavo tra gli scaffali carichi di libri, ed è l'abbraccio da cui mi sentii avvolto la prima volta che decisi di entrare nella biblioteca di Casa Retrouvailles.

La luce del mattino illuminava la stanza in maniera discreta, quasi incerta, come se serbasse il timore di poterla rivelare al mondo. Mi ricordava le caverne del deserto del Mali, le stanze segrete dove i custodi dei libri di Timbuktu nascondevano tesori più preziosi dell'oro, e li vegliavano per generazioni. Non mi sarei sorpreso a scorgere la sabbia tra una copertina e l'altra.

I quattro busti che avevo intravisto il giorno prima mi puntavano addosso i loro occhi di marmo. Decisi lo stesso di entrare.

Non cercavo chissà quale testo, un saggio o un romanzo impegnato. Volevo solo sparire tra la carta e l'inchiostro, nascondermi nel mondo ordinato che qualcuno era riuscito a cacciar fuori dalla testa. Cercavo una realtà diversa, ecco, una qualunque. Sul ciglio della strada, con il pollice alzato, aspettavo il primo libro di buon cuore disposto a darmi un passaggio. Direzione: lontano dalla mia vita.

Iniziai la ricerca, girando tra gli scaffali.

I volumi erano scritti in italiano, francese, inglese. Alcuni in caratteri orientali.

Avevo letto di un tale una volta, un Visir persiano, talmente ossessionato dai libri da portarli sempre con sé. Li affidava a centinaia di cammelli, addestrati a procedere in modo che i volumi rispettassero sempre l'esatta classificazione che lui aveva stabilito.

Di sicuro chi aveva curato la disposizione dei volumi a Casa Retrouvailles non aveva la stessa passione del Visir per il rigore. Più ragionavo sul criterio di classificazione più la logica mi sfuggiva. Comunque, alla vista, l'effetto del miscuglio era piacevole.

Alla fine scelsi un libro dalla copertina lucida, senza nemmeno soffermarmi sul titolo. Il tavolo dove presi posto era al centro della sala. La sedia era più comoda di quanto sembrasse.

M'immersi, respirando la polvere descritta nelle pagine, l'aria delle vie di una città senza tempo. Ero arrivato al punto di non capire più cos'era vero e cosa no, quando una figura venne a farmi compagnia, sotto lo sguardo dei guardiani di pietra. Amina entrò senza salutare. Stringeva tra le mani il bambolotto.

La sua ricerca fu diversa dalla mia, la ragazza sapeva già cosa prendere dallo scaffale. Puntò dritta alla sezione dei dizionari, afferrò quello di italiano e lo poggiò sul tavolo, sedendo più distante possibile da me. Lo aprì a una pagina a caso. Dalla velocità con cui gli occhi scorrevano il testo, intuii che non stava leggendo. Probabilmente non conosceva tutte le parole.

Che intenzioni aveva? Imparare la lingua così, solo con un vocabolario? Mancava il metodo ad Amina, ma non la volontà. Mentre fissava le pagine concentrata, mi fece venire in mente gli Arcadi nella battaglia delle Termopili. In confronto ai guerrieri spartani, nati per la guerra, non erano che un pugno di dilettanti. Si muovevano urlando e creando scompiglio. Eppure anche il loro sangue fu utile alla causa. Tenendo sulle ginocchia il bambolotto, come se dovesse leggere anche lui, Amina dimostrava il suo valore sul campo. Combatteva, col suo confuso modo di procedere, la magnifica battaglia della conoscenza.

Augurandole col pensiero buona sorte, tornai alla mia realtà di carta. Non alzai la testa per molto tempo, non saprei dire di preciso quanto, ma ricordo che quando lo feci pensai di avere le allucinazioni. C'era Chiara seduta due sedie più in là, con la testa piegata e un libro davanti. Non l'avevo sentita arrivare.

Tutto l'opposto di Leo, che entrò infrangendo due delle regole sacre di ogni biblioteca. Fischiettava, e tra una pausa e l'altra masticava i resti di una merendina.

"Buongiorno," disse felice di vederci.

Amina gli lanciò un'occhiata affettuosa.

Chiara gli rispose cordiale.

Io feci un gesto con la mano.

Non riuscivo a nascondere il disappunto. Anche se era poco più di un bambino, aveva già l'età per capire che un credo, per quanto incomprensibile, va rispettato e che di certi luoghi si professa il rispetto. L'idea d'infrangere il voto del silenzio, di profanare col rumore l'ultima cattedrale, sembrava non sfiorarlo.

"Che leggi?" chiese avvicinandosi a Chiara.

"Un libro," rispose lei.

Leo si portò una mano sulla fronte. "Grazie!" esclamò riconoscente. "Da solo non ci sarei arrivato! Che c'è scritto?" e si mise a sfogliare le pagine del volume di Chiara. Erano piene di fotografie. "Strano," continuò maneggiando il libro. "Galassie! Chi l'avrebbe mai detto?"

Chiara si lasciò scappare una risata e fece finta di allontanarlo. "E tu non hai niente da fare?" gli domandò.

"Geometria," scattò lui mostrandole il testo che aveva tra le mani, "la seconda cosa più inutile del mondo dopo la verdura."

"Se avessi fatto come noi altri," replicò Chiara senza scadere nel rimprovero, "avresti finito i compiti per le vacanze un mese fa. E adesso saresti libero di leggere quello che ti pare."

"Ma le partite di calcio non si giocano da sole. Qualcuno deve pur sudare, no?" obiettò Leo, prendendo posto.

"Certo, qualcuno deve pur sudare. La vita è troppo breve per la geometria," ribatté ironica Chiara, piegando ancora la testa.

Amina posava gli occhi prima su una e poi sull'altro. Sembrava divertita, mi faceva sentire a disagio con la mia indisponenza. A poco a poco mi calmai, anche perché il silenzio era tornato.

Ripresi a leggere, pensando a quanto fosse singolare la faccenda dei libri. In un mondo in cui la maggior parte della gente perdeva chiavi, portafogli, ombrelli, amicizie o momenti importanti come se non gl'importasse, c'era questa minoranza intrepida, gli scrittori, che per non perdersi niente metteva tutto per iscritto. Un libro è un album di ricordi con un titolo, mi dicevo. È un archivio, una mostra, una sala dove mettere un pezzo di una vita tra tante, per poterlo ritrovare.

Una biblioteca nella biblioteca.

Pensavo a questo quando Leo si alzò di nuovo dalla sedia e tornò vicino a Chiara. "Mi dici di che parla?" indicava la pagina che lei stava leggendo prima che lui la interrompesse.

Io avrei perso la pazienza, ma lei non lo fece.

"Hubble, Hubble, Hubble. Non fanno che parlare di lui. Il suo telescopio. Il suo asteroide. Il suo cratere lunare."

"Chi è? Con chi giocava?"

Chiara fece di nuovo finta di allontanarlo. "Era uno che fumava la pipa," disse. "Ed è a lui che dovremmo dire grazie se oggi sappiamo che la Via Lattea non è l'unica galassia dell'universo."

"È una cosa così importante da scriverci un libro?"

"Be', diciamo che con la sua scoperta il campo da gioco si è allargato di un bel po'. L'universo è diventato molto più grande del previsto. Infinito, per usare l'aggettivo preferito dagli astronomi."

Leo aveva un'espressione accigliata. "Sembra una cosa forte."

"Lo è. Peccato che il signor Hubble questa scoperta non l'avrebbe mai fatta senza il contributo di una donna. Se Henrietta Swan Leavitt non avesse accettato quel lavoro da computer umano ad Harvard, la storia sarebbe andata in un altro modo."

"Swan che?"

"Swan Leavitt, asino! Le donne, alla fine del 1800, non potevano essere astronome vere. Henrietta Swan Leavitt guadagnava una manciata di cents l'ora per studiare lastre fotografiche, fotografie di stelle. Passava le giornate a catalogare i cambiamenti delle cefeidi."

"Non puoi parlare la mia lingua?"

"Scusa, piccolo ignorante. Le cefeidi sono stelle pulsanti. Conoscendone il periodo e la magnitudine apparente si poteva capire quanto fossero lontane. Erano indicatori di distanze spaziali. Capisci?"

"Sì! Ma Bubble cos'ha fatto di male?"

"Hubble. Si chiama Hubble. E ha usato la tecnica di Henrietta Swan Leavitt per calcolare la distanza delle cefeidi di Andromeda e svelare lo spazio infinito. Si è preso la gloria! Ti sembra giusto?"

"Certo."

"A me no. È per questo che non ho un buon rapporto con gli uomini, che mi tengo alla larga. Non sai mai chi potrebbe passare alla storia grazie a te!" Mentre lo diceva, per gioco, spingeva via Leo.

"Non credo tu corra il rischio di scoprire niente," la rassicurava lui, "ma se per caso capisci dove Michiko nasconde i biscotti, fammi un fischio!"

Non era certo la mia idea di biblioteca, ma seguire quel discorso era stato piacevole. Un paio di volte mi ero morso la lingua per non intervenire. Chiara parlava con Leo, mi dissi, chi mi dava il diritto di farle sapere cosa pensavo io? E poi non mi aveva degnato di uno sguardo. Portava i capelli sugli occhi, è vero, ma io sapevo lo stesso che non l'aveva fatto.

Passai il resto della giornata a calcolare quanto tempo avrei impiegato a leggere tutti i volumi di Casa Retrouvailles, compresi quelli in una lingua straniera. Nella stima inserii anche le ore necessarie a studiare il francese e il giapponese, con un metodo magari più strutturato di quello di Amina. Venne fuori che mi restava ancora qualche anno da vivere facendo altro, oltre a sfogliare pagine. Camminare, conclusi al termine del gran ragionamento che m'aveva portato via il pomeriggio, sarebbe stato un buon modo di riempire i minuti.

Iniziai a riflettere sul percorso che avrei potuto fare, avrei ragionato persino sui pensieri migliori per tenermi compagnia, se una scena di maggior interesse non m'avesse distratto. Eravamo tutti a cena, eccetto Scar, che se n'era già andato, quando Greta dal nulla chiese: "È il vostro?".

Nessuno le rispose.

"È di qualcuno?" domandò nuovamente.

"Che cosa?" replicai. Gli altri non manifestavano voglia di interagire.

"Il telefono," mi disse allora lei, fissandomi con occhi vuoti. "Ha vibrato. È il tuo?"

Controllai, anche se non avevo sentito niente. Non era il mio e rassicurai Greta. Lei verificò a sua volta.

Due minuti dopo si ripeté la stessa scena.

"È di qualcuno?"

Successe ancora e ancora, per tutto il pasto.

Rifiutai di crederci, ma l'evidenza mi diceva che la ragazza dai capelli biondo miele quelle vibrazioni le immaginava. Se ne rendeva conto, a volte, e chiedeva conferma: "Hai sentito anche tu?".

"No."

"È il tuo, sicuro è il tuo," le diceva ogni tanto Leo, per prenderla in giro. Michiko allora lo guardava fisso e lo convinceva a smettere.

Finita la cena, dopo aver giudicato il pavimento abbastanza pulito, decisi di mettere in pratica la mia trovata.

Avevo voglia di uscire, l'idea mi stuzzicava da quando avevo visto Scar andarsene la sera prima. Posai la scopa. Spensi le luci. Salii in camera a prendere le chiavi.

Mentre scendevo le scale, intravidi una figura rannicchiata a terra, vicino all'ingresso. Era un ammasso di capelli biondo miele.

Greta sedeva accanto a una presa di corrente. Fissava lo schermo dello smartphone in carica. Da come lo teneva stretto, sembrava fosse sul punto di scappargli dalle mani.

Ancora vivo

Questa storia non parla di te.

Ogni riferimento al tuo cane, al tuo profumo, al modo stupido in cui alzi la mano prima di dire una cosa, è puramente casuale. Non è una storia divertente, non è una storia a lieto fine, soprattutto non è una storia breve. Credimi, non ti piacerà.

Ora che sono abbastanza sicuro che tu abbia smesso di leggere, posso cominciare a scrivere. Te la ricordi la notte in cui sei uscita dalla mia vita?

Era un giovedì d'inverno e fuori pioveva in modo strano. Sembrava che bucasse la finestra quell'acqua, t'entrava dentro, ti riempiva come un oste distratto che fa traboccare il vino dal bicchiere.

Goccia dopo goccia, fino all'orlo delle lacrime.

La mattina dopo mi sono alzato, ho scelto i libri che non ti piacevano, le magliette che non mi avevi regalato, le foto dove tu non c'eri e ho messo tutto via. Ovunque mi girassi ti vedevo; ogni cosa, in camera mia, parlava di te.

Due giorni dopo la notte dell'addio ho smesso di ascoltare la musica. Tre giorni dopo soffocavo. Non stavo così male da una vita. Sarà colpa del tuo cane, del tuo profumo, del modo stupido in cui alzi la mano prima di dire una cosa.

Da quella notte non guardo più nessuna negli occhi, per paura di trovarci un po' dei tuoi.

Quando sono arrivato qui ho sistemato l'armadio, spostato il letto, appeso le foto; lucidato il parquet. Volevo che la mia nuova camera fosse la camera più bella tra le camere che non avresti mai visto. E anche se la parte più forte di me sapeva che non saresti tornata, l'altra ci sperava.

Se c'è una cosa che ho imparato, è che non serve lasciarsi i ricordi alle spalle, se l'assenza conosce la strada di casa. Alla tua, di assenza, non avevo lasciato l'indirizzo, eppure m'ha trovato. Sorridevi persino nelle foto in cui non c'eri.

Ma tu questo non lo sai, perché la notte in cui sei uscita dalla mia vita ho cancellato il tuo numero, ho cambiato telefono, ho scelto di sparire. Per salvarti. Per salvare il mio sangue.

Né tu né lei potrete mai capire.

Non è stata una sorpresa sai, veder scendere tuo padre e non te, quando sono tornato a citofonarti. Perché sprecare il tuo tempo? Ero un estraneo, non ero più nessuno. Hanno insegnato anche a me che non si parla agli sconosciuti, ma la regola vale ugualmente se questi sconosciuti ti conoscono meglio di tutti? A quanto pare sì.

Oggi ha fatto buio un po' prima, sta finendo un'altra estate.

Chissà se ascolti ancora la musica, se regali a qualcun altro le magliette. Chissà se sei cambiata. O se sei ancora pigra e queste righe non le leggerai mai.

Nel caso tu fossi arrivata fin qui voglio dirti due cose.

La prima è grazie, perché mi hai ricordato che sono ancora vivo, che in fondo al petto qualcosa ancora batte.

Non hanno vinto loro.

La seconda invece è scusa, perché non sono stato sincero: la frase all'inizio non è vera. Volevo solo che tu non leggessi questa storia troppo lunga, così seria e senza lieto fine, che parla solo di te.

Sempre e per sempre tuo, come dicevi tu.

D.

Cani randagi

Uscii senza avvertire nessuno.

Mi piaceva quella sensazione, sarebbe stata anche più bella se solo avessi avuto un posto dove andare. All'incrocio con via dei Serpenti decisi di tirare dritto, non prendere vicoli a caso era la scelta migliore visto il mio pessimo senso dell'orientamento.

La strada era stretta e trafficata, si vedeva davvero di tutto: ragazzi, coppie di mezza età, gruppetti di turisti, anime perse come il sottoscritto. Mi sentivo a disagio, non ero abituato ad andare in giro da solo la notte, per giunta in un quartiere dove i miei coetanei erano in compagnia. Dovevo fare qualcosa per sembrare meno stupido. Risolsi quel problema di importanza cruciale entrando in un negozietto accanto al pub che avevo appena superato.

"Ciao capo," disse il tipo che stava alla cassa.

Il frigo occupava metà del localetto e dentro c'era l'unico motivo per cui ero entrato: la birra. Presi quello che cercavo, mi frugai le tasche e tirai fuori tutti i soldi che avevo. Mostrai la Tennent's al cassiere e gli consegnai due euro. "Apro?" mi chiese. Feci cenno di sì. "Non parli? Entri, paghi e te ne vai. Che uomo! Bevi piano, che ti strozzi." Rise. E risi anch'io con lui.

Adoravo quei venditori alla mano, ti facevano sentire importante chiamandoti "capo", o "maestro", anche se non eri il capo e il maestro di un bel niente. Parlavano con chiunque, persino con uno come me, ed era come non essere più ultimo, invisibile, inutile.

Continuai a camminare sorseggiando la birra, aspettando il momento in cui avrebbe fatto effetto. Di solito ce ne volevano due per scordarmi quanto fosse misera la mia vita, ma era un po' che non bevevo e forse una sarebbe bastata.

Doveva bastare, visto che avevo finito i soldi. Mi fermai per un momento sotto la scritta SVBVRA, vicino alla fermata della metro, e mi misi a pensare alle bettole, ai ladri e agli assassini. La Tennent's era già mezza vuota, il problema già mezzo risolto.

"Mi stai seguendo faccia di merda?" disse la voce. Mi sentii mancare il fiato, un braccio mi stringeva la gola in una morsa. Non riuscivo a rispondere. "Mi stai seguendo sì o no?"

Lasciai cadere la bottiglia. Raccolsi tutta la forza che avevo e mi preparai a colpire all'indietro con la testa, ma all'improvviso la morsa si allentò e con uno scatto riuscii a liberarmi.

"Va bene, va bene, stai sereno." Scar mi guardava con un sorriso di sfida. "Che cazzo fai?" fu l'unica cosa che mi uscì dalla bocca.

Il cuore mi stava sfondando il petto, la gamba mi tremava.

Scar era ancora fermo col quel ghigno stampato in faccia. Guardai i cocci di bottiglia lì vicino, per un attimo mi venne un'idea brutta.

"Era uno scherzo," disse lui.

"Bello scherzo di merda," risposi io.

"Mi dispiace per la birra, vieni, ti offro da bere." Aveva solo una cuffietta nell'orecchio e lo sguardo di uno che potrebbe ucciderti, o chiederti come stai, con la stessa facilità.

Mi porse la mano e io la strinsi. Mentre sbollivo e tornavo a respirare, mi disse di seguirlo.

Piazza della Madonna dei Monti ardeva di vita. Non si vedevano nemmeno i gradini della fontana, per quanta gente c'era. Scar si muoveva in fretta e io gli stavo dietro a fatica, ogni tanto dava una spallata un po' più energica a uno che non ne voleva sapere di spostarsi, magari perché non l'aveva visto o perché voleva semplicemente star fermo. Quello colpito allora si girava a guardare, e a sua volta si fermava anche Scar, che gli restituiva lo sguardo. Mai uno che dicesse una parola. Ce n'erano alcuni talmente più grossi di lui che l'avrebbero spedito al creatore se solo gli avessero alzato un dito. Ma non lo facevano. Non c'è correlazione tra stazza e valore, tra dolore e ferita. I più coraggiosi scuotevano la testa e tornavano ai fatti loro.

Seguendolo avevo notato che non si comportava sempre allo stesso modo. La maggior parte della gente cercava fino all'ultimo di non sfiorarla, ad alcuni chiedeva permesso, ad altri addirittura scusa, ed erano sempre tipi a cui poteva benissimo non chiedere.

Con le ragazze poi mi lasciava di stucco. Non ci provava nemmeno a passargli vicino, quando se le trovava davanti cambiava percorso, come se non volesse disturbarle.

Alla fine, dopo dieci minuti buoni di spinte, riuscimmo a trovare un punto della piazza in cui fermarci. Davanti avevamo due bar, ma siccome il primo era pieno fino all'orlo, entrammo nell'altro.

Il pavimento era appiccicoso, sul bancone pareva esplosa una bomba tanto era disordinato. Non proprio l'aspetto tipico di un locale di classe. Il posto perfetto per due come noi.

"Quattro gin tonic," disse Scar quando arrivò il suo turno, tirando fuori un pezzo da cinquanta. Afferrò il resto, tre bicchieri e mi invitò a prendere il mio. Conosceva quei posti a memoria, uscì prima di me. Lo trovai che posava i drink su un tavolino, dove sedevano due tipi con gli occhi arrossati.

Doppio taglio, tute larghe, marsupio Louis Vuitton a tracolla. Uno sembrava sfiorare il quintale, l'altro era magro come un chiodo. "Questo sta con me, non gli levate niente, almeno stasera," chiarì Scar indicandomi.

Claudio e Ivan li conobbi così.

Loro, sulla carta, una famiglia ce l'avevano. Venivano da un quartiere lontano che era tutto l'opposto di Monti, da come ne parlavano non sembrava un granché, ma guai a farglielo notare.

La miseria è appartenenza, va difesa come una patria.

Se qualcuno storceva il naso, o peggio ancora parlava male della zona, Claudio e Ivan non ci pensavano su: prima che fosse finita la frase, te li ritrovavi sotto al muso.

Ivan era quello che si esprimeva di più; guance scavate, zigomi sporgenti, s'era bucato entrambi i lobi e portava orecchini di diamanti finti, comprati chissà in quale bancarella.

Claudio invece era di poche parole, se non gli facevi subito una buona impressione presto o tardi t'arrivava uno schiaffo. E non c'andava giù leggero, avrà avuto venti chili di mano. Fumava come un matto. A vederlo, con gli occhi semichiusi e le guance rosse, sembrava quasi tranquillo, e la maggior parte del tempo lo era, a differenza di Ivan. Ma solo Scar poteva salutarlo con un buffetto sulla guancia o prenderlo in giro per il peso. Il resto del mondo doveva avere paura.

In due sul motorino, ogni maledetta sera, Claudio e Ivan partivano dai loro palazzoni per venire a cercare fortuna dove ora viveva Scar. Non erano una banda, questo no, anche se stavano sempre insieme e seguivano le loro regole. Quei tre erano cani randagi con una fame da lupi, ragazzi da evitare con un futuro già scritto. Ma a me non importava. Io, con persone così, m'ero sempre trovato bene.

La piazza era ancora gremita quando decisi di andarmene, sentivo che se fossi rimasto sarebbe successo qualcosa.

Col senno di poi, posso dire che non mi sbagliavo, succedeva di sicuro qualcosa se passavi un paio d'ore insieme a loro. E se non succedeva, la facevano succedere. Ringraziai per il drink, salutai e me ne andai con le mani in tasca.

Sulla strada del ritorno mi capitò di cedere il passo a una coppia che camminava tenendosi per mano. Mi venivano incontro, il marciapiede non era abbastanza largo per tutti e tre. Per non essergli d'intralcio mi spostai di lato, aspettando che passassero, e nel fermarmi alzai gli occhi da terra.

Nella vetrina che avevo davanti, vidi un'immagine riflessa: un volto segnato, gli occhi cupi, l'espressione delusa. Non mi piacevo, come capitava a tanti. Non riuscivo ad accettare che sulla mia faccia fossero rimasti i graffi, i lividi, le tracce di ogni singolo errore. Tanti l'avevano passata liscia, io invece mi portavo addosso i resti delle liti e delle delusioni, promemoria del ragazzo che non sarei più stato. Distolsi lo sguardo e ripresi a camminare.

Avrei impiegato anni per capire che se non ti uccidono, persino dall'amore tradito e dai colpi più duri puoi guarire. Devi solo far pace con i segni, perché rimangono, scritti sulla pelle, anche se gli altri non li notano. Tu sai che sono lì.

Due sono i modi per affrontare la questione.

Il primo è piangersi addosso, ed è quello che adotta la maggior parte della gente. Se ne sta per anni a pensare a quanto è stata sfortunata, a come avrebbe potuto difendersi. È da quest'atteggiamento che nasce l'idea di nascondere la crepa, di coprire la zona colpita. Finché un giorno non ti accorgi che la maschera non fa altro che ingigantire il difetto.

Il secondo invece ha a che fare con un continente lontano. I Chambri della Papua Nuova Guinea credono che l'uomo discenda dai coccodrilli del fiume Sepik e rendono omaggio ai rettili seguendo un antico rituale. I maschi della tribù passano sei settimane in una specie di casa degli spiriti prima di essere iniziati. Alla fine del periodo, gli sciamani praticano sui loro corpi diverse incisioni di circa due centimetri, che ricopriranno con olio e argilla per renderle più simili alle squame del coccodrillo. Il dolore, dicono i Chambri, aiuterà i ragazzi a essere forti per il resto della vita.

Io penso che dopo il passaggio di un amore infelice, o dopo un colpo da levare il fiato, uno dovrebbe semplicemente alzarsi ed essere fiero delle sue cicatrici, come i membri di questa antica tribù. La ferita diventa un premio, una medaglia al coraggio, il nostro modo di gridare al mondo che potrà farci ancora tutto il male che vuole, tanto abbiamo imparato a resistere.

Cinque minuti dopo ero davanti al portone di Casa Retrouvailles. Non entrai subito, mi sedetti sul bordo del marciapiede perché l'aria era fresca al punto giusto. Pensavo ai cocci di bottiglia, alla morsa che mi aveva stretto il collo, a come ci si potesse sentire a condividere un'idea di vita, anche sbagliata, con un paio di amici.

Poi d'improvviso m'alzai in piedi, infilai la chiave nella serratura e girai piano. Chiusi il portone senza fare rumore.

Quando mi voltai, immerso nel silenzio, vidi nella penombra una figura, seduta sulle scale.

Fiori d'arancio e caffè

"Serata piacevole?" Bernard se ne stava accovacciato sulle scale. La luce fioca, filtrata per un attimo dal portone, illuminò le sue mani, strette attorno alle gambe, e la fronte poggiata sulle ginocchia.

Stava dormendo?

Il buio ora era completo, eppure mi parve di vederlo mentre alzava la testa e puntava lo sguardo su di me.

"Si sta bene, non fa troppo caldo," risposi rivolto verso l'ombra. Accesi la luce e trovai Bernard in piedi.

"Quando sono arrivato qui," continuò lui, "dovevo imparare la lingua. Mi consigliarono di parlare e leggere molto, e anche di scordare il francese. Quest'ultima cosa, lo ammetto, decisi di non seguirla alla lettera. Spesso, leggendo, mi fermavo a studiare le frasi, mi divertivo a scomporle, ad aggiungere o sottrarre elementi. Andavo avanti finché non ritornavo al punto di partenza, alla struttura classica della mia lingua madre. Credevo allora d'esserne venuto a capo, ma passavano i giorni e il mio italiano non faceva progressi. Impiegai mesi per capire l'errore. Dovevo abbandonare i vecchi meccanismi. Far posto a nuovi incastri."

Tacque per un momento.

"Anche tu vai matto per i ricordi, non è vero, mon frère? Si vede da come spazzi il pavimento. Non voglio dirti di smettere, se ti piace così tanto, ma penso che ci siano certe sere fatte apposta per ricordare e altre in cui dimenticare è un dovere. Stasera, per me, è una di quelle. Non riuscivo a prendere sonno e allora mi sono detto: 'perché non aspettare che rientri mon frère, potrei mostrargli la valigetta'."

Che valigetta, avrei potuto chiedermi, ma non lo feci. M'ero fermato prima, a quando aveva usato il verbo *rientrare*. Come faceva a sapere che ero uscito? E soprattutto, cosa ci faceva ancora in casa a quell'ora, se non abitava lì?

Mi ricordai del pranzo, dell'orologio, della sensazione d'essere stato scortese. Volevo solo andare a letto, ma chiesi a Bernard di quale valigetta parlasse. Si portò il dito davanti alla bocca, come a dirmi di tacere, e poi mi invitò a seguirlo.

Uscimmo da Casa Retrouvailles. L'appartamento di Bernard era davvero una rampa di scale più su. Aprì piano la porta e aspettò che fossi entrato anch'io prima di accendere la luce.

Il monolocale sembrava una vecchia soffitta impolverata. C'era roba sparsa ovunque, come dal vecchio Cesare: un grammofono a tromba, pile di dischi da 78 giri, scaffali carichi di libri rilegati in cuoio, dal verde al magenta.

La scrivania era coperta di ingranaggi e arnesi da lavoro, dai cassetti spuntavano orologi e pergamene. Bernard spostò due borsoni di pelle, si chinò e infilò le mani sotto al letto. Trascinò fuori una vecchia valigia marrone. C'erano incise due lettere dorate: *B.R.* "È una Lavoet," disse con orgoglio, "vale una fortuna."

E poi l'aprì.

Al sicuro, incastonate nell'imbottitura di spugna, riposavano centinaia di boccette vuote. Le aveva etichettate tutte.

"Ogni volta che tornavo, dopo uno dei miei viaggi, solo una cosa mi faceva davvero sentire a casa," disse Bernard accarezzando quei piccoli pezzi di vetro. "Non era l'insegna della città, mon frère, né il rumore della ferrovia, o le grida dei bambini nella piazza. Non erano nemmeno le campane. Capivo d'essere tornato solo quando aprivo la porta e sentivo l'odore. Non si può descrivere l'odore di una casa, ognuno lo sente a modo suo. Io sentivo il dopobarba di mio padre, il legno e la resina delle sue chitarre, i fiori d'arancio di una *fou-*

gassette, il caffè che mia madre preparava la mattina, prima che noi ci svegliassimo. Tutto insieme, tutto mischiato, mon frère. Era l'odore più buono del mondo." Aveva gli occhi chiusi e sorrideva. "Così, quando sono partito per l'ultima volta, ho deciso di portarlo via con me, intrappolato tra il sughero e il vetro. Giusto qualche boccetta, non avevo ancora una valigia. Pensavo che sarebbe stato bello, una sera qualunque, togliere il tappo e sentirlo di nuovo, avvicinare il vetro alle narici e dire sì, questa era proprio casa mia. Credevo sarebbe bastato. Ma la felicità non è mai fatta di un ricordo solo, ha mille profumi diversi. Da ragazzo volevo catturarli tutti. Se un odore faceva star bene qualcuno, io arrivavo e lo mettevo nella mia boccetta. Ecco perché sono così tante, e non immagini nemmeno quante ne abbia già aperte. C'è stato un periodo in cui ero come te, prigioniero del ricordo. Che ne dici di portarne una in camera con te, mon frère? Scegli pure il tuo odore, ti aiuterà." Alzò la prima imbottitura, la posò sul letto e fece lo stesso con le altre. Erano quattro, forse cinque.

Non avevo mai pensato a una cosa del genere. Sapevo di un ristorante in cui ti servono aria fritta come antipasto, per ricordarti di riempire la tua vita con esperienze vere, che valgano più del nulla che ti circonda. Per farla usano la tapioca, un amido che viene da una pianta dell'America del Sud.

Aria fritta, chissà se Bernard l'aveva incontrato questo modo dire quando studiava l'italiano: *enunciato, scritto o pensiero privo di contenuto, vuoto e inutile*. Ma lui, con l'aria, voleva fare qualcosa di diverso. Non cercava di insegnare niente, di vendere niente a nessuno. Era un uomo che tirava fuori la sua vita da una valigia, anche se lo conoscevi a malapena, e ti invitava a prendere un tassello della sua felicità, come se fosse un tè.

Non si torna indietro da un'offerta così. Non potevi mica rimetterlo dentro un odore, dopo che l'avevi liberato.

Iniziai a scorrere con gli occhi le boccette; anche se ne mancavano alcune, si capiva dai segni nella spugna, ce n'erano davvero molte.

Ero arrivato alla terza imbottitura, cominciavo a pensare che non avrei mai scelto, quando nell'ultima fila, terza boccetta da destra, vidi l'etichetta che cercavo.

Certe cose sono come matite, finché non le trovi non capisci cosa fare con tutti quei puntini. Ma poi le trovi, e ti sembra logico collegare, unire punto dopo punto, mentre la figura, il senso delle scelte che hai fatto, prende forma davanti ai tuoi occhi.

Sollevai la boccetta dalla spugna e guardai Bernard, cercando un permesso che già avevo. Lo trovai che annuiva. "Una delle mie preferite," disse, poi cominciò a riporre i suoi tesori nella valigia, con cura, fino all'ultimo strato. Chiuse la Lavoet e la spinse di nuovo sotto al letto.

"Credo che per entrambi sia ora di riposare, mon frère."

"Allora grazie," dissi, augurandogli la buonanotte. Lui ricambiò, ma mentre stavo per aprire la porta ci tenne ad aggiungere una cosa: "Ah, Gabriel," si fece serio, "non parlarne con nessuno".

Lo rassicurai con un cenno.

La mia camera era come l'avevo lasciata. Gettai i vestiti sulla sedia, e dopo essermi sciacquato il viso m'infilai a letto. Chiusi gli occhi.

Nessuno ha mai pensato di dare un nome all'istante in cui smetti di sentire il peso di quel tuo essere così piccolo in un mondo così grande, al secondo in cui non conta più se hai perso ogni battaglia, se porti addosso i segni, se non riesci ancora a perdonarti. Forse perché dura troppo poco per meritarsi un nome.

Ma resta il fatto che arriva.

Tirai fuori la boccetta di Bernard e lessi ancora l'etichetta. *Profumo di cose perdute*. Tolsi il tappo.

Non saprei descrivere esattamente tutti gli odori che sentii quella notte, se ci fosse solo il sugo della pentola di Berta oppure anche le olive del mercato, l'erba bagnata della domenica mattina o il cuoio secco di un paio di scarpini. Quel che posso dire con certezza è che per un attimo avevo sentito nelle narici, vivido, l'odore della carta di Cesare il giorno in cui avevo ricevuto la penna.

Ho preso l'immagine di Bernard che apre la valigetta e l'ho incollata con cura, sulla pagina di un album che non ho mai avuto. Sotto ho scritto una parola che nessuno saprà mai quanto mi piace.

Nostalgia, dal greco *nostos*, "ritorno", e *algos*, "dolore". Desiderio di tornare in un luogo lontano. Rimpianto per un evento passato che si vorrebbe rivivere.

Esplosione silenziosa

Dicono che la parola *selfie* sia nata in Australia il 13 settembre del 2002. Un ragazzo la usò per descrivere una foto postata su un forum, un primo piano delle sue labbra, e scrisse più o meno questo: "Mi sono ubriacato al ventunesimo compleanno di un amico, sono inciampato e ho sbattuto la bocca sulle scale. Avevo un buco di un centimetro sul labbro inferiore. E scusate per la messa a fuoco, era un *selfie*".

Il topic s'intitolava "punti di sutura riassorbibili," e il suo creatore, che si faceva chiamare Hopey, voleva sapere se la saliva avrebbe potuto dissolvere i punti troppo presto. Dall'analisi di altri post emerse la mania del ragazzo per le abbreviazioni, sembrava avesse una predilezione per "ie" o "ey". *Talkey, musicey,* persino *television* per Hopey era *telly*.

La seconda apparizione fu nel 2003, su un altro blog australiano, poi ancora nel 2005 e così via. A far esplodere *selfie*, dicono gli appassionati di parole, sarebbe stato l'iPhone 4 nel 2010, con la sua fotocamera frontale. La frequenza di utilizzo aumentò del 17.000% in dodici mesi.

Nel 2013 l'Oxford English Dictionary ha eletto "*selfie*" parola dell'anno. Nel 2014 lo Zingarelli l'ha inserita nel dizionario italiano. Oggi ne scattiamo oltre mille al secondo.

Perché? La risposta, forse, poteva averla Greta. Nei giorni che seguirono al mio arrivo a Rione Monti, capii che almeno la metà di quei mille selfie al secondo erano i suoi.

Di tutti i profili social di Casa Retrouvailles, il suo era il più strano: una foto al giorno, senza didascalie, senza sorrisi. Come un diario fatto di una frase sola, ripetuta. *Anche oggi ci sono.*

Lo spettacolo, visto da fuori, lasciava perplessi. Dietro quell'unico scatto ce n'erano decine, forse centinaia, che la ragazza giudicava da buttare, che scartava secondo un suo personalissimo criterio. Quale logica adottasse era difficile capirlo, perché le differenze tra un'immagine e l'altra erano impercettibili. Greta passava le giornate in giro per la casa, fissando lo schermo come si fissa il vuoto. Premendo il dito meccanicamente, aspettava il ritratto perfetto, l'unico degno d'essere postato.

Era talmente evidente che qualcosa non andava che non ridevi neanche scorrendo quelle foto. Perlomeno io non lo facevo.

È una questione di vissuto, sono le esperienze che plasmano le reazioni. La prima volta che vidi un uomo parlare da solo ero in metropolitana insieme a Berta. Ricordo questo signore con la sua ventiquattrore specchiarsi nel vetro del finestrino. Ogni tanto saltava fuori una parola e subito dopo l'uomo stringeva il corrimano. Stringeva forte, la mano gli diventava rossa. Risi, lo fissavo perché era uno spettacolo più interessante del tipo seduto che leggeva il giornale o del suo vicino addormentato. Lui teneva gli occhi incollati sul vetro, io non ero grande abbastanza per capire che mi aveva visto, riflesso nel finestrino.

Per lo spazio di due fermate le parole continuarono a uscire, la mano a stringersi e i nostri vicini a far finta di niente. Nel microcosmo di quel vagone sembravo l'unico in ascolto.

Poco prima che la metro si fermasse a Stazione Termini ho incorniciato la tela di questo ricordo. C'è un uomo con la sua ventiquattrore che lascia il corrimano, stacca gli occhi dal vetro e per un attimo mi guarda, mentre in bocca ho ancora un accenno di risata. *Sguardo di uomo che soffre.* Nel museo delle cose di cui mi vergogno la targa recita così.

Greta non capiva mai al primo colpo. Ti faceva ripetere sempre le cose due volte e alle fine ti passava la voglia di chiederle se andava tutto bene, che aveva fatto ieri, come aveva trascorso la giornata. La sua risposta standard era "Eh?". Partiva in automatico, prima ancora che finisse la frase.

L'unica che riusciva ad avere con lei una qualche conversazione era Michiko, che usava la strategia di non ripetere mai. Faceva la sua domanda, lasciava che Greta rispondesse "Eh?" e poi se ne stava in silenzio a osservarla, aspettando che riavvolgesse il nastro e riascoltasse da sola quello che lei le aveva detto.

Funzionava. L'introversione volontaria di una tartaruga in letargo, perennemente chiusa nel suo guscio, interrotta dal profumo di una foglia di lattuga. Questo significava Michiko per Greta, solo con lei si convinceva a tirar fuori la testa, ad annusare il mondo che circondava la sua corazza. Non staccava mai gli occhi dai suoi, mentre parlavano.

Notai presto che nei momenti più bui, quando s'accorgeva d'averla persa, la signora giapponese invitava la ragazza dai capelli color miele a prendere una tazza di tè. La portava nel suo studio, lasciando aperta la porta, e la faceva sedere sul divanetto. Si purificava, usando la brocca di ceramica nera, e preparando le ciotole, il bollitore, il piccolo frustino di bambù, si dedicava anima e corpo a Greta. Le raccontava storie di piante pregiate, coperte dal sole prima del raccolto, di foglie chiamate *Tencha,* private di qualsiasi imperfezione, cotte a vapore ed essiccate. Macinandole, si otteneva una polvere così sensibile da dover essere protetta. Luce, calore, profumi: tutto poteva guastarne il sapore. Era la polvere verde che avevano davanti, il *matcha*, il tè che chiamavano *spuma di giada*. Fingendo di spazzare, passavo davanti alla porta e guardavo la danza regolare di Michiko che si riprendeva Greta, quel rituale di gesti che avevo assaporato solo in parte, il giorno del sakè.

Con Chiara invece, il rapporto della ragazza bionda era diverso. Le vedevi ogni tanto sedute vicine, una col telefono, l'altra con lo sguardo basso, a passare le ore senza dirsi niente. Condividevano i silenzi, e a me sembrava si dicessero tutto.

Ho sempre pensato che i rapporti siano una questione di incastri. Funzionano, ad esempio, quando la guancia di lei misura come lo spazio tra la spalla e il collo di lui. Ma Chiara e Greta combaciavano in un modo diverso, che non aveva niente di fisico: era l'incastro di un mutismo apparente e di una cecità presunta.

Riguardo l'intuizione avuta a pranzo, pensai che forse Scar non conosceva la leggenda del girasole, o che forse un po' mi somigliava, sta di fatto che ignorava Greta come se fosse invisibile. Persino quando lei era in linea d'aria e per forza di cose avrebbe dovuto vederla, il suo sguardo sembrava andare oltre. Anche con Chiara si comportava allo stesso modo. L'unica, oltre a Michiko, a cui Scar dimostrava un minimo di cordialità era Amina, e per cordialità intendo una smorfia di saluto quando proprio se la ritrovava davanti. Questo per dire che Scar non ce l'aveva con Greta, ma lei, per quanto sembrasse sempre impegnata col telefono, per quanto provasse a nascondersi nel guscio, ne soffriva terribilmente.

A volte facciamo sogni d'amore così veri che al risveglio fatichiamo a non crederci. Ci sembra impossibile che qualcuno non ci apprezzi per quello che siamo, che riesca semplicemente a vivere senza di noi. Invece il mondo è pieno di gente a cui non andiamo a genio, che senza di noi non solo vive, ma addirittura sta meglio.

Amor, ch'a nullo amato amar perdona funziona solo se lo leggi in un libro. Forse Dante ci voleva dire che l'amore ti porta all'inferno, il resto era tutto contorno.

Avevo preso l'abitudine, ogni volta che sentivo volare nell'aria il nome "Scar", di guardare Greta senza farmi accorgere, cercando sul suo volto una ruga d'espressione, il movimento di un sopracciglio, il leggero tremore del labbro. Trovi sempre qualcosa, se sai dove guardare. Era come se il cuore prendesse il posto della faccia e iniziasse a battere all'impazzata. Una tempesta invisibile, l'esplosione silenziosa di un sentimento non corrisposto.

Quella sì che sarebbe una fonte d'energia. Se fosse il mal

d'amore a illuminare le città, a far muovere le auto e l'economia, riusciremmo persino a salvare il pianeta. Allora sì, che bruciare avrebbe un senso.

Più i giorni passavano, più m'accorgevo di quanto Greta fosse affezionata alle sue convinzioni, e di quanto temesse il nostro giudizio dopo aver emesso ogni sentenza. Chi l'ascoltava, di solito cercava di non riderle in faccia, ma non è che ci riuscisse sempre. Ogni tanto qualcuno si divertiva a contraddirla, e lei, seria, ti chiedeva di smetterla, chiamandoti col nome completo. "Basta, Leonardo." Era segno che si stava arrabbiando. Cambiava faccia Greta, quando la faccenda diventava seria.

Di solito, prima che scoppiasse la bomba, facevo una domanda di interesse generale a cui qualcuno rispondeva immediatamente, e la tensione calava. Ero un artificiere, come quelli dei film, solo che non passavo ore a decidere se il filo giusto fosse il rosso oppure il verde.

È una specie di dono, credo, arrivare un secondo prima che due si facciano del male.

Passati i primi tempi a Casa Retrouvailles, era più o meno questa l'opinione di Greta che m'ero costruito. Ma la gente ti sorprende anche dopo cinquant'anni di matrimonio. Nessuno conosce veramente nessuno. Ogni sette anni le cellule del nostro corpo si rinnovano. Tecnicamente, tra sette anni, tu non sarai più tu.

Spunta singola

Sto per mettermi a letto, tutto ok, non preoccupatevi.

Siete ancora svegli?

Se leggi, risp.

Piume e serpenti

Diventammo buoni amici, io e il vecchio Kojo, e finì che accompagnavo Leo ad ascoltarlo ogni volta che potevo. Il cantastorie e gli altri bambini erano per lui la cosa più vicina a una famiglia insieme a Casa Retrouvailles. Quando non avevo voglia di uscire, oltre agli Inuit, pensavo anche a questo.

Quel pomeriggio, appena fuori dal portone, Leo si mise a correre per strada. Lo raggiunsi e gli serrai la testa con la mano, come un peluche catturato dal gancio. L'avessero fatto a me sarei impazzito, lui invece lo prese come un gioco, lo tenevo distante mentre provava a colpirmi. Rideva come un pazzo.

Impiegammo poco tempo ad arrivare al ponticello. Kojo era in piedi nel suo dashiki nero. Quel giorno la storia parlava degli albori del mondo. Spiegò che dopo aver creato la Terra, Dio consigliò agli uccelli di vivere insieme, finché non fossero cresciuti abbastanza da poter badare a se stessi e ai pulcini. L'unione, spiegò, li avrebbe aiutati a difendersi dai serpenti, che per sfamarsi li avrebbero attaccati. Non appena il Creatore finì il suo discorso, tra gli uccelli si diffuse una grande agitazione. L'Aquila non era ancora maestosa e potente, il Falco non aveva imparato a volare con rapidità, gli altri erano di taglia così piccola da non poter resistere a un attacco. Gli uccelli restavano vicini, uniti dalla paura, scrutando l'orizzonte. Finché un giorno, nel periodo della riproduzione, un rapace avvistò un Cobra in lontananza, che avanzava minaccioso. Colti dal panico, tutti volarono più in alto possibile abbandonando le uova, eccetto un uccello privo di piume, incapace di sollevarsi. Era il Pavone. Trovatosi davanti al serpente, l'affrontò con coraggio e l'uccise, salvando i pulcini e guadagnandosi la stima degli altri, che non osavano tornare a terra. "Dovremmo ricompensarlo," disse l'Aquila. "Che ci raggiunga," replicò la Cicogna, "e gli doneremo ciò che desidera. Non possiamo scendere ora, il pericolo è grande." Venne eletto così un rappresentante, che volò dal Pavone e gli intimò di seguirlo. "Anche volendo non potrei," rispose quello. "E poi non desidero niente, ho solo seguito la mia natura."

Il rappresentante tornò a riferire agli uccelli il volere del Pavone, proprio mentre l'Aquila, sulla linea del tramonto, scorgeva centinaia di serpenti. Sarebbero arrivati entro sera, per vendicare il Cobra. Che fare? A terra, da solo, il Pavone non ce l'avrebbe fatta, eppure avvertito del pericolo rifiutò di scappare: "Portate in salvo le uova," disse, "io li terrò impegnati combattendo". Gli uccelli fecero come il coraggioso animale aveva detto. Portarono in alto le uova e rimasero a guardare.

Calò il sole. Giunsero i serpenti. Disturbato dall'oscurità, il Pavone stava avendo la peggio, ma non indietreggiava.

Fu allora che al Pappagallo venne un'idea.

Inviò il rappresentante a chiamare il Fuoco, perché accorresse in soccorso del Pavone, e poi a supplicare la Pioggia, perché portasse all'animale un dono speciale, che l'avrebbe salvato.

Il Fuoco e la Pioggia acconsentirono. Mentre fiamme inestinguibili circondavano il Pavone, ogni uccello strappò a una a una le sue piume migliori, soffrendo grandi pene. Le piume furono affidate alla Pioggia, che cadde dove le indicava il Fuoco e portò il dono al combattente. Capendo quanto gli altri gli fossero riconoscenti, il volatile coraggioso le accettò, e finalmente capace di volare grazie alle nuove piume sgargianti, si mise in salvo sul ramo di un albero. Rassegnati, i nemici batterono la ritirata.

Scampato il pericolo, gli uccelli scesero a festeggiare il Pavone, senza curarsi delle zone sanguinanti da cui si erano strappati le piume. Erano contenti che fosse ancora vivo e che potesse riunirsi al gruppo. Non passò molto, a ogni modo, prima che i rapaci avvistassero di nuovo i serpenti e decidessero di volare via, stavolta verso un luogo più sicuro. Erano tutti in aria, eccetto il Pavone. "Sali con noi," urlava la Cicogna. "Vola, ora che puoi," aggiungeva il Pappagallo. "Io vi ringrazio," replicò il volatile dal piumaggio sgargiante, "perché attraverso il vostro sacrificio ho capito quanto tenete a me. Ma non sono fatto per coprire grandi distanze in volo. Resterò qui, come primo guardiano dei vostri nidi, perché è la mia natura combattere i serpenti." Commossi, gli uccelli capirono che era impossibile smuoverlo. Prima di lasciarlo pregarono il Creatore perché gli fosse vicino nella lotta, e gli donasse cento occhi per guardare in ogni direzione, sfuggendo agli attacchi. Da quel giorno, oltre alle meravigliose sfumature, dono degli altri uccelli, sulla coda del Pavone ci sono cento occhi, ricompensa del Creatore al suo coraggio. Kojo concluse ammonendo i bambini di non comportarsi mai come uccelli impauriti, perché se avessero peccato di codardia dal cielo sarebbe scrosciata una pioggia di serpenti.

Tutti, Leo compreso, guardarono per un attimo in alto.

Il silenzio che seguì, lo stesso abitualmente interrotto dalla comparsa del pallone, si protrasse più del solito.

La combriccola rimaneva sul ponte, nessuno sembrava aver voglia di giocare. Kojo disse qualcosa in una lingua che non conoscevo e dal gruppo si alzò un mormorio, parole spezzate, che avevano l'aria di essere una rimostranza.

Presto arrivarono due ambulanti dei bastoni a rassicurare i bambini. Scesero con loro dal ponte e si fermarono nella piazza, dove a poco a poco il pallone cominciò a rotolare. Era un gioco lento, era un gioco triste, come il calcio malato dei grandi.

Leo, lì in mezzo, era l'unica cosa viva.

"No voglia di giocare Gabriel," disse Kojo sapendomi sul ponte. "C'è paura."

"Paura? Di cosa?"

"Coltello," mi rispose, "spaventa bambini!" Era arrabbiato anche lui. Quella mattina due tizi ben vestiti avevano fatto irruzione nella piazzetta e appena il pallone gli era arrivato vicino l'avevano squarciato con una lama. Cercavano qualcuno, volevano una risposta dai più piccoli. Vedendoli in silenzio, avevano calciato lontano quel che restava del loro giocattolo ed erano rimontati sul motorino.

La bravata di due prepotenti, cose che capitano, nessuno degli adulti era davvero preoccupato. Avevano visto cose peggiori di una lama che buca una palla. Se fossero tornati, ai bambini sarebbe bastato gridare e ci avrebbero pensato loro.

Andammo via che era giorno pieno, Leo non era nemmeno sudato. Dispiaciuto per la mancata partita, camminava con le braccia a penzoloni, dicendo che era troppo forte per giocare ancora con quelli là. La mia mano cadde di nuovo come un gancio sulla sua testa, ma lui non reagì. Decisi di non parlargli del coltello.

Varcato il portone di Casa Retrouvailles filò in camera sua, a corto di parole. Michiko, spuntata dalla porta a vetri, captò nell'aria che qualcosa non andava. Stringeva tra le mani una tazza fumante. "Leo," chiamò piano. In risposta ebbe solo silenzio.

"Leo," ripeté con tono più deciso, ma gentile.

Il ragazzino uscì fissando il pavimento. Mentre scendeva le scale, la signora giapponese mi fece cenno di entrare nello studio, dove trovai Amina, già seduta con la sua tazza di tè.

Ci stringemmo su un divanetto. Invitato da Michiko a parlare, Leo raccontò tutto, ogni dettaglio di quel pomeriggio deludente.

Era distrutto, ma riuscì ad arrivare alla fine senza cedere ai singhiozzi.

Evaporare

Quando scese le scale per la cena, Leo era lo stesso di sempre, il solito ragazzino che aspetta di parlare come gli Inuit aspettano le slitte. Aveva talento per dimenticare e i giorni che seguirono non gli diedero motivo per ricadere nello sconforto. In piazza il gioco s'era acceso nuovamente e io me ne stavo sul ponte col vecchio Kojo, ad ascoltare più che a parlare, a immaginare storie.

Mi piacevano un casino gli innamorati. C'era qualcosa nell'amore degli altri che catturava la mia attenzione, mi faceva sentire bene.

Un giorno che avrei ricordato a lungo, vidi una ragazza arrivare con un coetaneo. Lei aveva le scarpe scassate, l'altro portava una maglietta pezzata dal sudore.

Si fermarono proprio a Colle Oppio, lui la aiutò a salire sul muretto e restarono a guardarsi per l'intero pomeriggio. Un paio di scemi passando si misero a ridere, per non parlare delle facce delle ragazze. C'è da dire che ebbero il buon gusto di disprezzare senza farsi accorgere, come facevano sempre tutti.

Il mondo è pieno di gente che sputa veleno per terra, convinta di passarla liscia a patto di non colpire nessuno. Bersaglio mancato, coscienza pulita. Ma il far finta di niente non salva la vittima come salva l'aguzzino. Anche le gocce ogni tanto rimbalzano. Sputo dopo sputo torni a casa sereno, mentre il bersaglio, colpito di striscio un'altra volta, un bel giorno non torna. Lo uccide il veleno a piccole dosi, le occhiate, i sorrisi. Le voci che sono solo voci.

Confinato nel mio angolo, immaginavo le storie di ogni coppia. Forse quei due, la ragazza con le scarpe scassate e il tipo con la maglia sudata, s'erano avvicinati proprio come gli altri, o magari era stato un atto di coraggio. Avevano scelto di cambiarsi la vita a vicenda, di vedere qualcosa dove il resto dell'universo non vedeva niente. Rivoluzionari, come un bacio in mezzo alla sommossa.

Nel vederli andar via, d'impulso abbassai gli occhi sul polso. Ripensai a Berta, al suo modo di guardare l'orologio ogni volta che impaziente le chiedevo che ora fosse. Alzava il braccio sinistro, stringeva la ghiera tra il pollice e l'indice, studiava per un secondo le lancette. "Un quarto alle cinque." "Le otto e venti." "L'ora di andare a dormire."

Quando guardavo il quadrante, leggevo i numeri con la sua voce.

La sera prima che iniziassi le scuole medie, Berta era uscita dalla cucina e si era avvicinata al divano dove passavo le serate a leggere. Si era tolta l'orologio, m'aveva sollevato il braccio e poi aveva stretto il cinturino. "Siamo fortunati," aveva annunciato soddisfatta, "è la misura giusta." Quello era il suo modo di dirmi che stavo diventando grande, che avevo bisogno di un orologio mio.

Era anche il suo modo di non dirmi che un orologio nuovo, uno che lei avesse giudicato all'altezza, non potevamo comprarlo.

Anche se era un ricordo, anche se ci teneva da matti, me lo regalò col sorriso più grande del suo repertorio di sorrisi. Ne aveva tanti, uno per ogni occasione in cui doveva mascherare la paura. La paura che il bambino che le avevano affidato scoprisse d'essere diverso.

Io rispondevo col mio repertorio di facce felici, quelle che usavo per mascherare un sentimento speculare: la paura che l'unica persona a cui volevo bene scoprisse che già sapevo tutto.

Insomma, non proprio tutto. C'era in effetti un tema marginale, un'inezia che più passava il tempo più relegavo al ruolo di materia secondaria. L'avrei studiata poi, magari un altro giorno, forse l'indomani se avessi avuto tempo. Per assurdo, l'inezia, era il cavallo di battaglia di Berta e lei la riassumeva con una domanda: "Ti va di parlare un po' di mamma?".

Provava sempre ad affrontare quel discorso. E io reagivo sempre con il trucco del bradipo. Inventavo una scusa, me ne andavo in camera, e lì giocavo a muovermi al rallentatore. Avevo letto da qualche parte che con quella strategia, con la lentezza, il bradipo riusciva a star lontano dai pericoli, a sfuggire a predatori anche quattrocento volte più veloci di lui. La calma era il riparo davanti alla minaccia, il baluardo a difesa della sua stabilità. Così, sperando nel torpore, passavo le ore a leggere. Che fossero romanzi, o volumi ingialliti di un'enciclopedia, poco importava. Cercavo di colmare il mio vuoto con lo studio di qualsiasi argomento capitasse sotto mano. Trovavo libri praticamente dappertutto, anche lontano dagli scaffali che dovevano ospitarli. Era l'unico lusso che Berta si concedeva, ne comprava un paio ogni settimana, sempre di seconda mano, a un prezzo che definiva "un'occasione". Se non fosse stato per lei, mi diceva, le parole si sarebbero perse. Così, chiuso in camera con le storie sopravvissute, sentivo anch'io di fare del bene. Quando uscivo, di solito, il pericolo era già distante. Il bradipo era salvo.

Guardai il cielo, mentre aspettavo Leo, cercando tra le nuvole l'immagine di Berta. Trovai solo le scie degli aerei.

Il giorno degli innamorati rivoluzionari l'avrei ricordato a lungo, dicevo, perché fu anche il giorno in cui parlai per la prima volta con Chiara, dopo due settimane di soggiorno a Casa Retrouvailles. C'avrei messo sicuramente di più a rompere il ghiaccio senza la storia del barattolo, soprattutto senza che fosse stata lei a rivolgermi la parola.

Sembravamo due bacchette di vetro strofinate dallo stesso panno, corpi elettrizzati che tendono a respingersi, e ogni volta che per puro caso ci trovavamo vicini, era come se una forza misteriosa intervenisse a separarci. Di giorno usciva spesso, amava passeggiare per conto suo, e quando rientrava l'unico modo di vederla era farsi invitare nello studio di Michiko. Cosa che io, di mia iniziativa, non facevo mai.

Anche di sera interagire era impossibile. Chiara, finita la cena, svaniva nel nulla, senza che nessuno mostrasse il minimo segno di preoccupazione per la sua assenza. Evaporare, per un corpo così leggero, era forse conseguenza naturale, non restava che aspettare il mattino e sarebbe ricomparsa in carne e ossa.

A colazione, in effetti, era sempre al suo posto. L'osservavo posarsi sulle cose come la brina all'alba, ago di ghiaccio talmente sottile da sciogliersi al peso di uno sguardo. Ed era lì l'incanto, nella minaccia di tornare vapore al contatto di un dito. Il punto di forza nella fragilità, nella delicatezza l'essenza: il pregio singolare di Chiara.

Senza seguirla con gli occhi ascoltavo il suo passo d'ovatta mentre usciva dalla sala, saliva le scale e si chiudeva dietro la porta. Entrava in quella camera, ne ero certo, ma mai una volta, nemmeno nelle sere più buie, accendeva la luce.

Quel suo modo di fare mi spinse a pensare che fosse un trucco, che in realtà non ci fosse nessuna ragazza dai capelli neri a Casa Retrouvailles. Chiara era un'illusione, come l'armata fantasma degli inglesi ad El Alamein, fatta di carta, legno e tralicci di palma. L'idea della finta divisione, dicono, fu di Jasper Maskelyne, un mago che Churchill aveva spedito in Africa per contrastare il feldmaresciallo Rommel e che fece persino sparire il porto di Alessandria.

Sì, anch'io ero caduto in una trappola. Solo un prestigiatore poteva creare una creatura così inafferrabile, sfumata, evanescente. Solo da un inganno della mente poteva sbocciare una ragazza di brina.

Tuttavia, davanti a quella strana forza di repulsione che non potevo fare a meno di avvertire, ero costretto a ricredermi. E anche Michiko contribuiva ad avvalorare l'ipotesi che fosse tutto vero.

Ai miei occhi la signora giapponese era il piccolo filo d'erba su cui si posano i cristalli, la foglia bianca ricamata dal ghiaccio, l'unica superficie sulla Terra dove poteva prendere forma la figura di Chiara.

Non provava mai a fissarle il volto, continuava nelle sue occupazioni e intanto le parlava, sapendo che lei, nascosta dai capelli, la stava osservando e l'avrebbe ascoltata. Era l'unica, a Casa Retrouvailles, in grado di cogliere le vibrazioni impercettibili di quel passo leggerissimo, l'unica che sapeva sempre quando la ragazza stava per entrare in una stanza.

La sera del barattolo infransi la regola dei cinque minuti e arrivai mezz'ora prima in cucina; volevo capire quando sarebbe toccato a me dare una mano con i piatti. Trovai solo Michiko, e il premio per la mia intraprendenza fu il pieno coinvolgimento nella preparazione della cena. A dire il vero sbrigava ogni cosa lei, io stavo lì a farle compagnia, mi delegava giusto i lavori pesanti come tirar fuori le pentole da un mobiletto alto, o svitare qualche tappo.

Aveva un modo di tagliare le patate che l'avresti guardata per ore, non si fermava mai. Per come curava i dettagli veniva da chiedersi se fosse la nostra cena quella che stava preparando, o un ricevimento per ospiti importanti.

"Aspettiamo qualcuno stasera Michiko?" le dissi all'improvviso.

"No caro, ci siamo solo noi, perché me lo chiedi?"

"Sembri molto concentrata, hai tagliato le patate tutte uguali, sarà quasi un dispiacere mangiarle," e ci mettemmo a ridere.

"In Giappone," disse poi, "usiamo una parola, *Kodawari*. Indica la ricerca perpetua della perfezione, senza compromessi o scorciatoie. *Kodawari* significa far bene il proprio compito sempre, anche quando non ti vedono. All'età di cinque anni i futuri maestri del sushi imparano le tecniche dagli *shokunin* anziani e poi passano la vita a migliorarsi. Sanno che anche un taglio sbagliato può rovinare il sapore del pesce. Non si tratta di dovere, ma d'amore. È provare gioia per quello che si fa, se fatto al meglio. Lo standard per definire 'il meglio' lo scegli sempre tu, anche quando tagli le patate."

Aveva appena finito di parlare quando Chiara entrò in cucina, galleggiando come al solito. Io tornai al mio lavoro pesante, aprire un barattolo di sottaceti che non voleva saperne.

Michiko, continuando a tagliare, diede la buonasera alla ragazza di brina. "Com'è andata la giornata?" le chiese.

"Come vanno le giornate nel migliore dei mondi possibili," rispose Chiara cordiale. "Potrebbero andar meglio, ma anche peggio, no?"

"Forse tu vieni da un mondo diverso," replicò allegra la signora giapponese, "per il mio l'aggettivo che hai scelto non è adatto!"

"Hai ragione, forse non è adatto nemmeno per il mio!"

Risero insieme. "Dove sei sparita per tutto il pomeriggio?" continuò Michiko, "ho pensato che avessi cambiato casa."

"Ma dove vuoi che vada senza di te? E comunque sono sempre stata qui, ci siamo incrociate almeno due volte dopo pranzo. Non mi guardi più come una volta!" Nel dirlo le punzecchiò il fianco. Sembravano due vecchie amiche.

"Non avrai mica scoperto il segreto per essere invisibile?" chiese provocatoria la signora giapponese.

"Se ci pensi, l'Universo intero è invisibile. Perché io dovrei fare eccezione?" ribatté la ragazza di brina. "Sappiamo che c'è, insomma, è là fuori, eppure non riusciamo a vederlo."

"Come no? E quella cos'è?" Michiko indicava la luna fuori dalla finestra.

"Le stelle, i pianeti, gli ammassi di galassie, non sono che il 5% del totale," rispose Chiara. "Il resto è diviso tra energia e materia oscura. Invisibile a occhio nudo. Come sono invisibili gli atomi, la forza di gravità, la coscienza, i pensieri della gente."

Michiko sollevò la testa e la guardò interessata, senza per questo trascurare le patate. "Ci sarà pure un modo per vederlo," insinuò. "Che accendano la luce questi scienziati!" La sua era una battuta, ma la ragazza di brina si mise a risponderle sul serio.

"Ti sei mai chiesta perché l'osservatorio di Mauna Kea sia su un'isola nel mezzo dell'Oceano Pacifico, in cima a un vulcano? O perché l'osservatorio del Paranal sia nel Deserto di Atacama?"

Probabilmente Michiko non se l'era chiesto. Per questo non rispose. "Sono luoghi privi di inquinamento luminoso, che regalano un cielo mozzafiato," proseguì Chiara. "È strano come a volte sia proprio la luce a nascondere le cose. Non che sia l'unica responsabile, certo, in fondo la colpa più grande è la nostra."

"E cosa abbiamo fatto di così terribile?"

"Ci fermiamo in superficie! L'interno, il motore, la base, per noi è sempre invisibile. Microscopio e telescopio condividono la voglia di scoprire, ma dopo secoli passati a perfezionare lenti cosa abbiamo scoperto? Che possiamo scomporre ancora tutto, fino a farlo tornare com'era all'inizio: invisibile appunto."

"Licenza polemica oggi?" la provocò Michiko. "Dove le punteresti tu queste lenti?"

"Io credo che la risposta sia nel Ragno di Nazca."

"In un animale?"

"Sì, in un certo senso. Il Ragno di Nazca è un geoglifo. Un segno tracciato tra il 200 a.C. e il 600 d.C. nel deserto del Perù. Non è il solo, c'è anche un albero, un airone, una balena, un astronauta! Le linee di Nazca sono più di 13.000. Ma il ragno ha qualcosa in più. I Nazca hanno rappresentato un *Ricinulei*, un aracnide di sei millimetri. Il suo organo genitale è un'escrescenza che si trova su una delle gambe, un particolare distinguibile solo al microscopio. Le civiltà precolombiane non avevano uno strumento del genere, ma il ragno di Nazca ha la stessa escrescenza. Com'è possibile?"

"Come?" chiese Michiko fermandosi un momento.

"Ho il dubbio che sia tutto sbagliato," rispose Chiara. "Sbagliato il nostro modo di intendere la storia. Sbagliato il nostro modo di guardare. Io dico che per vedere, vedere davvero, non abbiamo bisogno degli occhi, ma degli altri sensi. Dobbiamo annusare, toccare, ascoltare, assaporare. Dobbiamo sentire, nel senso generale del termine: provare sensazioni. Sentire le cose. Sentire le persone. E magari la materia oscura, il mondo invisibile, uscirà fuori e si farà vedere."

Non provavo più ad aprire il barattolo. Fingevo solo d'essere occupato, muovevo le mani come fossero una giustificazione di presenza. Non avevo perso una sillaba di quel ragionamento.

"Usa il coltello," disse Chiara dal niente. La guardai, ma lei non mi guardava, forse non ce l'aveva con me. "Fai leva."

Poi si avvicinò, prese il barattolo ostinato, un coltello, e inserendo la punta tra il vetro e il tappo la ruotò leggermente. Si sentì un *clack*. I sottaceti erano aperti.

"Forte la fisica eh?"

Tornò vicino a Michiko, con quel suo modo strano di piegare la testa, e in un attimo parlavano d'altro. Io rimasi lì, col barattolo in mano, a pensare alle leve e a quanto sia facile, per un ragazzo, rendersi ridicolo.

Il dolce e l'amaro

Caro Babbo Natale.

La leggi ancora la prima riga delle lettere? Qua nessuno si chiede come stai, a cosa pensi quando l'ennesimo bambino che ti scriveva "caro" e ti lasciava i biscotti in cucina, si alza un giorno e decide che non esisti più.

È una vita che mi chiedo come fai a sparire ogni volta, se ti viene la voglia di scendere dal camino per dire a tutti che è sbagliato, che si può crescere anche senza cancellare gli altri. Tanto il ricordo di chi ti ha reso felice rimane, a che serve fingere che non sia mai esistito?

Caro Babbo Natale, da grande vorrei essere come te.

Vorrei imparare ad arrivare di nascosto e lasciare i regali fuori dalla porta, a farmi da parte un attimo prima del momento migliore. In questo io e te siamo uguali, guardiamo la vita da fuori, mentre il freddo e la neve ci cadono addosso.

Siamo spettatori della felicità.

A trovarmi, quand'era il momento, non sei mai venuto. Perché non ne approfitti per fare un giro ora, che siamo fuori stagione? Vorrei farti conoscere l'unica persona che mi abbia mai fatto un regalo e io, per ringraziarla, l'ho lasciata sola.

Se poi, tra un posto e l'altro, ci avanza un po' di tempo, ti porto a vedere come questa persona s'è rifatta una vita, come mi ha sostituito. No, non gliene faccio una colpa, non funzionano le storie a distanza. Soprattutto se questa distanza per un periodo non puoi misurarla, perché l'altro è sparito.

Caro Babbo Natale, fai conto che non t'abbia mai scritto.

Ho lasciato sul davanzale della finestra un biscotto e un bicchiere di Fernet, il dolce e l'amaro. Scegli tu.

L'ho fatto perché so quant'è importante, anche solo per una volta, lasciare che non siano gli altri a scegliere quale sapore sentiremo in bocca dopo essere andati via.

Con affetto.

D.

Bias di conferma

Un pomeriggio, subito dopo pranzo, incontrai Scar per le vie del rione. Stava fermo fuori da un bar, poggiato al muro, e guardava la strada. Aveva in mano una busta. Decisi di raggiungerlo, ma arrivò qualcun altro prima di me. Un motorino si fermò a pochi metri da lui. Il guidatore gli porse un casco e Scar salì.

Dopo aver dato due colpetti rapidi sulla spalla del compagno, il mezzo sfrecciò via.

Non c'era niente di strano in quella scena, se non la busta. Era di un colore particolare, m'era rimasta impressa. Poche ore prima l'avevo vista in mano a Michiko, che l'aveva piegata e messa dentro il frigo, sopra a un contenitore.

Rividi Scar la sera stessa, quella dopo, e tutte le sere in cui decidevo di fare un giro a Monti. Lui, Claudio e Ivan passavano la maggior parte del tempo al bar, a bere gin tonic. Erano sempre pieni di soldi. Ogni tanto arrivava un messaggio, una chiamata, e a turno lasciavano il tavolino per perdersi tra la folla. Fosse stato per loro, avrebbero trascorso le serate tranquilli, a ripetere frasi sconnesse e a ridere senza motivo, ma durava sempre poco.

Quando si presentava il problema bisognava spegnere la canna, lasciare i drink e cercare di capire.

"Che hai fatto?" Ivan iniziava così. "T'ho dato venti euro, m'hai fregato," rispondeva il problema. "Mbè che è?" si faceva sotto Claudio. "Vai da un'altra parte no?" La metà delle volte la questione finiva lì, il ragazzo di turno se ne andava e loro tornavano al bar, ma nel 50% dei casi qualcuno faceva l'errore di rispondere. Rispondere forse è esagerato, diciamo che non stava zitto, magari non andava via subito, sbuffava qualcosa, guardava per un secondo di troppo. E allora partiva uno schiaffo, che metteva fine al 90% delle questioni. Il 10% che non era soddisfatto ne prendeva un secondo. E tutti a casa.

Scar per storie del genere non si sporcava le mani. Una volta però ci fu un ragazzino che ebbe l'idea di chiamare un paio d'amici e appena vide che i tre si avvicinavano gli lanciò contro una pallina di carta stagnola, dicendo che potevano riprendersi quella merda. Un altro arrivò da dietro e tolse una cuffietta a Scar. "Ridacci i soldi," disse. Le ultime parole prima di finire all'ospedale. Servirono sia Ivan che Claudio per fermarlo. Continuava a colpire quella maschera di sangue che un minuto prima era una faccia, con una violenza non giustificabile dall'affronto di essere stato toccato.

Dopo quella volta, per un paio di giorni, Scar non uscì da Casa Retrouvailles e non rivolse la parola a nessuno.

Soli al tavolino del bar, Claudio e Ivan mi raccontavano le storie che giravano su Damiano, che tutti chiamavano Scar per quel segno che aveva sul sopracciglio, una spaccatura netta, la crepa da cui ogni tanto gli scappava via il giudizio. Dicevano portasse le cuffie per non sentire chi durante le risse gli chiedeva di fermarsi.

Semplicemente, un secondo prima di partire, alzava al massimo il volume. Non le toglieva mai perché ogni momento era buono per litigare, per non sentire ragioni. Loro l'avevano visto un mare di volte e adesso anch'io potevo immaginare. "A quello gli si chiude la vena," commentavano. "Gli si spegne la luce."

Il segno se l'era fatto prima di incontrarli, Damiano la storia non l'aveva raccontata, ma non è che ci volesse tanto. In zona i vecchi criminali dicevano così: quando a tordi e quando a grilli. Sarebbe stato bello incontrare chi aveva segnato Scar, capire se fosse ancora vivo, se la rabbia che il loro amico si portava in corpo fosse la conseguenza dell'unica volta che si era fatto colpire.

Ridevano e buttavano giù il gin. Insieme a Claudio e Ivan m'avvelenavo anch'io. Quei drink e il tavolino del bar erano il poco che avevamo in comune, l'unico momento in cui sembravamo tre ragazzi che sono usciti insieme per raccontarsi come va con la scuola, con le ragazze, con l'adolescenza che è un periodo difficile, come ogni periodo della vita.

Ero seduto con loro, ma non ero uno di loro. Perché erano cresciuti prima, avevano la scocca dura che io non avevo, e adesso era tardi. A quell'età già si capisce chi non è tagliato per il mestiere.

Così, quando partivano per risolvere certe questioni, io restavo un passo indietro, a guardare le facce spaventate dei conigli camuffati da leoni, gente che aveva imparato a litigare su Netflix, dai personaggi di una serie tv. Non intervenivo mai, non commentavo mai. E nessuno mi tirava mai in mezzo. Poi, un sabato sera, mi chiesero se avessi voglia di fare un giro.

Claudio era strafatto, Ivan aveva appena vuotato il quinto gin tonic, Scar sembrava stranamente di buonumore. C'era una festa in centro, gente educata, bisognava andare lì. Guardai le tute, i marsupi, gli orecchini, i tagli di capelli, poi domandai qual era il piano per entrare. Claudio scoppiò a ridere, mi posò quella mano da un quintale sulla spalla e disse: "Ma perché, tu voi entrare?".

Ci spostammo a Colle Oppio, passammo sotto il ponte di Kojo e scendemmo su via dei Fori. Lontano si vedeva il Vittoriano. Mezz'ora dopo eravamo a Campo de' Fiori.

Ci fermammo sotto il portone di un palazzo poco lontano, dall'ultimo piano arrivava la musica, ogni tanto qualcuno citofonava, comunicava una specie di parola d'ordine e saliva su. "Sentili sentili!" diceva Ivan passandomi la Tennent's, rubata al bar prima di partire. "E falli divertire no?" ribatteva Claudio ridendo, mentre chiudeva la milionesima canna della serata. Scar aspettava seduto su un gradino, con le mani in tasca e la testa poggiata al muro. "Che ore sono?" chiese all'improvviso, guardandomi l'orologio. Tirai fuori il telefono: "L'una e quaranta".

Lo sguardo passò dal polso alla faccia. "Occhio!"

I primi a uscire furono due ragazzi sbarbati, con il colletto della camicia che spuntava dal maglione. Cominciava a rinfrescare, e mentre si lasciavano il portone alle spalle uno dei due mise il giacchetto, l'altro lo seguiva prendendolo in giro. Scherzavano, la serata era andata bene. Arrivati davanti a una di quelle macchinette che fanno un rumore infernale, il tipo col giacchetto tirò fuori le chiavi e aprì lo sportello.

Lo schiaffo di Ivan colpì in pieno viso il ragazzo del lato passeggero. "Damme tutto, sbrigate pezzo de merda! Damme i soldi e il telefono." Vedendo che non si muoveva, l'afferrò per il collo e gli frugò le tasche, mettendosi nel marsupio quello che cercava. Dall'altro lato Claudio aveva fatto togliere il giacchetto al guidatore, che senza troppe storie aveva consegnato soldi e telefono. Poi li avevano spinti a forza nella macchinetta, dicendogli di andare via se non volevano perdere anche quella.

Erano partiti senza far volare una mosca.

Dieci minuti più tardi fu il turno di tre ragazzini, a cui Claudio da solo tolse due collanine e i soldi che riuscirono a mettere insieme. Al più grosso sfilò anche l'orologio.

Venti minuti dopo il primo schiaffo di Ivan eravamo sulla via di Monti, con cinque telefoni, tre giacchetti, quattro collane, due orologi e cento euro in contanti. Il frutto della prepotenza.

La tecnica era sempre la stessa. Ivan si metteva la sigaretta accesa in bocca e colpiva il primo, senza dire una parola. Claudio e Scar pensavano agli altri. Lo schiaffo aveva due funzioni: spaventare chi lo riceveva e convincere chi ancora non l'aveva preso. Se non bastava, partivano le vere mazzate. Che fossero coetanei, o addirittura ragazzi più grandi, non aveva importanza. Gli occhi dei cani randagi non scherzavano. Volevano tutto.

Anzi, ne volevano il doppio.

La merce finì sul motorino di Ivan e Claudio, l'avrebbero piazzata loro come al solito. I telefoni erano spenti da un pezzo. I contanti li tenne Scar. "Lo vedi questo?" disse Ivan mostrandomi uno degli smartphone. "Questo costa mille euro e la gente lo dà via per uno schiaffo. Se provano a levamme mille euro de robba io me faccio ammazzà, me devono strappà er core pe tojeme mille euro da dosso," e intanto accarezzava lo schermo col dito. "Glieli levamo perché non se li meritano."

L'avrebbero portati a un amico, per venderli fuori, e magari sarebbero finiti nelle mani di un ragazzo francese, spagnolo, serbo, come regalo di compleanno di un padre convinto d'aver fatto l'affare. A loro spettavano cinquanta euro al pezzo, trenta se il telefono era vecchio. Ci tenevano a dire che era una prepotenza, non un furto, e che sceglievano solo chi se lo meritava.

Le ragazze e i poveracci ad esempio non li toccavano. "Niente lame," aggiungeva Claudio, perché era roba da infami, loro prendevano tutto a mani nude. Lo schiaffo era il vero fair play, un terzo tempo di strada.

Nei loro occhi, mentre spiegavano l'etica dei cani sciolti, si leggeva la profonda e sincera convinzione di essere nel giusto.

Quella notte, prima di dormire, mi tornò in mente la storia delle lettere e di Prester Iohannes. Nel 1165, all'epoca delle Crociate, alcuni pezzi di carta avevano iniziato a circolare per l'Europa, descrivendo un regno fantastico, che ospitava persino la Fonte dell'eterna giovinezza. Il sovrano di quel posto misterioso, nonché autore delle lettere, era Prester Iohannes.

I cristiani cercavano alleati, e insieme alle carte arrivò la voce di un esercito di musulmani sconfitto in Estremo Oriente proprio da un re cristiano. Gli europei conclusero che si trattava dello stesso sovrano delle missive, sarebbe stato un aiuto prezioso.

Iniziarono a setacciare l'Asia alla ricerca dei suoi discendenti, ma trovarono solo condottieri di religioni diverse e imperi in declino. Si spostarono così in Africa, più o meno nello stesso periodo in cui emissari dell'Etiopia si mossero a Nord, arrivando a Roma. Lì gli studiosi si accorsero che la loro storia era davvero simile a quanto descritto negli antichi carteggi. Furono inviati esploratori, e nonostante la confusione degli etiopi nell'ascoltare il nome di Prester Iohannes, si siglò un'alleanza.

Dall'apparizione delle lettere erano passati trecentocinquanta anni.

Gli eventi e le guerre che seguirono misero presto in evidenza che l'Etiopia non era la fantomatica armata in cui l'Europa sperava, e le ricerche del vero Prester Iohannes, lentamente, si interruppero.

Oggi sappiamo che a sconfiggere quei feroci musulmani furono i Mongoli, con l'aiuto di altre tribù convertite al cristianesimo.

Le notizie dei messaggeri furono travisate.

Le lettere del 1165 le scrisse un europeo, Prester Iohannes era solo un personaggio di fantasia, una figura leggendaria. In poche parole una bugia. Una bugia che influenzò le decisioni dei sovrani d'Europa per quasi quattro secoli.

È incredibile come un fatto condiviso, e che confermi credenze preesistenti, possa radicarsi tanto nella mente degli uomini da crederlo vero a ogni costo. Se tutti ci raccontiamo la stessa bugia rassicurante, finirà per diventare la realtà. Gli psicologi lo chiamano *bias di conferma*.

Per combatterlo dovremmo avere la pazienza, e il coraggio, di provare a distruggere ogni giorno le nostre idee migliori, i punti fermi che ci aiutano a navigare. Diventare i nostri accusatori più accaniti, e dimostrarci, con logica inappuntabile, che sediamo dalla parte della ragione. Almeno fino al prossimo dubbio.

Faticoso, vero? Ecco perché esiste il *bias di conferma*, perché la fatica non piace a nessuno. Tantomeno a tre cani randagi nati sotto una stella cattiva. Avrei tagliato sicuramente i rapporti, se Scar il giorno dopo non m'avesse chiesto di accompagnarlo, e non avessi visto coi miei occhi il modo in cui spesero i soldi di quella notte brava.

Mi aspettava fuori dal portone di Casa Retrouvailles, seduto sul marciapiede. Tornavo dalla solita passeggiata con Leo.

Disse che Claudio e Ivan sarebbero spariti per un po', quindi aveva bisogno di una mano con la settimana di Natale. Non c'era pericolo, ma era meglio se restavano in quartiere, perché dalle guardie i proprietari dei giacchetti c'erano andati. Poteva metterci la mano sul fuoco. Nel caso fosse successo qualcosa a Monti, chessò, una rissa, e li avessero portati in questura, non sarebbero passati inosservati. Uno con quegli orecchini di merda e un ciccione di un metro e novanta che ti prendono a schiaffi diciamo che te li ricordi, nella denuncia li descrivi abbastanza bene.

Lui era più discreto, ma doveva stare fuori dai casini lo stesso. Vedendo che esitavo ci tenne a precisare che quando diceva "fuori dai casini" intendeva esattamente "fuori dai casini". Di quella mano per la settimana di Natale aveva bisogno davvero.

Chiesi se per caso soffrisse d'ansia, visto che mancavano parecchi mesi a dicembre. Rispose: "Ma da chi la prendi la roba? Sei sicuro che non fumi? Io per stare come te devo pagare!".

La settimana di Natale

All'alba di un giorno di dicembre di tanti anni prima, Natale Serafini, detto il Gufo, camminava per via Ostiense col favore della notte, come l'animale da cui prendeva il soprannome. Si muoveva lontano dai locali, batteva le strade in cui la gente passava solo di giorno, e passeggiando rifletteva un po' su tutto: sul freddo, sulla vita, sul presidente della Repubblica italiana Carlo Azeglio Ciampi. Se avesse avuto un altro odore, un altro paio di scarpe, uno zuccotto meno sporco di quello che indossava per ripararsi le orecchie, il Gufo sarebbe passato per un insonne qualunque che attende l'apertura delle edicole, o del solito bar. Invece Natale detto il Gufo era quello che era. Un barbone, un senzatetto, o per dirla alla francese, un clochard. Ma al Serafini, che leggeva i giornali abbandonati, le parole straniere non piacevano, creavano un divario secondo lui, allontanavano le persone dalla realtà locale. Come i termini difficili dei ricchi. Diceva Natale Serafini: "Un clochard che muore d'ipotermia non è un barbone che muore di freddo".

All'alba di un giorno di dicembre di tanti anni prima, due rapinatori seguivano cinque ragazze e decidevano di aggredirle a calci e pugni lontano dal locale da cui erano uscite, in una strada in cui la gente passava solo di giorno, dove avevano trovato parcheggio.

"Che uomini siete? Picchiate le donne?" aveva detto il Gufo, richiamato dalle grida. Teneva le mani in tasca.

Alla polizia le ragazze raccontarono di un uomo che sembrava un senzatetto, ma non erano sicure, per via del buio e per il fatto che parlasse così bene. Portava uno zuccotto giallo senape. Era lui che le aveva salvate.

Se fosse stato sveglio, se non avesse avuto il volto distrutto e un edema cerebrale, Natale Serafini detto il Gufo avrebbe letto il suo nome sui giornali. Il terzo pomeriggio di degenza avrebbe stretto la mano al presidente della Repubblica italiana Carlo Azeglio Ciampi, venuto in visita a sincerarsi delle sue condizioni. Avrebbe posato, una volta ristabilito, davanti a un fotografo, con la medaglia d'oro al merito civile conferitagli per "*l'eccezionale senso di abnegazione nell'alleviare le altrui sofferenze e per aver soccorso chi si trovava in stato di bisogno*". Ma Natale Serafini dormiva, o meglio, era in coma.

Un mese dopo, quando aveva aperto gli occhi, non ricordava niente. E non avrebbe mai più ricordato. Uscì dall'ospedale con in tasca un pezzo di metallo che avrebbe volentieri lasciato lì e che gettò nell'umido soltanto un'ora dopo. Passati i primi anni di solidarietà, tra un centro d'accoglienza e l'altro, prese la poca roba che gli restava e se ne andò.

Solo, senza ricordi, incapace di articolare una frase come avrebbe voluto, il Gufo tornò nell'unico posto che sentiva appartenergli. Per la seconda volta nella sua vita, e ignaro della prima, seguì il richiamo della strada.

Quando Scar e gli altri l'avevano trovato, Natale era solo un barbone sessantenne che dormiva nel tratto riparato della scalinata dei Borgia, a pochi gradini dalla piazza di San Pietro in Vincoli. *Vicus sceleratus*, gli storici lo chiamavano così, perché invece delle scale prima c'era un vicolo, e perché era il posto in cui Tullia, figlia del sesto re di Roma, era passata con il suo cocchio sul cadavere del padre. Il vicolo scellerato. Da uno dei balconi del palazzo, ma forse non è una storia vera, Lucrezia Borgia faceva cadere gli amanti dopo aver speso con loro la notte. Si diceva in giro che fosse una rampa maledetta, infestata dai fantasmi, e Natale, di sicuro, tra gli spiriti non avrebbe sfigurato, perché di umano gli restava poco.

Dopo avermi reclutato sul portone di Casa Retrouvailles,

Scar mi portò nello stesso negozietto dove la prima sera avevo preso una birra. "Ciao capo," disse il cassiere vedendomi entrare. "Maestro, buonasera," disse poi rivolto a Scar.

"Ciao Sandrì," rispose Damiano, che gli strinse la mano come fosse un amico, e probabilmente lo era.

"Che vi offro?" chiese quello tirando fuori due birre dal frigo. Era una domanda retorica, passavamo da lui almeno un paio di volte a sera, per spezzare la monotonia del gin, e soprattutto perché dopo la seconda Tennent's i drink ti arrivavano dritti al cervello. Quella volta però non eravamo lì per bere, o almeno non solo.

Scar cominciò a frugare, prese un pacco di biscotti, merendine, qualche bottiglia di vino e tutto quello che lo ispirava al momento. Sandro le birre ce le regalò davvero, le bevemmo mentre facevamo due chiacchiere con lui, sulla porta del negozio. Andando via, afferrai quattro buste decisamente pesanti, così piene che sembravano sul punto di cedere, e il mio compagno si caricò il resto. La tappa successiva fu l'edicola, dove comprammo i quotidiani del giorno e un paio di riviste di motori.

Trovammo Natale sveglio, seduto su un cartone. Parlava da solo, circondato dalle pagine sbiadite dei giornali gratuiti distribuiti fuori dalla metro. "L'avete trovato lo zuccotto, quello giallo?" chiese vedendoci arrivare.

"Ciao Natà," disse Scar facendomi cenno di posare le buste. "Che dici? T'abbiamo portato qualcosa per stasera."

Natale diede un'occhiata al contenuto e tirò fuori il vino. Lesse l'etichetta. "Meglio questi da leggere no?" continuò Damiano porgendogli i giornali e le riviste.

Lui prese anche quelli, passò una mano sulle copertine lucide e scandì ad alta voce i titoli delle prime pagine. "Il Presidente, è venuto il presidente... lo zuccotto, quello giallo... un bastone, una catena." Quando non leggeva, Natale pronunciava frasi sconnesse, ma con diversa intonazione, come se cercasse di esprimere concetti distinti con le stesse parole.

Voleva dire qualcosa, voleva davvero, ma dalla bocca usciva solo lo zuccotto, la catena, un bofonchio sul merito civile, il Presidente. Cosa intendesse Natale, nessuno lo capiva.

Nella Biblioteca Beinecke di manoscritti e libri rari, tra le mura dell'Università di Yale, c'è un codice illustrato archiviato con il numero "MS 408".

È l'unica copia al mondo, duecentoquaranta pagine risalenti ai primi anni del 1400, piene di scritte, castelli volanti, segni astrali, piante e altre immagini che accompagnano il testo. Si chiama Manoscritto Voynich, e nessuno fino a oggi è riuscito a capire di cosa parli.

Il nome deriva da un mercante di libri polacco, tale Wilfrid Voynich, che lo acquistò da un collegio gesuita di Frascati. Gli esperti di crittologia dicono che i segni sconosciuti sono un linguaggio vero, che le lettere e le parole sono ripetute in un modo non casuale. È solo che manca la chiave, una parola, anche un pugno di lettere decodificate con certezza che possano svelare il significato nascosto tra le pagine.

Natale era una specie di Manoscritto Voynich, ma al posto dei fogli, della pergamena di vitello, dei disegni colorati, c'era un uomo in carne e ossa, che ripeteva a vuoto il suo messaggio indecifrabile.

Sono tutti d'accordo nel dire che il gioiello custodito nella Biblioteca Beinecke sia uno dei misteri più grandi del mondo, mentre di un altro mistero, di come si possa conservare un libro mai capito e lasciar morire un uomo incompreso, sono tutti d'accordo sul non pronunciarsi.

Ogni pomeriggio di quella settimana, di ritorno dal mio giro con Leo, Scar mi aspettava sul portone di Casa Retrouvailles. Ogni pomeriggio facevamo la spesa, compravamo i giornali e andavamo da Natale, a sentirlo dire zuccotto, catena, bastone e Presidente, o bofonchiare cose sul merito civile.

A volte, di giorno, trovavo una delle riviste vicino a una bottiglia, in un posto diverso dalla scalinata dei Borgia. Damiano mi spiegò che i primi tempi, quando se n'erano accorti, avevano seguito il Gufo per capire se l'avessero aggredito, o magari derubato. Avevano scoperto invece che Natale portava le riviste e i giornali a qualche amico senzatetto, si scolavano insieme mezza bottiglia di vino e lui gli lasciava l'altra mezza. Vicino al ponte, al parco, tra i vicoli del rione, dappertutto era pieno della roba che avevamo comprato noi, abbandonata come gli uomini che l'avevano consumata. Quella era la settimana di Natale, che per ironia della sorte era davvero un periodo di regali.

Ecco dove finivano i soldi tolti con la prepotenza. I randagi non rubavano per fame, almeno non per la loro. Attaccavano per noia, per invidia, per un discutibile senso di giustizia. Raddrizzavano un mondo che girava storto, dicevano, perché Dio era un po' che non si faceva vedere, e allora, nell'attesa, decidevano loro come farlo girare.

Il secondo giorno il bastardino tornò dal Gufo.

Era un cagnolino nero dal pelo arruffato, nato chissà dove, che beveva l'acqua da un piatto di plastica e andava e veniva come gli pareva. Da un mese aveva trovato Natale, o Natale aveva trovato lui, e di notte si rannicchiava tra le sue coperte.

Quando sentiva la parola Presidente, la sentiva spesso, drizzava le orecchie perché era convinto di chiamarsi così, o almeno questo era quello che avevamo concluso noi. Vacci a capire qualcosa con gli animali. Il mondo si divide in chi crede che i pinguini si abbraccino per tirarsi su il morale e chi sa che lo fanno per creare una barriera contro il freddo.

I primi sono la stragrande maggioranza.

Provate a spiegargli che sui ghiacci dei mari antartici il termometro segna -50 gradi e i venti sono gelidi, che il freddo ha neutralizzato tre dei cinque recettori che questi uccelli usavano per distinguere il sapore del pesce, e adesso lo buttano giù senza sentire niente. Provateci e vi diranno che gli animali hanno dei sentimenti, che sono come noi. Il cagnolino che hanno appena comprato, ad esempio, già li ama. E forse hanno ragione.

Gli elefanti provano gioia nell'incontrare dopo vent'anni creature con cui hanno condiviso un po' di strada; non parlo solo di altri elefanti, ma anche di esseri umani. L'evoluzione li ha dotati di un cervello molto simile al nostro e l'ippocampo, una struttura fortemente legata alle emozioni e alla memoria a lungo termine, è così sviluppato da renderli una delle poche specie non umane a soffrire di disturbo post traumatico da stress.

Sì, gli elefanti soffrono come noi, piangono i loro morti, eseguono rituali di sepoltura. Tornano persino in visita alle tombe, ma non portano inutili fiori.

Anche i cetacei e le scimmie soffrono la perdita e conoscono l'empatia; i corvi, i delfini e le lontre si divertono a giocare. Ogni anno un nuovo studio ci permette di capire di più sulla mente degli animali e di affermare con certezza che provino emozioni. Ma spesso le cose esistono molto prima che qualcuno se ne accorga.

Io sono convinto che tutti gli animali abbiano dei sentimenti. Ho dubbi solo sugli uomini.

L'ultimo giorno della settimana, in un momento di lucidità, Natale Serafini, detto il Gufo, disse a Scar un paio di cose.

La prima fu: "Grazie".

La seconda: "Ringrazia pure gli altri, il secco e quello grosso, gli amici tuoi". Il giorno dopo nessuna rivista scientifica titolava: "Anche il barbone, come gli esseri umani, sa provare riconoscenza".

Spunta singola

Oi, devo chiederti una cosa. Quando puoi mi chiami?

Per favore, è importante!

Appena leggi, risp.

Karesansui

Quando Einstein scrisse di non essere interessato ai dettagli dell'universo, ma di voler conoscere i "pensieri di Dio", non si riferiva ad atti di ragione, né all'attività psichica grazie a cui gli esseri umani acquistano coscienza. Einstein parlava di principi fisici, di leggi armoniche che solo uno spirito "immensamente superiore" avrebbe mai potuto concepire. In altre parole, ad attrarlo era l'idea di simmetria che regge il cosmo.

Ormai da tempo questo presupposto di equilibrio, di corrispondenza ordinata, guida i fisici nella concezione delle loro teorie, ancor più dei dati sperimentali. Se Wolfgang Pauli, ad esempio, non avesse inseguito la simmetria, se avesse semplicemente accettato l'idea di disequilibrio, non sarebbe arrivato a teorizzare l'esistenza del neutrino. Allo stesso modo, senza una ferma convinzione nella perfezione iniziale dell'universo, i ricercatori non tenterebbero da decenni di unificare nella *teoria del tutto* i fenomeni fisici e le interazioni fondamentali. Nessuno si sognerebbe di dedicare la vita alla dimostrazione che elettromagnetismo, forza nucleare forte, forza nucleare debole e gravità erano, all'inizio dei tempi, un'unica grande forza, e che l'universo era totale simmetria.

Invece l'equilibrio è stato eletto a regola, perché sembra si sposi bene con il mondo, e poi tradotto in matematica, un linguaggio che funziona a tal punto da farci domandare se sia insito nella natura delle cose. Definiamo l'uomo, i pesci, gli uccelli e gli insetti come animali a simmetria bilaterale. Nel fusto delle piante ritroviamo simmetria cilindrica, nei funghi simmetria raggiata. Affermiamo che l'intero universo è simmetrico perché le sue leggi non cambiano nel tempo e nello spazio. Troviamo un certo ordine nella distribuzione delle foglie, descritto dai numeri della *serie principale della fillotassi*, e nella disposizione dei petali, che segue la *successione di Fibonacci*.

La spirale della conchiglia del Nautilus e quella di una galassia lontana hanno in comune la *costante di Fidia*, un numero irrazionale che prende il nome di *sezione aurea*.

A leggere il mondo in questo modo viene da pensare che fosse proprio la perfezione il pensiero del dio di Einstein e viene spontaneo chiedersi che cosa ci facciamo noi quaggiù. Con le nostre debolezze, con i nostri mille difetti, abbiamo rovinato il progetto, sporcato una media immacolata con infiniti valori di scarto. Il problema, a dire il vero, ce lo siamo creati da soli, perché la matematica non è insita nella natura delle cose, ma l'abbiamo inventata. E la sua simmetria perfetta in natura non esiste.

È il disequilibrio a farla da padrone: ci tiene in vita il cuore, che è un organo asimmetrico, come asimmetrici sono i polmoni, il cervello, le cellule, ogni singola molecola. Se agli albori dell'universo il campo di Higgs non avesse perso la simmetria iniziale, oggi tutto sarebbe pura luce, energia, entità senza massa. Non ci sarebbe vita come noi la conosciamo, foglie, petali, serie di numeri. Non saremmo nemmeno qui a parlarne.

Andrebbe celebrata, l'imperfezione da cui siamo nati, e invece abbiamo scelto di rinnegare le origini. Condanniamo ciò che non riusciamo a perdonarci: diversità, sproporzione, difetto.

Dopo i primi tempi a Casa Retrouvailles, mi ero fatto l'idea che quello fosse l'unico posto al mondo in cui ti venisse voglia di lasciar correre. Lì dentro non ti sentivi in dovere d'essere un cerchio esemplare, una linea perfetta, nessuno ti chiedeva di rigare dritto come un viale dei giardini di Versailles. Varcavi quel portone e avevi l'impressione che andasse tutto bene, che potevi anche accettarle le tue disparità, riconciliarti con la tua natura. Non saprei dire se fosse merito di quella donna vestita di seta, dell'odore perenne di tè, o della mia immaginazione, ma sta di fatto che ogni singolo tassello, ogni mobile, ogni stanza, anche il più piccolo granello di polvere, sembrava parte di un enorme giardino di pietra, il *Karesansui* della cultura Zen. Ma non c'era sabbia di granito bianco su cui disegnare il profilo dell'acqua, né rocce a simulare montagne, isole ferme bagnate dal mare. C'eravamo solo noi, pieni di segni, di tagli e ricordi. Ogni giorno Michiko pettinava quella ghiaia inesistente con il suo rastrello, tracciando curve diverse, semplici ma sempre nuove, che a guardarle ti facevano pensare al cambiamento inevitabile, al dondolare delle stagioni. Respiravamo calma, aroma di pace, il balsamo della serenità.

All'interno del *Karesansui* più grande, ognuno aveva il suo *Bonseki*, giardino in miniatura che potevamo gestire da soli, e dove ognuno teneva ordinate le sue personali asimmetrie. Si trattava, in un certo senso, di piccoli luoghi sacri, oasi di dolore privato con tacito divieto d'accesso agli estranei.

Forse, nel suo *Bonseki*, Leo inventava storie come Kojo, disegnava con un ramoscello un oceano di persone pronte ad ascoltarlo, oppure solo un fratello, uno che poteva somigliare a me, ma senza il vizio del distacco. Immaginavo Chiara accarezzare la ghiaia con un tocco di piuma, raddrizzare la testa e spostarsi i capelli con un soffio, per veder meglio l'impronta della mano.

Amina lasciava libero il suo bambino di plastica e poi lo guardava contenta, mentre lui scalava rocce impercettibili e conquistava isole. Magari Greta tuffava il telefono nella sabbia, stringeva forte i pugni e contava i secondi, gli istanti infiniti in cui avrebbe resistito senza tirarlo fuori, mentre Scar giocava distratto con le cuffie e la rabbia, provando il brivido di non odiare.

Non sapevo davvero cosa facessero gli altri nel loro *Bonseki*, non ero nemmeno sicuro di cosa facessi io.

Una sensazione però me la ricordo. Nel mio giardino zen io pensavo alla vita di prima, a Berta, a Cesare, ai giorni in cui ero felice ma l'avrei saputo dopo. Ci pensavo e mi sentivo come Ötzi, l'uomo venuto dal ghiaccio ritrovato tra le Alpi Venoste. Il suo corpo, conservatosi grazie a condizioni climatiche uniche, era rimasto sepolto al gelo per 5300 anni. Io ero un pelo meno intirizzito, ma non facevo che mostrare sentimenti congelati, affetti intorpiditi da un freddo irresistibile. Per quanto mi sforzassi d'accettare il posto che mi offrivano gli altri, di sorridere, di far parte del gruppo, Casa Retrouvailles non era casa mia.

Io appartenevo al poco che m'ero lasciato alle spalle, ai Natali passati in due, alle passeggiate del sabato, allo sguardo di Berta il giorno in cui s'accorse che sapevo che non costava molto il suo regalo, e che non m'importava.

Meditando nel *Bonseki* della mia camera, mi sforzavo di ricordare se almeno una volta nella vita avessi dimostrato a chi mi voleva bene che apprezzavo la fatica, che non avevo bisogno di tripudi, luci e bande musicali. Mi sforzavo e non trovavo lo straccio di un'occasione, neanche una stupida circostanza in cui avessi detto, a gesti o a parole: "Per me tu sei abbastanza".

Non grida di gioia ma sussurri. Non il fuoco che arde ma le braci. Io rimpiangevo il poco e mi sentivo in colpa, così tanto che avrei rifiutato il bene che avevo davanti e che non meritavo.

Il giorno in cui a Casa Retrouvailles si fossero stancati della mia freddezza, mi sarei arreso e sarei andato a sdraiarmi tra i ghiacci, sperando d'essere inghiottito. Oppure, nella calma del *Karesansui*, disegnando figure nella sabbia bianca, avrei descritto a tutti il mio disequilibrio, la grande imperfezione che mi portavo dentro. Forse, con un po' di fortuna e il benestare di Michiko, gli altri avrebbero capito, o persino perdonato, il mio peccato d'asimmetria.

Era matematica la signora giapponese, linguaggio universale, una *teoria del tutto* senza dimostrazione che riusciva a unire, in un'unica grande forza, l'universo imperfetto di Casa Retrouvailles.

Con me faceva un po' più di fatica, ma non si perdeva d'animo. Senza forzare la mano, trovava l'occasione più giusta per scambiare due parole, per mostrare quanto fosse facile capire come mi sentivo, anche se io non ne parlavo con nessuno. Quando accettavo il suo invito per un tè, ad esempio, me lo serviva in una tazza scheggiata, dalla forma strana, che aveva l'aria d'essere un reperto di duemila anni fa. La prima volta che me la porse cercai di mascherare l'imbarazzo, rigiravo la ceramica e non potevo fare a meno di pensare che mancassero dei pezzi.

Non c'era neanche il manico.

Allora lei mi raccontò la storia di un artigiano e di una tecnica di cottura dell'argilla, che chiamavano *Raku*. Mi spiegò che in mano non avevo soltanto un recipiente, ma una filosofia, un'opera d'arte con un valore intrinseco. Non appena Chojiro, il suo inventore, l'aveva mostrata al Maestro Sen-no-Rikyu, questi ne aveva subito compreso il pregio. Quella tazza così lontana dai canoni abituali metteva l'ospite in comunione con la natura. Il suo profilo sembrava disegnato dal caso, come il vento disegna una montagna. "Si chiama *raku-yaki*," m'aveva detto Michiko. I segreti della sua fabbricazione passavano di padre in figlio. Dal tono che usava per descriverne la bellezza, si capiva che ne era innamorata.

Dietro il tè, dietro le storie di ceramica, c'era un continuo rimando alla semplicità, e come nel caso dello sgabello in legno grezzo, un tentativo di farmi capire l'importanza dell'irregolare.

Io non le avevo detto niente, non l'avevo mai invitata nel *Bonseki,* eppure lei sapeva. Versando il tè nella tazza, versava anche pensieri, mi colmava le paure, cercava d'affogare il mio squilibrio.

Accettai l'invito di Michiko anche tre giorni prima del giorno del cataclisma. Entrai nello studio e non m'accorsi di niente, tutto sembrava tranquillo. Quando mi porse la tazza, per poco il tè non cadde. Non era mai successo.

Mi chiese scusa e poi scoppiò a ridere, in un modo che non mi convinse.

Diede la colpa all'età.

Lord Byron

Esiste una creatura, sulla Terra, che si adatta a vivere in ogni continente, Antartide compreso. Gli scienziati la chiamano *Tardigrado*, oppure *waterbear*, "orso d'acqua", ma non ha niente a che vedere con quei mammiferi enormi, che arrivano a pesare centinaia di chili. I tardigradi infatti misurano appena un millimetro, e sono più resistenti di un grizzly, di un orso polare, di un grande orso bruno. Chi li studia dice che vivranno per altri sei miliardi di anni. Saranno sul pianeta finché il Sole non si trasformerà in gigante rossa, perché riescono a sopravvivere al gelo, all'acqua bollente, a livelli impensabili di radiazioni. Un uomo può cavarsela senz'acqua solo per qualche giorno, un tardigrado invece potrebbe andare avanti per decadi.

Riguardo alla lettura, ecco, io avevo lo stesso dono di questi piccoli invertebrati. Sarei andato avanti per sempre a sfogliare le pagine, incurante dell'arrivo dell'apocalisse, o di una nuova glaciazione.

Se avessi avuto un libro smisurato tra le mani, mi sarei dimenticato persino di mangiare. Erano i finali, a mettermi i bastoni tra le ruote, le maledette ultime pagine.

La stanza dei guardiani di marmo divenne presto il mio habitat naturale. Passavo in biblioteca molto più dell'ora al giorno consigliata da Michiko. Alzando la testa dopo aver finito un'opera, mi succedeva quello che a tanti succede all'improvvisa interruzione della connessione a internet:

m'accorgevo di essere circondato da persone reali. E mi rendevo conto di non sentirne la mancanza.

Gli altri inquilini di Casa Retrouvailles entravano e uscivano dalla sala, mentre Bernard si occupava di tenere tutto in ordine. Il suo lavoro meticoloso consisteva nel riporre i nuovi libri nel primo spazio disponibile e nel fermarsi spesso a metà della scaletta, usata per raggiungere gli scaffali più alti. Era il quarto piolo a ispirarlo. Quel gradino aveva il potere di suscitare in lui una voglia irrefrenabile di leggere. La loquacità dimostrata durante i pasti, in biblioteca si assopiva, e il suo modo di fare lo rendeva simile ai guardiani di marmo. In sua non-compagnia, trascorrevo mattinate serene, interrotte ogni tanto dai piccoli terremoti scatenati dalle apparizioni di Leo. Amina, Greta e Chiara non disturbavano invece la mia pratica d'asceta. Mi lasciavano dondolare nell'illusione che coltivando il mio spirito avrei raggiunto un giorno un'esistenza superiore, lontana dai dolori del mondo.

Non seppi d'inseguire una chimera finché una mattina, dal punto più alto delle mie fantasticherie, venne Aristotele e mi buttò giù.

Il passo che stavo leggendo recitava: "*Chi è incapace di vivere in società o non ne ha bisogno perché è sufficiente a se stesso, o è una bestia o un dio*".

Poco dopo l'autore aggiungeva un pensiero, nel caso qualcuno credesse di non essere al di sotto dell'uomo, e di non far parte quindi delle bestie. Ipotizzava lo stato d'animo della divinità. Secondo Aristotele, non poteva essere altro che triste.

Triste perché sola.

Chiusi il libro di botto, con la foga con cui si aprono gli occhi dopo un incubo tremendo. Il rumore per poco non fece cadere Bernard dalla scala.

"Mon frère, tutto bene?" chiese.

"Sì."

"Chiudilo con più grazia quel testo la prossima volta, se non vuoi avere un vecchio sulla coscienza."

"Mi dispiace. M'è sfuggita la mano."

Dal lato opposto del tavolo, Amina e il bambolotto mi fissavano.

Alzandomi, afferrai il volume. Lo infilai nello stesso spazio da cui l'avevo estratto, con l'intenzione di non tirarlo fuori mai più.

Uscii dalla stanza. Provavo un forte disprezzo nei confronti di me stesso, il mio gesto era stato una deplorevole mancanza di rispetto. Checché ne dica la gente, è un sacrilegio lasciare un libro a metà.

Quella mattina misi uno dietro l'altro un numero impressionante di passi. Giravo in tondo per il rione, solo come una bestia e triste come il dio di Aristotele.

D'un tratto, mentre svoltavo l'angolo verso via Cavour, scoprii che il vento trasportava un odore familiare. Pochi passi e un'altra lieve folata confermò la mia intuizione.

Era un odore che avevo già sentito a Casa Retrouvailles. Mi fece subito star bene. Lo chiamano *senso del cuore*, l'olfatto, perché nessuno come lui sa suscitare un'emozione. Funziona meglio della vista e del gusto. Ci coinvolge con una velocità scioccante.

Camminavo, aspettando di fiutare ancora la mia medicina, ma al soffio successivo il vento non l'aveva con sé. Era vuota anche la folata dopo. Me l'ero immaginata? Sì.

Diedi il benvenuto alle allucinazioni olfattive, pensando a quanto avesse ragione Leo quando mi diceva serio: "Con tutti i problemi che hai, da grande farai il libro di matematica".

Arrivato sotto la scalinata dei Borgia, l'odore mi investì di nuovo. Era impetuoso questa volta, non veniva da lontano.

Una risata familiare m'accarezzò l'orecchio.

Ero turbato. Iniziavo a sentire anche le voci.

Prima di arrivare al giaciglio di Natale, c'era una piccola piazza trasformata in parcheggio. L'entrata era a metà della scala, la raggiunsi confondendomi ai turisti che salivano e scendevano.

Accovacciato dietro un muretto, cercai di vedere meglio la scena.

Il Gufo era seduto tra i giornali. Davanti a lui, Michiko sorrideva.

La signora giapponese aveva tre le mani un vassoietto. Sopra c'era una piccola brocca e due tazzine.

"Il merito civile," diceva Natale.

"Come va, caro?" chiese Michiko.

Il Gufo mosse la testa e alzò le spalle. Spostò una serie di quotidiani ingialliti e fece cenno alla visitatrice di accomodarsi.

"Passo seduta tutto il giorno, stare in piedi mi farà bene," lo rassicurò lei. "Gradisce una tazza di sakè?"

"Il Presidente, la catena!" Natale annuiva e porgeva la mano.

Michiko si chinò. Posò il vassoio su un gradino. Consegnò una tazzina all'uomo seduto sul materasso e la riempì, maneggiando con cura la brocca. Il vento accese ancora il senso del cuore.

"Grazie," disse gentile il Gufo.

Michiko riempì l'altra tazza. "*Kanpai*," esclamò sorridente, guardando l'altro negli occhi. Sollevò per un brindisi il piccolo recipiente.

"*Kanpai*," ripeté Natale, fiero della sua pronuncia.

"Ottimo! E ora faccia come le ho insegnato, coraggio."

L'uomo diede un sorso e poi chiese una conferma con lo sguardo.

"Niente male, lei è pronto per l'alta società!"

"Il Presidente!" scoppiò a ridere Natale, buttando giù il resto del sakè e chiedendo immediatamente scusa. "Sono irrecuperabile, mi perdoni."

"Ma no, le serve solo un po' di pratica. Lei crede nel miglioramento?"

"C'è sempre un oltre dove andare."

"Questa è bella. E il suo 'oltre' dov'è?"

Natale diede due colpetti a terra. "Eccolo."

"Un gradino?"

"La strada, signora. Ti porta dappertutto."

"Dappertutto o da nessuna parte."

"L'importante è che sia lontano. E che non sia certo."

"Non la spaventa, questa precarietà?"

"*There is a pleasure in the pathless woods*... si è vivi solo davanti al mistero, è l'avventura che calma lo spirito."

"Lei è un Lord Byron moderno!" disse decisa la signora giapponese.

"Il Presidente!" scoppiò a ridere Natale. "Il merito civile."

Michiko sapeva decifrare il Manoscritto Voynich, sapeva tirar fuori il mondo dietro la catena, lo zuccotto, le parole ripetute come una cantilena. Non credevo alle mie orecchie.

Bevvero un'altra tazza di sakè.

Dopo aver scambiato sottovoce parole che non riuscii a comprendere, Michiko sistemò sul vassoio la brocca e le tazzine. Fece un leggero inchino a Natale e se ne andò.

Tornando a sdraiarsi, il Gufo tirò fuori qualcosa da sotto il materasso. Abbandonando la testa su una coperta lurida, tolse il segnalibro di giornale e sparì dietro a un libro.

Presidente comparve scodinzolando. Andò ad accovacciarsi sui giornali. Natale interruppe la lettura per dare una carezza al bastardino: "Il Presidente!". Il cane abbaiò. Lui rideva.

Dieci minuti dopo, confuso tra i passanti, lasciai la scalinata per proseguire il mio giro della Terra. Michiko era sparita, e con lei l'odore del sakè.

Al terzo passaggio davanti allo stesso bar, un motorino accostò di botto. Sopra erano in due. Scar scese. Si tolse il casco e lo consegnò a Ivan, che ripartì facendo un cenno con la mano.

"Esci di casa solo per startene al bar," mi disse avvicinandosi. Era chiaro che quella frase avrei dovuta dirla io a lui. "Tieni!"

Mi lanciò un sacchetto di carta, un po' sporco di zucchero. "Mangia, devi crescere. Ci vediamo in giro."

Afferrai al volo il regalo. Dentro c'era un cornetto. La marmellata era uscita quasi tutta, l'aspetto non era certo invitante.

"Non ne vuoi nemmeno un pezzo?" gridai mentre si allontanava.

Si girò per un istante: "La marmellata mi fa schifo".

"Grazie allora."

Alzò la mano e riprese a camminare.

Non stetti lì a chiedermi perché Scar avesse comprato un cornetto che non avrebbe mai mangiato. Il milione di passi di quella mattina m'aveva smosso lo stomaco. Avevo una discreta fame.

Tirai fuori il croissant e lo mangiai con gusto. Certo, non era proprio fresco, chissà quante ore prima era uscito dal forno. E poi aveva fatto un viaggio in motorino.

Due viaggi. Mentre accartocciavo il sacchetto, notai il nome che c'era scritto sopra. Era quello del bar alle mie spalle. Scar aveva comprato il cornetto – più di uno in realtà, nel sacchetto c'erano anche tracce di cioccolato – l'aveva portato a destinazione e poi di nuovo indietro, dove l'aveva regalato a me.

Dopotutto, vivere in società aveva anche i suoi lati positivi. Agli eremiti nessuno porta la colazione.

Non saprei dire il giorno esatto in cui Leo cominciò ad ascoltare le storie di Kojo, ma di sicuro successe molto prima del mio arrivo a Casa Retrouvailles. Tutti conoscevano l'abitudine del ragazzino, se io non potevo uscire c'era sempre qualcuno che lo portava fino al ponte e lo lasciava scorrazzare coi figli degli ambulanti.

In un paio d'occasioni l'avevo visto con Bernard, un sabato con Michiko, spesso insieme a Chiara. Così, qualche tempo dopo l'episodio del barattolo, un pomeriggio ci trovammo in due sulla porta ad aspettarlo. Chiara si lasciava alle spalle la scia del profumo del tè, era l'unica a trascorrere il suo appuntamento quotidiano con la signora giapponese in posizione *seiza*, con le ginocchia poggiate sul tatami. Una volta l'avevo anche sentita pronunciare qualche frase nella lingua di *Nihon*, la *Terra del Sole Nascente*, nell'atto di ricevere la tazza. Da quella stanza usciva sempre più leggera.

Quando capimmo d'essere sulla porta per lo stesso motivo, provammo a turno a farci da parte, ma Leo che vedeva all'improvviso raddoppiate le sue chance di parlare durante il tragitto, insistette perché l'accompagnassimo entrambi.

Il risultato fu un monologo di dieci minuti senza diritto di replica, che si interruppe prima di raggiungere la fine. La nostra indecisione iniziale rischiava di fargli perdere la storia, e quando vide Kojo in lontananza, già circondato dai bambini, ci lasciò indietro e si mise a correre.

"Ti va una granita?" chiese Chiara mentre Leo saliva sul ponte. "C'è un posto qui vicino."

"E lo lasciamo qui?" domandai io.

"Sei l'unico che l'aspetta, e lo fai perché ti piacciono le storie. E perché speri che ti invitino a giocare con loro uno di questi giorni." Aveva ragione, su entrambe le cose.

"E dimmi, Sherlock, a te cos'è che piace, a parte la granita?"

"Il cielo."

"E riesci a vederlo anche coi capelli sugli occhi?"

Era una battuta, ma Chiara non rispose e io provai la sensazione che provavo sempre. Perché, se una ragazza mi piace, devo prenderla in giro? Come si fa a essere così idioti? L'intero vocabolario di base a disposizione, 6500 parole, e io non conoscevo quelle giuste. Che spreco. "Comunque la granita mi va."

Tornammo di nuovo verso il rione. Chiara si fermò due o tre volte, cercando di ricordare la strada, ma fu l'esitazione di un momento. Parlavamo di Michiko, di Casa Retrouvailles, e intanto la seguivo. Di nascosto la guardavo camminare tra i vicoli, sempre con la testa piegata, sempre coi capelli sugli occhi, sempre senza incrociare il mio sguardo.

Ogni tanto rideva.

"Ci siamo quasi, non odiarmi," disse. Magari uno più bravo di me avrebbe risposto che non la odiava, che avrebbe volentieri camminato una vita insieme a lei, anzi, se non aveva fretta, si poteva far finta di sbagliare strada, per allungare un po'. Un altro le avrebbe detto che sentirla ridere faceva un effetto strano, che anche se pensavi d'essere un disastro, un buono a nulla, un incapace, se lei rideva di colpo eri speciale. Avevi l'impressione di saper fare qualcosa. Ma lì con Chiara non c'era uno più bravo, c'ero io, che avevo il dono di sprecare le occasioni e un talento indiscusso per le risposte sbagliate: "Vai tranquilla, ho un bel quadricipite."

Ci fermammo poco dopo, sotto un arcobaleno d'edera. A Monti cresceva dappertutto, con le foglie che sembravano tanti piccoli cuori aggrappati ai palazzi, stretti in un abbraccio indistricabile.

Un gabbiano riposava sopra un cassonetto verde. Un gatto nero lo fissava appollaiato sul tettino di una macchina. "Ora lo mangia," dissi. "Secondo me le sta insegnando a volare," precisò lei. "Fortunata!" urlai al gabbiano. Volò via, sotto gli occhi del gatto nero. Chiara disse che ero uno stupido, e nel dirlo disegnò sulla sua bocca la smorfia di un sorriso. In un altro mondo, forse sotto un'altra forma, un giorno avrei offerto da bere al compagno Luis Sepúlveda, per l'aiuto di quel pomeriggio.

Chiara prese una granita al lampone, io una alla nocciola.

"Cosa ti piace del cielo?" le chiesi mentre con la cannuccia giravo il ghiaccio tritato.

"La promessa che oltre ci sia qualcosa di più grande," rispose.

"Intendi l'universo?"

"In un certo senso. L'universo di domande che non hanno una risposta, l'universo di risposte per cui ancora non esiste una domanda, l'universo di vite diverse, di pianeti diversi."

"Sei una specie di cacciatrice di infiniti," azzardai io.

"Non dirmi che ci credi," disse Chiara con tono scettico.

"A cosa?"

"A quello che hai appena detto, all'infinito."

"E perché non dovrei? Non parliamo mica della fatina dei denti."

"Be', per me l'infinito è una scusa, un concetto messo lì per darsi pace. Quando incontri qualcosa di grande, di veramente grande, e cominci a sentirti piccolo, tiri fuori l'infinito e amen. È una scusa, Gabriel, una giustificazione del perché non ce l'hai fatta." Riprese fiato un attimo. "Se non abbiamo ancora scoperto altre forme di vita intelligente non è colpa dell'infinità dell'universo, di tutti quegli anni luce. È colpa nostra, della nostra incapacità di viaggiare nello spazio-tempo abbastanza veloci. La lontananza non è un motivo valido per smettere di cercare. Magari oltre l'ultima galassia conosciuta c'è una stella fantastica, solitaria, l'unica che valga la pena vedere, che è il confine di tutto. Io cerco quella. Io cerco la fine dell'infinito."

Da una che tiene la testa piegata, che ha i capelli sugli occhi e sembra sempre che fissi il pavimento, è l'ultima risposta che t'aspetti.

M'afferrò il polso dove tenevo l'orologio fermo. "Dovresti farlo vedere da Bernard," disse, e poi controllò il suo telefono. "Andiamo," continuò, "prima che qualcuno ci rubi il ragazzino." Delle mie teorie sul tempo, dell'alto e del basso e dei gemelli con età diverse, non dissi niente. Pensavo ancora all'ultima stella dell'universo e a quanto sia importante nella vita capire cosa stai cercando, anche se sai che è una cosa lontana. E che non la troverai.

Facemmo la strada al contrario e scoprimmo che nessuno aveva rubato Leo, o se qualcuno l'aveva fatto poi l'aveva riportato lì, probabilmente perché parlava troppo.

"Vi siete fidanzati?" disse venendoci incontro, sudato come sempre. "Hai preso una pallonata in testa?" gli rispose Chiara. "Questo la palla non la prende mai, neanche se gliela tirano addosso," aggiunsi io. Lui cominciò a dire che di calcio non capivo niente, che avrei dovuto vederlo, aveva fatto tre gol e l'altra squadra "non l'aveva mai vista". Era diventato il capitano, ogni giorno lui e Paul decidevano le squadre. Gli toccava anche incitare quelli scarsi, perché il numero 10 fa così. Chissà dove l'aveva sentito. Lasciai che si sfogasse, era quello che volevo in fondo, cambiare argomento e respirare un po'. Certe domande ti mozzano il fiato, soprattutto se te le fa un ragazzino. Quando arriva uno come Leo e ti toglie la maschera, significa che il resto del mondo l'ha già fatto da un pezzo.

Arrivammo troppo presto a Casa Retrouvailles. Per una coincidenza a cui non credo, nel momento in cui aprimmo il portone erano tutti di sotto. Si voltarono verso di noi, alzò gli occhi dal telefono persino Greta. "Si sono fidanzati," disse Leo schizzando via ed evitando la mia manata per un soffio.

L'aria era ferma. Neanche il mondo girava. Durò un istante, e quando gli altri ripresero a far finta di niente mi sentivo invecchiato di vent'anni.

Ho appeso l'immagine di Chiara, ferma lì vicino a me, al centro del muro dei miei ricordi più belli. Sotto ho scritto una parola in lingua Yaghan, parlata dai nativi americani della Terra del Fuoco. È una parola a cui sono affezionato perché è quasi scomparsa, e neanche l'ultimo membro della tribù ne ricorda il significato originario.

Mamihlapinatapai: guardarsi sperando che uno dei due faccia qualcosa che entrambi desiderano, ma che non hanno il coraggio di fare.

"A dopo," disse lei.

E mi lasciò lì, a pensare a dove finisce l'infinito.

Se avessi avuto un amico con cui confidarmi, uno esperto delle faccende d'amore, m'avrebbe detto di restare con i piedi per terra, che non c'era abbastanza benzina nemmeno per un viaggio mentale, figuriamoci per uno vero. Ma io quest'amico non ce l'avevo, non avevo proprio nessuno che tenesse stretta la corda del mio aquilone per non farlo scappare. Volavo, come una lanterna dei desideri fatta di carta e bambù, spinta dalla fiamma di un sentimento sconosciuto. Non c'era vento nel mio viaggio, e mai un pensiero allo stoppino in fiamme, che un bel giorno, dal punto più alto, avrebbe smesso di bruciare.

I greci sapevano distinguere tre tipi d'amore. Chiamavano *eros* quello legato all'attrazione fisica, *philia* l'affetto profondo, mentre ad *agape* era destinata l'accezione più forte. Un amore smisurato, che solo una divinità poteva provare. *Agape* era donarsi senza condizioni, desiderare solo il bene dell'altro. Io, che ero forse la cosa più lontana da un dio che si potesse immaginare, non sapevo distinguere. L'amore ai miei occhi era sempre e solo uno, quello che non si interroga, che non ti completa ma ti spacca a metà, che ti lacera il cuore e non ti fa dormire, ma ti dà una ragione per vivere. *Agape.* Lo sapevo anche senza conoscerlo. Lo sentivo, come un cieco sulla spiaggia sente il mare.

A cena io e Chiara non parlammo. Dal sospiro di Michiko

al momento in cui mi ritrovai da solo, a spazzare il pavimento, pareva passato un secondo. Era strano, non avevamo parlato nemmeno la sera prima, e nessuna delle sere che avevo passato a Casa Retrouvailles, perché allora mi sentivo così?

Rimasi con la scopa in mano per un'eternità, isolato dal mondo, pezzo di carta chiuso dentro una bottiglia.

Pensavo all'edera, ai pomeriggi e alla granita, a tutto quello che avrei voluto dirle. Trovavo risposte perfette a conversazioni mai avvenute. Se le piaceva tanto il cielo, perché non lo guardava? E dell'ultima stella era sicura? Era davvero quella che cercava?

Ecco, forse avrei dovuto dirle che *desiderio* e *disastro* hanno le stelle in comune. Due parole che tenevo vicine nella mia collezione. *Desiderio*, dal latino *de sidus*, letteralmente "smettere di guardare le stelle". *Disastro*, dal latino *dis astrum*, evento provocato dall'avversità di un astro. Una cattiva stella.

Forse, la prossima volta, avrei risposto a Chiara che non esiste desiderio senza distanza dall'oggetto desiderato, che è nel movimento che si definisce il concetto, nella pulsione dell'anima verso un qualcosa. Senza un infinito, senza quella lontananza, del suo desiderio che ne sarebbe stato? Sarebbe rimasta ferma, immobile al confine di tutto, senza più voglia di andare.

E così, infelice, si sarebbe resa conto del pasticcio, e che l'ultima stella dell'universo non era altro che un *dis astrum*. Un *disastro.* Una stella cattiva.

Era tardi quando lasciai Casa Retrouvailles. Il palazzo riposava, immerso nel silenzio. Non avevo più voglia di uscire, non avevo più voglia di bere, non avevo più voglia di niente. O quasi.

Salii le scale come faceva Chiara, senza un rumore. Per paura che il campanello potesse svegliare qualcuno, bussai.

"Si?" disse la voce.

"Sono Gabriel, disturbo?"

Un attimo dopo la porta si aprì e con un leggero inchino,

mentre il palmo della mano indicava la stanza, Bernard m'invitò a entrare.

Quando tirò fuori la valigia marrone, con quelle lettere incise, *B.R.*, mi parve più vecchia dell'ultima volta.

Prima imbottitura, seconda fila, sinistra. La boccetta che cercavo era ancora lì, ma ebbi l'impressione che ne mancassero altre. Erano comunque troppe per ricordarle tutte, forse mi sbagliavo.

Bernard chiese solo se era una di quelle sere e io risposi che sì, era una di quelle sere. "Grazie," dissi, tenendo lo sguardo basso. "Sei sicuro che posso prenderla?"

"Puoi," replicò con gentilezza. "Ma spero di non vederti più qui, Gabriel." Lo disse con lo stesso tono gentile. "Sei troppo giovane per smettere di vivere, mon frère, dovresti chiudere boccette, non aprirle, catturare ogni giorno un profumo."

"E come si fa, come si cattura un profumo?"

"Be', per prima cosa lo devi sentire."

Mi lasciò con la solita raccomandazione di non parlarne con nessuno, ma questa volta, prima di chiudere la valigia, estrasse una seconda boccetta, dalla quarta imbottitura. Strizzò gli occhi per leggere l'etichetta e me la porse.

"Prendi anche questa, mon frère. Bonne nuit."

Un paio d'ore dopo, girandomi nel letto, decisi di mettere un punto a una lunga riflessione sulla pochezza della mia vita. Sfilai da sotto il cuscino la boccetta della prima imbottitura, il vetro era freddo, l'etichetta ingiallita dal tempo.

Pomeriggio d'estate.

Tolsi il tappo. L'aria profumava d'edera, di lampone e nocciola, di ghiaccio e storie di gabbiani. Per un attimo fui certo di sentire anche il profumo di una stella lontana.

Chissà lei che profumo sentiva, chissà a cosa pensava.

Lei, qualche stanza più in là, già dormiva da un pezzo.

Koi

La mattina seguente, appena aperti gli occhi, mi sentii felice senza saperne il motivo.

Durò il tempo d'alzarmi dal letto.

Mentre scendevo al piano di sotto per la colazione, con la coda dell'occhio guardai la porta di Chiara. Il battito del cuore, accelerando, si portò via anche l'ultimo granello di quell'allegria irrazionale.

Entrando in cucina trovai Greta, Amina e Leo seduti al loro posto. C'era il bambolotto, c'era lo sguardo fisso che non vedeva niente, c'era la solita voglia di parlare, ma qualcosa non tornava.

Sul tavolo le tazze erano vuote.

Mi sedetti in attesa che arrivasse Michiko a riscaldare il latte, a versare il caffè, a ricordare al ragazzino di non esagerare coi biscotti. Leo, per ingannare il tempo, girava intorno a Greta per farla innervosire.

Chiara arrivò dopo cinque lunghissimi minuti, il suo "Buongiorno," ci colse di sorpresa. Per prima cosa finse di dare uno scapaccione al piccolo disturbatore, che nell'atto di coprirsi scoppiò a ridere, poi chiese come nulla fosse: "Sciopero della fame stamattina?".

Senza aspettare la risposta iniziò ad armeggiare con caffettiere e pentolini, aprì il frigo, si mise alla ricerca dello zucchero, riuscì a fermare appena in tempo la caduta di un mestolo. Si muoveva un po' alla cieca, e non per colpa dei capelli.

Io cercavo di non far notare agli altri che la guardavo.

Quando sentimmo aprire la porta a vetri, della colazione non c'era ancora traccia. Michiko entrò in cucina seguita da Bernard, che aveva sul volto un sorriso innaturale, quasi forzato. La signora giapponese raggiunse la ragazza di brina, le disse parole leggere, che si sciolsero nell'aria prima di arrivare al tavolo, e Chiara andò a sedersi al suo posto.

In un attimo tutto era tornato normale.

Koi, o *Nishikigoi*, è il nome utilizzato in Giappone per descrivere la varietà addomesticata della carpa comune. La leggenda dice sia il più coraggioso tra i pesci, perché accetta con dignità la morte, ed è usato come simbolo di forza, virtù e perseveranza. Tra le sue peculiarità, c'è anche quella di essere un animale longevo, che può persino superare i duecento anni di vita. La *koi* Hanako fu affidata a Komei Koshihara da sua nonna, che l'aveva ricevuta dalla suocera, a cui a sua volta era stata affidata. Quando l'uomo, incuriosito, chiese di esaminare le squame del pesce per capirne l'età, rimase a bocca aperta. Hanako aveva duecentoquindici anni. Visse fino a duecentoventisei. Per ottenere un risultato affidabile servirono due mesi di analisi di laboratorio e diversi strumenti di precisione. Il motivo? Le carpe giapponesi non mostrano segni d'invecchiamento. Gli scienziati stanno cercando di capire come sia possibile. Una volta scoperto il segreto, un qualche tipo di reazione chimica, o un accostarsi di molecole, potremmo forse realizzare la crema antirughe perfetta.

Io credo non ci sia niente di male ad avere addosso i segni del tempo, e penso invece che le *koi* come Hanako possano insegnarci qualcosa senza bisogno di ricerche approfondite. La carpa giapponese ci dimostra che le cose possono cambiare anche se noi non percepiamo il cambiamento.

Non conoscevo la lezione della *nishikigoi*, la mattina in cui Michiko era entrata in cucina in ritardo, come non la conosceva chi era con me. Scambiammo tutti la normalità per la sua parvenza.

Disattenzione che ci costò cara.

Del pomeriggio non serbo ricordi particolari, e la colpa credo sia di quella sera. Ci sono memorie che con la luna buona salgono come la marea, cancellano le tracce dei pensieri vicini e quando si ritirano non resta più niente, solo spiaggia immacolata. Uno non può far altro che tenerseli stretti, questi ricordi d'acqua.

Saranno state le otto, mancavano quattro gradini alla fine delle scale, quando ascoltai le prime frasi del discorso. Michiko era in cucina con Chiara, preparava la cena mentre l'altra, apparecchiando, le parlava: "Ti stanchi troppo, avresti bisogno di una vacanza".

"Se non avessi tutti questi pensieri," rispose scherzosa la signora giapponese, "me ne andrei in crociera."

"Ti tratti bene!"

"Sono una signora, cosa credi?"

Risero per qualche istante. "Piacerebbe anche a me fare un bel giro," continuò la ragazza di brina, "ma in modo un po' diverso."

"Diverso come?"

"Diverso! Io vorrei fare una crociera stellare! Ti porterei, se solo ne esistesse una..."

"Apprezzo lo stesso il pensiero. L'itinerario?"

"Potremmo viaggiare per un paio d'ore vicino a un buco nero. Al nostro ritorno sulla Terra avrebbero tutti cinquant'anni di più. Tutti tranne noi. Saremmo ufficialmente nel futuro!" Chiara l'aveva detto con tono trionfale.

"Ci sto!" Michiko sembrava entusiasta. "Vale anche per il passato?"

"Secondo le equazioni di Einstein, sì. Potremmo viaggiare nel passato attraverso cunicoli spazio-temporali, scorciatoie tra due punti, ma anche tra due momenti. Immagina il casino se qualcuno trovasse questi tunnel e per sbaglio cambiasse qualcosa..."

"Mi fa paura soltanto il pensiero," tagliò corto Michiko.

"Del presente che mi dici?" la incalzò poi la ragazza di brina. "Siamo d'accordo su cosa sta accadendo ora?"

"Dovremmo!"

"Ottima scelta il condizionale. Gli scienziati dicono che un soggetto in movimento ha una percezione dell'adesso diversa da chi è fermo. Secondo le leggi della fisica, sotto certe condizioni, tre persone abbastanza distanti dalla Terra potrebbero vedere presente, passato e futuro nello stesso momento. Con lo stesso grado di realtà. La vita, per come la conosciamo, perderebbe gran parte del suo senso."

Il silenzio era una delle risposte preferite di Michiko quando Chiara tirava fuori argomenti così, ma piccole esclamazioni, sussulti, lasciavano comunque intendere che la signora giapponese ascoltava, e voleva saperne di più. "Non se ne esce," sospirò.

"Non preoccuparti, c'è già una soluzione," la rassicurò Chiara. "Chi studia l'evoluzione dell'universo pensa che i buchi neri assorbiranno tutto, risparmiando giusto qualche particella, che vagherà nel nulla."

"E questa sarebbe la soluzione?"

"Eh già. Se non ci sarà più niente, niente potrà cambiare, e così com'è venuto anche il tempo se ne andrà."

"A sentire certe cose, verrebbe quasi voglia di buttare l'orologio."

"O di tenerlo fermo, come Gabriel. A proposito, sai che crede all'infinito?"

Suonava bene il mio nome, pronunciato da lei. Sarei rimasto immobile per sempre se un razzo non mi fosse passato vicino, tirandomi per la manica. Leo scese le scale di corsa ed entrò in cucina blaterando qualcosa. L'attenzione si spostò su di lui. Arrivarono anche gli altri.

Poi, dopo cena, Chiara scomparve.

Uscendo, trovai Claudio e Ivan di nuovo al bar, la latitanza era finita. Scar gli parlò della settimana di Natale, ma non riuscì a catturare l'interesse. Claudio infatti continuava a indicare la pellicola trasparente a protezione del suo nuovo tatuaggio: un rosario avvolto intorno al polso con la croce disegnata sul palmo. Feroci e devoti. Una volta dei boss si diceva così, che fossero divisi tra fede e lupara. Ma seduti vicino a me non c'erano i membri di un clan, né uomini di mafia.

La croce sulla mano di Claudio o quelle sul collo di Ivan erano croci di due ragazzi che non avevano neanche un padre ad aspettarli a casa, figuriamoci un Santo in paradiso. Erano il prodotto di una nuova generazione di atei col volto di Cristo sul petto.

Quella sera il telefono squillava poco, il che non era necessariamente un male. Meno messaggi, meno problemi.

Fu Scar a notare qualcosa di strano, gente diversa che passava davanti al bar. Si guardavano troppo in giro, disse, per essere tipi che passavano e basta. Spensero le canne, buttarono giù il resto dei drink e lasciarono il tavolino.

Io, che non ero uno di loro, me ne stavo un passo indietro, senza sapere chi, o cosa, stessimo cercando.

La piazza non era più il carnaio di qualche settimana prima, si poteva camminare senza chiedere permesso, ma i gradini della fontana erano pieni. Un inglese coi sandali suonava la chitarra, un ambulante che vendeva bracciali s'era fermato e ballava. Sembravano tutti per i fatti loro.

Scar andava avanti con le mani in tasca. Quando decise che in piazza la situazione era tranquilla prese via degli Zingari. Superammo un ristorante, passammo davanti a un paio di Ape Car parcheggiate, e dopo una fila di cassonetti grigi, schierati sotto l'edera, Damiano si fermò. Annusava l'aria.

"Via del Sambuco", recitava la lastra sul muro, c'era una piccola scala e poi la strada proseguiva tra i palazzi, nascosta dal buio. Salì. Claudio e Ivan lo seguirono senza fare domande. Si fermarono sull'ultimo gradino. L'unica cosa che riuscii a sentire, dal punto della strada in cui ero, fu una domanda: "Da chi l'hai presa?". Poi vidi Scar che sbucava e scendeva le scale, tranquillo, mentre Ivan puntava il dito, come si punta una pistola, verso chi stava nascosto.

Damiano era partito senza chiamare nessuno, dovemmo accelerare il passo per stargli dietro. Poco più avanti, in una piazzetta che affacciava su una piccola discesa, un gruppetto di ragazzi era seduto su una grossa installazione in travertino che fungeva da panchina. *Omnia mutantur, nihil interit*, recitava l'incisione. *Tutto cambia, nulla perisce.* In fondo, vicino alla serranda di un negozio chiuso, un uomo fumava appoggiato al muretto. Passammo oltre. Qualunque cosa cercasse Scar, non era lì.

Per il tempo della ronda non volò una mosca, percorremmo mille volte i vicoli del rione, quasi senza meta.

Due ore dopo, seduto al solito tavolino del bar, Claudio spiegava a Ivan il significato del prossimo tatuaggio che gli avrebbe riempito la schiena. Ivan replicava disegnando col dito il resto del tribale che gli avrebbe "chiuso" il braccio, ancora pulito per metà.

Per loro quel giro infruttuoso era acqua passata. E se Damiano non parlava da quando s'erano seduti, era un problema suo.

A quello gli si spegneva la luce, era meglio lasciarlo stare.

Scar giocava nervosamente con le cuffiette, fissava un punto davanti a sé, dove sembrava non esserci niente. Almeno niente è quello che vidi io. Si alzò mentre i compari discutevano sul significato di una scritta in latino.

La serata era finita. Si salutarono senza entusiasmo.

Rimasi lì, con le mani in tasca, a guardare quei tre che si allontanavano. Il bar stava chiudendo, un ragazzo sistemava le sedie sui tavolini. Anche la piazza sembrava un locale che sta abbassando la serranda, e lentamente invitava gli ultimi rimasti a uscire. Quando il più se ne va, che cosa resta?

Poco, è questa la risposta. Resta solo chi non ce l'ha fatta. A trovare una casa, un amico, un'amante, una ragione qualunque per cambiare posto. Quando il più se ne va, restano quelli come me. Camminavo sui marciapiedi stretti, tra bottiglie di vetro e bicchieri di plastica, cercando di vedere cosa aveva visto Scar. L'immagine dietro il punto fisso. Ma mancavano troppi pezzi, e io semplicemente non capivo.

All'improvviso mi venne in mente quella vecchia storia che avevo sentito una volta, quando ancora abitavo con Berta. Di solito entravo in sala da pranzo per darle la buonanotte e la trovavo che russava davanti alla televisione. Cercavo di svegliarla muovendole leggermente il braccio, ma aveva il sonno pesante e finivo quasi a strattonarla per farle aprire gli occhi. Appena muoveva le palpebre dicevo "buonanotte" e andavo via. Così tutte le sere.

Ero convinto che se avessi saltato anche una sola volta, lei non avrebbe superato la notte e io sarei vissuto col rimorso di non averla salutata. Be', una sera entrai e decisi che non l'avrei svegliata subito, perché in televisione c'era una cosa che non avevo mai visto. Decine di uomini, vestiti con una specie di tunica arancione, sedevano a gambe incrociate in un cortile. Avevano le teste rasate. Davanti a loro c'era un uomo con la tunica diversa che parlava, doveva essere il capo.

La storia l'avevo sentita da lui.

Raccontava di due monaci che stavano percorrendo insieme una strada di campagna, quando videro davanti a loro una giovane donna bloccata, che non riusciva a proseguire per colpa del fango. Uno dei monaci le offrì aiuto, se la caricò sulle spalle e attraversò il tratto impervio. Poi la lasciò a terra, dove la strada era di nuovo agevole, salutandola senza dire una parola.

L'altro monaco, che aveva assistito alla scena, era confuso e preoccupato. Le regole del monastero gli imponevano di stare lontani dalle donne, il contatto fisico era assolutamente proibito. Così, dopo ore di cammino e riflessione, decise di parlare al compagno: "Come hai potuto toccare quella sconosciuta?" chiese. L'interrogato sorrise. "Io l'ho lasciata ore fa," rispose. "Tu la stai ancora portando sulle spalle."

E quello fu il mio primo incontro con i *kōan* del Buddhismo Zen, migliaia di pensieri volutamente incomprensibili. Aiutavano i monaci ad accettare la natura delle cose e a vivere in un mondo paradossale, in cui spesso non esiste un'unica verità. Non esisteva nemmeno un'interpretazione corretta del *kōan,* ognuno poteva meditarci su, per arrivare all'illuminazione.

Non ero un amante delle ambiguità, questo no, ma delle filosofie, della ricerca del senso, sì. E in fondo mi piaceva l'idea dei monaci di cambiare la domanda, di non chiederci più come si fa a spiegare l'inspiegabile, ma piuttosto perché sentiamo il bisogno di trovare a ogni costo una spiegazione. Mentre ragionavo, ero arrivato davanti al portone di Casa Retrouvailles.

Strofinando l'asciugamano sul viso, davanti allo specchio del bagno, pensavo ai mille modi per vivere la strada. Agli ospiti, come Natale, agli ambulanti, ai cani che mostrano i denti.

Ai miei occhi erano tutti nel posto in cui dovevano essere, persino le comparse, quelli ai margini della trama.

Io ero l'unico a non avere un ruolo, e cominciavo a credere che fosse proprio quello il senso del mio esistere.

Chi scrive i copioni deve pur scegliere uno straniero, uno che a prescindere dal luogo, dall'intreccio della storia, senta sempre e comunque di non appartenere.

M'addormentai, perfettamente ignaro dello sconcerto che avrei provato l'indomani.

Ripiegare

Il pezzo di carta era a terra, in parte ancora nascosto sotto la fessura della porta. Lo notai appena alzato dal letto, perché era un corpo estraneo e spiccava, così adagiato sul parquet. Sembrava un dipinto, o un *emakimono*, uno di quei rotoli di pittura che raccontano storie d'amori e battaglie.

Raccoglierlo fu come affondare la mano nel manto soffice di un coniglio d'Angora. La sola morbidezza m'aveva conquistato. Carta di seta in fibra di gelso, avrei scoperto qualche tempo dopo.

La calligrafia era precisa. Il messaggio diceva:

Rimane sepolto dal bianco,
il passero
rapito dalla neve.

Lessi e rilessi le righe, senza trovare un senso. Stavo per sedere nuovamente sul letto, come se potesse aiutarmi nell'opera di decifrazione, quando un rumore di cocci invase la casa e la svegliò di soprassalto. Lasciai l'enigma sulla scrivania e scesi gli scalini a due a due, seguito da Amina e Leo. Chiara e Greta erano già in cucina. Bernard se ne stava con una mano sul fianco e l'altra che rovistava tra le pieghe della barba. Attonito, esaminava un disastro di pentole sparse e piatti frantumati.

"Meraviglioso," mormorò voltandosi verso di noi.

E poi si mise paziente a riordinare.

Subito Chiara si chinò ad aiutarlo, e anche noi la seguimmo. Leo invece prese a infilarsi sulla testa pentole sempre più grandi, che puntualmente qualcuno suonava con una posata. Allora lui fingeva d'essere stordito e andava a sbattere contro chi gli era vicino. Era felice. Pulire si trasformò in un gioco.

Anche Bernard rideva quando Damiano entrò in cucina. Diede un'occhiata alla stanza e con una smorfia, che non lasciava spazio se non al disprezzo, tornò sui suoi passi. Poco dopo sentimmo sbattere il portone.

Cercò di nasconderlo, ma sul volto dell'uomo con la barba ingrigita spuntò una vena di dispiacere. La vidi e non ne feci parola.

L'incursione di Scar aveva guastato l'atmosfera. Raccogliemmo ciò che restava da raccogliere e poi Leo disse quello che tutti stavamo pensando: "Michiko non si accorgerà di niente!".

La stranezza, pensai, era che non se ne fosse già accorta. Se lo scroscio aveva tirato giù dal letto addirittura Scar, non poteva certo lasciar lei indifferente.

Eppure in cucina Michiko non c'era.

Restammo per un po' in una sorta d'immobilità, come se ognuno avesse timore di muovere un passo e perdere il diritto a occupare il suo angolo. Arrivò l'idea di Bernard a scuotere l'inerzia. Avremmo ordinato la colazione al bar.

La novità si rivelò piacevole, Chiara raccolse gli ordini e un attimo dopo già suonava il campanello. L'odore del cappuccino e dei cornetti caldi accese il buonumore. Casa Retrouvailles s'era rimessa in moto e la mattina trascorse serena.

Le nubi utilizzano l'aria calda e umida come combustibile. La attraggono dall'ambiente circostante, anche da luoghi che potrebbero sembrare distanti. Salendo, l'aria si lascia dietro una sorta di vuoto, ma non segue all'infinito le correnti ascensionali. Raggiunto il culmine, scende di nuovo verso il basso, attirata dallo stesso vuoto creato dalla sua partenza. Si tratta però di un'aria diversa, secca, quasi mite, che regala a chi ne è immerso una sensazione di calma. Il finimondo arriverà poco dopo.

Quiete prima della tempesta non è solo un modo di dire.

La pace d'inizio giornata fu il preambolo di una terribile scoperta: Michiko non avrebbe mai potuto sentire il rumore dei piatti, il fragore di un'esplosione di pentole, il trambusto per le scale.

Se fossero crollate le mura di Casa Retrouvailles la signora giapponese non se ne sarebbe accorta perché, semplicemente, aveva fatto le valigie ed era andata via.

Era successo nella notte, di questo ero certo, perché il mio pezzo di carta di seta l'aveva scritto lei. Anche in mezzo a milioni di parole avrei riconosciuto il suo tratto.

Cosa volesse dirmi però, faticavo a intuirlo.

Oltre alla porta a vetri, chiusa a chiave, la conferma ci arrivò da un uomo che goffamente provava a cavarsi d'impaccio.

"È uscita presto?" gli chiese Leo.

"Non saprei," rispose lui.

"Non ti ha detto dove andava?" lo incalzò Chiara.

"No, mademoiselle."

"Quando torna?" insisté Leo. "Pomeriggio? Stasera?"

Bernard aveva abbassato lo sguardo.

Provai a incoraggiarlo: "Puoi dirci quello che sai?".

L'uomo con la barba ingrigita prese un bel respiro, deglutì, e guardandomi per un istante disse: "Se n'è andata, mon frère". Poi si rivolse anche agli altri e aggiunse: "Se n'è andata e basta".

Ho preso la faccia di Bernard mentre confessa l'addio di Michiko e l'ho avvolta tra memorie di velluto, per consolargli le guance. Sotto ho scritto una parola che s'accosta i primi freddi. *Herbstmelancholie*: dal tedesco *herbst*, "autunno", e *melancholía*, "bile nera". Tristezza dettata dal tempo del raccolto. Inquietudine che nasce dal giorno che s'accorcia. Malinconia autunnale.

Sui motivi del gesto non ricevemmo dettagli.

Il colpo fu duro.

Non saprei dire se fosse per una specie di riguardo verso

l'uomo che aveva parlato, o per la tempra degli spiriti di chi m'era vicino, sta di fatto che nessuno finì subito al tappeto e la cosa mi sorprese. Se un estraneo fosse entrato in casa avrebbe visto una banda di pugili suonati, con la guardia bassa ed entrambi gli occhi neri.

Li avrebbe visti muoversi a caso, incuranti della strategia iniziale, bocconi sulle corde, ma nonostante tutto li avrebbe visti in piedi.

A pranzo e a cena non ci fu spazio per le grandi chiacchierate che fino al giorno prima erano state la regola, Leo non diede fastidio a Greta e lei non si mise a rimproverarlo. Scar comparve come al solito per una manciata di minuti, ma lo vedemmo uscire e poi rientrare subito prima dei pasti. Sempre con in mano una busta. La lasciò in camera entrambe le volte e poi prese posto a tavola, con le sue cuffiette.

Il sole era già basso, e Chiara era appena evaporata, quando colsi il primo, importante cigolio della struttura.

Un silenzio insolito di Leo, rimasto in cucina a dondolare la gamba sulla sedia, seguito da un respiro affannoso, quello che precede una crisi di pianto. E poi la sorpresa di scorgere una lacrima sola, limpida, enorme, che scorreva su un volto diverso.

Un'unica goccia cadde dagli occhi di Amina. Bastò la manica per asciugarla, e un secondo perché lei s'alzasse e raggiungesse le scale. Credetti d'averla notata solo io, ma incrociando lo sguardo del ragazzino capii che anche lui aveva colto qualcosa. Tratteneva il fiato.

"Io?" chiese puntandosi l'indice al petto.

"Ma no," risposi calandogli la mano sulla testa.

Pensavo invece che fosse stato proprio lui, che quella ragazza imponente non avesse resistito alla promessa del piccolo sconforto di Leo. Era bastato un respiro per scioglierla.

Guardai il ragazzino salire mogio in camera, Greta ritirare la testa nel guscio e Bernard asciugare l'ultimo piatto.

Avevo in testa il pezzo di carta mentre cercavo la scopa nell'armadietto, vedevo il passero sparire a poco a poco, i suoi colori coperti dal bianco. Avrei spazzato il pavimento finché non ne fossi venuto a capo.

Al termine del secondo giro di stanza mi fermai in preda alla desolazione. Riposi gli attrezzi, spensi la luce e m'avviai a testa bassa nel *Bonseki* della mia camera.

Nel buio dell'ingresso, la piccola colonna greca era ancora al suo posto. *Omnia fert aetas*. Il tempo porta via tutto. Come un lampo, un'immagine m'illuminò la mente.

C'era Michiko nel suo abito azzurro, con i fiori dorati sulla manica sinistra. C'era la cinta di stoffa, le bacchette tra i capelli bianco perla, e il suono di una frase: "Hai l'aria di uno che pensa molto. È il vezzo tipico degli infelici". Ecco la chiave del messaggio.

Se avessi continuato a spazzare, non avrei mai capito.

Avevo già messo il piede sul primo gradino quando il rumore attirò la mia attenzione. Era il suono di un corpo che cade in un liquido, o quello di una bottiglia stappata. Strano, pensai, perché l'avevo sentito al piano terra, dove credevo d'essere da solo. Oltretutto sembrava provenire dallo studio di Michiko, da una stanza chiusa a chiave.

Attesi d'udirlo di nuovo. Il silenzio che seguì mi convinse che era stato un gioco della mia immaginazione. Decisi comunque di fugare il dubbio, e mi mossi verso la porta a vetri. Stavo per tirare la maniglia di un uscio che non si sarebbe aperto, quando realizzai che tirare non serviva. Era socchiuso. Provai un brivido freddo.

Avvicinai l'occhio allo spiraglio.

Al centro della stanza, ferma nel buio, c'era una sagoma inconfondibile. Teneva un braccio sollevato.

L'abbassò dopo cinque, o forse dieci secondi.

Prima che Bernard richiudesse la nuova boccetta di profumo, m'allontanai senza che lui se ne accorgesse, pensando all'etichetta che l'avrebbe descritta. *Assenza* sembrava il titolo perfetto.

A poca distanza dal primo, ecco il secondo cigolio.

Quella notte, prima di chiudere gli occhi, ripetei sottovoce il messaggio. L'avevo imparato a memoria.

"Pensare è sbagliato?" mi chiedevo. "Cosa se ne fa uno di tutte quelle idee se poi cercare di capirle non è un bene? Scomporre, collegare, mettere in dubbio, può davvero fare male?" Decisi che non sarei mai diventato una di quelle persone intrappolate dai *princìpi*, l'altro nome che usiamo per descrivere le abitudini che ci danno sicurezza. È inutile, la benedetta sicurezza, se è fondata sul niente. Pensare è l'unico modo che abbiamo per verificare la corrispondenza tra le nostre convinzioni e il mondo reale. Se non si trova correlazione forte, bisogna cambiare certezze.

Ogni tanto però, l'etimologia delle parole ci ricorda l'uso che dobbiamo farne.

Riflettere viene dal latino *reflectĕre*, "ripiegare", e ci dice che l'attività del pensiero non fa altro che chiuderci in noi stessi, ci fa contorcere, attorcigliare. Perciò, quando la vita ci ha già fatto deviare dalla nostra posizione naturale, è bene lasciar correre, tenere la schiena dritta e svuotare la mente, per non accentuare il dolore.

Cinque candele

I colpi sul legno arrivavano a intervalli regolari. Proseguirono fino a svegliarmi.

Fuori scendeva la pioggia, e nel silenzio del corridoio qualcuno bussava a tutte le porte di Casa Retrouvailles. Ma non parlava.

Con il cuore in subbuglio mi misi in ascolto. Udii distinto il rumore in lontananza, poi sempre più vicino, finché la mano si posò di nuovo sull'uscio di camera mia.

"Chi è?" chiesi sperando che nessuno rispondesse.

"Esci," disse una voce tremante.

Tirai la maniglia. In corridoio trovai Leo in pigiama. Era scalzo, il volto illuminato da una candela accesa.

"Sei matto? Stavo dormendo!"

"Devi venire, è importante."

"Dove?"

"In biblioteca. Ora. Dobbiamo chiamare gli altri."

Chiara era già in corridoio. Leo le indicò la stanza dei guardiani di marmo. Fece cenno ad Amina, che aveva acceso la luce e ci spiava dalla porta socchiusa, di venire fuori. Poi si mise a bussare a Greta. Uscendo, la ragazza biondo miele gli puntò in faccia la torcia dello smartphone. "Che c'è?" chiese irritata.

"Spegni! Spegni!" scattò Leo. "M'hai preso per Polifemo? Vorrei continuare a vederci qualcosa."

Greta disattivò la torcia. L'unica luce adesso era quella della candela di Leo. Entrò per primo in biblioteca, dichiarando che anche se Scar non era in casa, la cosa si doveva fare ora. Trovammo sul tavolo quattro ceri accesi.

"Che intenzioni hai?" chiese Chiara spazientita.

Amina esitava sulla soglia, col volto spaventato.

"Per favore, sedetevi," disse il ragazzino. "È importante. Ho una storia da raccontare."

"Che storia?" sbuffò Greta.

"Una storia che vi farà credere alla Pioggia," disse Leo abbassando la voce. Sembrava così serio.

Decidemmo di ascoltarlo.

Prima di iniziare, mentre ognuno prendeva posto davanti alla sua candela, s'avvicinò al mio orecchio. Bisbigliò solo tre parole: "Se sbaglio, correggimi".

La storia del piccoletto parlava degli albori del mondo. Raccontò del consiglio di Dio agli uccelli, subito dopo aver creato la Terra, e del coraggio del Pavone davanti ai serpenti. Si soffermò sul dolore provato dai volatili nell'atto di staccarsi le piume, e sul regalo che la Pioggia, guidata dal Fuoco, aveva consegnato al combattente coraggioso, perché capisse quanto gli altri tenevano a lui.

Chiara, Amina e Greta lo ascoltavano curiose. Arrivò fino in fondo, in modo meno teatrale di quanto avrebbe fatto Kojo, certo, ma concluse la storia salvandone il messaggio. Il suo compito, tuttavia, non si esauriva col racconto. Leo aveva altro da dire.

"All'Aquila, al Falco, al Pappagallo, non importava del sangue. Sapevano che avrebbero sofferto nel separarsi dalle piume, che si sarebbero messi a nudo davanti al nemico, eppure non esitarono un momento. Ogni secondo in più sarebbe stato un secondo in meno di dolore personale, ma anche un secondo in meno di speranza per il Pavone."

Nell'ascoltarlo, una smorfia era apparsa all'angolo della mia bocca. Una specie di sorriso. Le storie di Kojo, Leo se le portava dentro, le lasciava maturare, le elaborava a sua volta.

Prima della conclusione, si era voltato rapido per incrociare i miei occhi. "Ho detto bene?" sembrava chiedermi. Io feci cenno di sì.

"Anche noi dobbiamo fare lo stesso," annunciò il piccoletto alzandosi dal suo posto.

"Staccarci le piume?" chiese Chiara piuttosto scettica.

"Sì," gridò Leo uscendo dalla stanza, per poi rientrare con in mano cinque fogli. Ce li consegnò, insieme a una biro.

L'idea, disse, era scrivere qualcosa per far capire a Michiko quanto fosse importante per noi. Senza preoccuparci se nel farlo avremmo sofferto, se ci fosse venuta un po' di voglia di piangere. Lo diceva a noi, il piccoletto, ma dall'incertezza nel suo tono di voce si capiva che il vero destinatario del discorso era lui.

Avremmo scritto alla signora giapponese quindi, e poi le avremmo mandato i messaggi. Come? La domanda frullava nella testa di tutti.

Leo aveva pensato anche a quello. C'era un motivo se c'aveva svegliato nel cuore della notte. C'era un motivo se ognuno aveva davanti la sua candela. Il messaggio doveva essere affidato alla Pioggia, porgendolo dalla finestra che ci stava indicando.

La candela avrebbe mostrato al temporale dove cadere.

Dirgli di no sarebbe stata una crudeltà, seguimmo quindi l'esempio di Leo, che fu il primo a chinarsi sul foglio.

A poco a poco, scolpii la sagoma del mio messaggio:

"Ho ripreso la penna, questa è la prima cosa che scrivo: *Hana wa sakuragi, hito wa bushi.* Tra i fiori il ciliegio, tra gli uomini il guerriero. Me l'hai detto tu, no? I fiori cadono come cade un samurai. Sbocciare e morire sono parte del gioco. Peccato che nessuno venga mai a chiederci se abbiamo voglia di giocare. La vita ti butta in mezzo e buonanotte. Crescere significa anche veder andar via.

Tutte le mattine, nel quartiere di prima, dal portone davanti casa usciva una bambina. Subito dietro la seguiva una donna curva, con i capelli bianchi, che portava sulle spalle uno zaino rosa. Mi colpiva il fatto che la bambina sembrasse già una ragazza, e che la donna fosse tanto bassa da scambiarla per una ragazzina. Camminavano verso la scuola del quartiere.

Ogni tanto la bambina chiedeva alla nonna se poteva portarsi lo zaino da sola, ma quella diceva no, che doveva stare tranquilla, sennò la nonna che ci stava a fare? E andavano via così, alba e tramonto, lasciandomi a pensare che non era importante essere forti, alti, i migliori del mondo; per dimostrare amore bastava soltanto portare uno zaino. Insomma, esserci.

Penso a questa scena ogni volta che ti vedo parlare con uno di noi. Tu, piccolissima, che porti lo zaino di tutti e ci fai stare leggeri.

Ma dove la prendi la forza?

Torna, Michiko, ti devo una tazza di sakè. E tu mi spiegherai ancora una volta quella storia del *mono no aware*, della serena contemplazione della fine. Commuoversi senza affondare. Oggi ho capito che non sono capace, e che forse non voglio imparare.

Gabriel"

Amina aveva già finito di scrivere, come Greta e Leo. Chiara stava rileggendo il messaggio. Dopo un attimo lo posò sul tavolo e tornò a piegare la testa nel solito modo.

Il piccoletto si alzò, seguito dalle ragazze. Io rimasi seduto. Giocavo con la fiamma della mia candela. Mai avrei pensato che quel passatempo stupido si sarebbe rivelato, da lì a poco, così prezioso.

Leo spalancò la finestra della biblioteca. Sistemò la sua candela in un angolo del davanzale, in modo da lasciar spazio alle altre tre.

I ceri erano pronti a compiere il loro dovere.

Greta stava già offrendo il foglio alla Pioggia quando una folata di vento spense la candela di Leo. Il ragazzino si mosse in maniera così improvvisa da far prendere uno spavento ad Amina, che temendo chissà cosa allungò le mani verso di lui.

Nella foga, fece precipitare di sotto tutte le candele. Consapevole dell'errore, Amina strinse ancora più forte il bambolotto. Implorava perdono con gli occhi. Leo la guardava a bocca aperta. Non m'ero quasi accorto di niente, ma un bruciore inatteso al dito, che distratto avevo avvicinato alla cera bollente, mi fece imprecare. Mentre massaggiavo il polpastrello, Leo venne accanto alla mia sedia, posandomi una mano sulla spalla.

"Ci hai salvato," disse. "Devi inviarli tu."

Fu così che ottenni il privilegio di regalare le parole al temporale. Ero l'unico che potesse indicare alla pioggia dove cadere.

Il primo biglietto fu il mio. Stringendo la candela, allungai il messaggio fuori dalla finestra, finché non si dissolse.

Il secondo era di Greta. S'avvicinò. Io ero da un'altra parte, ma lei era impegnata a guardare il telefono e non poteva sapere dove fossi. La raggiunsi, scuotendo la testa, e misi fuori dalla finestra il suo biglietto:

"*Tu sei qui Greta, esisti. Sei qui davanti a me.* Mi sembra di sentirti anche adesso. Se chiudo gli occhi ti vedo, ci sei tu che m'abbracci e ti lasci bagnare il vestito dalla mia ennesima crisi di pianto. Non sai quanto mi vergogno, non te ne fai un'idea. Siamo state vicine tante volte e io non ho mai avuto il coraggio di chiederti com'è che ti sentivi tu. Che stupida. Non lasciarmi Michiko, ti prego, non andare via.

Lo so che lo sai...".

L'acqua si era già presa il resto del messaggio.

Venne il turno di Amina. Il suo era un foglio per la maggior parte bianco. Le uniche parole erano:

"Solitudine.
Confusione.
Ritorno.
Preghiera".

Aveva lo sguardo soddisfatto, mentre osservava svanire la sua opera. Non era tempo perso, quello passato a guardare il dizionario.

Leo nel frattempo s'era avvicinato alla finestra. Mi consegnò il biglietto. Mentre lo guardavo sciogliersi come cera, iniziai a leggere:

"Ciao Michi, come stai? Ho fatto i compiti di matematica e anche il tema sulle vacanze. Sei contenta? Non lo so se il tema andrà bene, mi sono un po' impicciato a metà storia, perché ho cominciato a pensarti. Spero che non ti arrabbierai. Da quando ho scoperto che sei partita ho provato a non parlare con nessuno, ho fatto come mi hai insegnato tu. Anche se è tutto diverso, oggi mi sento com'ero prima, come il periodo in cui vivevo con mamma e papà. Io quella not...".

La gamba mi tremava. La fiamma e il temporale perdevano vigore. Odiavo le pareti sottili del mio corpo. Odiavo quella resa davanti a un'emozione. L'ultimo biglietto, quello di Chiara, riuscii a leggerlo per intero senza che lei se ne accorgesse. La sua testa era rivolta al cielo e non a me.

"Te lo ricordi il primo giorno che sono arrivata? Avevo i capelli sporchi, pesavo al massimo trenta chili, ma ero ancora viva. Guardavo l'ingresso e mi chiedevo se le case vere fossero tutte così, con la luce che entrava dalle finestre e sul muro neanche un segno di muffa. Io non meritavo un paradiso del genere, una come me non meritava proprio niente. A forza di ripeterlo, la ragazza con le braccia graffiate era riuscita a convincermi.

Nei miei ricordi non c'è traccia di un tuo segno di invadenza. Non hai mai chiesto, ad esempio, la storia del pezzo di vetro che ho messo nel cesto all'ingresso. Per te ero solo Chiara, la piccola Chiara con cui parlare davanti a una tazza di matcha. Ti va di sentirla ora? Facciamo finta di sì.

Quando mamma non aveva i soldi per comprare le medicine, o non trovava le siringhe, era sempre di cattivo umore. Restarle vicino era impossibile, finivo nel solito angolo con lei che mi tirava addosso quello che trovava.

Non aveva tanta forza, ma io fingevo lo stesso che mi facesse male, altrimenti non avrebbe mai smesso. Fingevo così bene che ogni tanto sentivo male per davvero.

Quando non aveva più niente da tirare e si calmava, chiudeva lentamente gli occhi e allora io scivolavo dall'angolo alla porta, fino alla 7A. La 7A era un'altra cantina, una delle tante con la porta difettosa, ma dentro c'era lo strumento che mi portava via.

Tiravo fuori quel telescopio che pesava più di me e lo trascinavo fin sotto la grata, nel punto dove si vedeva il cielo. Poi iniziavo a giocare con i filtri, volavo tra le stelle, proprio io, Chiara, la bambina che viveva in cantina perché non meritava niente.

Quel pezzo di vetro era il mio filtro preferito.

Dove vado adesso io, senza di te?

C'è un'ultima cosa che ti voglio dire. A te che m'hai insegnato a splendere, a te che dicevi che anche i pianeti più grandi hanno iniziato dalla polvere, a te che sei stata la prima a volermi bene: grazie.

Chiara"

Appena vide l'ultimo foglio scomparire, Leo abbassò un momento lo sguardo. Quando lo rialzò, aveva la stessa smorfia che avevo io mentre lo sentivo raccontare del Pavone. Una specie di sorriso. "Era importante," disse.

E uscì dalla stanza.

Senza aggiungere altro, le ragazze fecero lo stesso. Spensi la candela con le dita. Trovai a memoria la mia camera.

Crollando sul letto, mi chiesi se qualcuno avesse mai pensato di inventare una scala del dolore, una serie di stadi progressivi della sofferenza. Fosse stata a disposizione di tutti, la scala avrebbe aiutato ogni persona a dare il giusto peso all'afflizione, a capire se avesse davvero il diritto di star male.

Ma forse, pensai, ogni pena è capitale a modo suo, e il peso di una lacrima non dipende dall'occhio da cui cade. Io non ero meno sfortunato degli altri.

Ho preso l'immagine del foglio che si scioglie e l'ho messa al riparo dal diluvio del tempo. A margine ho scritto una parola araba, che sembra triste, ma invece è stupenda. Da sola basta ad esprimere un concetto più forte dell'amore, un sentimento estremo, come quello provato dagli altri per Michiko.

Ya'aburnee: speranza d'andarsene dal mondo prima di chi amiamo, perché sarebbe troppo forte il dolore dell'assenza.

Cristallo

C'era una volta il disordine, una borsa aperta sul pavimento del salone, i tuoi bracciali in bagno. C'era una volta una sedia nera in camera da letto, che non era più una sedia ma un armadio, un esercito di scarpe proprio sotto la finestra e la tua sciarpa blu, che spuntava dal cassetto. Adesso che c'è ordine, m'accorgo che era tutto organizzato, perché seguendo quella borsa, passando tra i bracciali, vicino alle tue scarpe e a quella sedia-armadio, sicuro c'eri tu che sistemavi.

Mi mancano i weekend passati da soli, a casa dei tuoi.

In un giorno qualunque di un futuro impossibile, sarei rientrato a casa in orario, avrei messo il cappotto sull'attaccapanni, mi sarei tolto le scarpe e sarei andato dritto sotto la doccia. Tu m'avresti aspettato sdraiata sul divano, dopo cinque minuti avresti iniziato a domandare se per caso ero caduto e io t'avrei risposto di no, che per tua fortuna ero vivo. Per la fretta sarei uscito mezzo fradicio dal bagno, mi sarei fermato davanti alla macchina del gas e tu, masticando qualcosa per ingannare la fame, m'avresti abbracciato da dietro.

Come sempre t'avrei detto che dovevi lasciarmi, che così non riuscivo a cucinare, ma tu avresti stretto più forte, sapendo che era quello che intendevo.

Avremmo cenato ridendo, avresti esagerato col vino e saremmo finiti dove sai, a cancellare tutto il male che esiste.

Quando ci penso mi sanguinano i sogni.

Oggi sono rientrato dieci minuti dopo.

Ho lanciato il cappotto sulla sedia, non ho tolto le scarpe, sul divano non c'eri e mi ci sono buttato io. Ho chiuso gli occhi e ho realizzato che non avevo voglia di mangiare, che qui dentro non c'è il vino e che forse, per una persona sola, non valeva la pena sedersi a tavola.

Ho messo i vestiti a lavare, sono rimasto mezz'ora sotto la doccia e nessuno m'ha chiesto se per caso ero caduto.

Oggi è stato strano. E quando sono finito a letto ho chiesto scusa al mondo, perché da solo, il male, non lo riesco a cancellare. Da solo non riesco a fare niente.
Dove sei? Profumi ancora di lampone? Quanto tempo ci vorrà a dimenticarti? Neanche immagini il disordine che c'è nella mia vita, altro che camera tua.

Flavia non è come me. Ce la farà. Lo sento da come respira.

La paura se la porta ancora addosso, ma è normale. All'inizio non si fidava nemmeno di te. Sei ancora l'unica da cui si sia lasciata pettinare. Passavi le ore davanti a quello specchio, tra spazzole e carezze, a districarle i nodi tra i capelli, a sciogliere ogni piccolo groviglio dell'anima.

Ogni tanto vorrei parlarle delle guerre che

combatto, dei giorni in cui vorrei mollare. Vorrei dirle che fingere non serve, che deve smetterla di chiudersi fuori, di far entrare la luce.

Vorrei parlarle ogni tanto. Vorrei crollare. Ma poi la vedo, fragile come il cristallo.

E resisto.

Rattoppo le mie crepe perché lei non vada in pezzi.

Sempre e per sempre tuo, come dicevi tu.

D.

Speranza

La mattina dopo decisi di scrollarmi di dosso la neve.

Scesi in cucina di buon'ora, volevo darmi da fare in maniera costruttiva, tenere la mente occupata. Sapevo che svuotarla sarebbe stato impossibile, non mi restava che fornirle un passatempo, un diversivo per non bloccarmi.

Non ero stato l'unico a cadere giù dal letto. Trovai Leo che faceva la spola tra il tavolo e la credenza, portando a ogni viaggio una tazza. Ne aveva già poggiate quattro o cinque sui tovaglioli puliti.

"Ciao," disse appena mi vide. Stranamente non continuò il discorso.

Notai che sul pianale accanto ai fornelli era già disposto, in maniera un po' disordinata, l'occorrente per la colazione.

"Hai trovato tutto da solo?" chiesi sorpreso, ricordando i tentativi maldestri di Bernard e Chiara nei giorni precedenti.

"Non sei stato tu?" ribatté lui confuso. "Io questa roba l'ho trovata così quando sono entrato."

Mi avvicinai al pianale per dare un'occhiata e notai che una scia di piccole gocce d'acqua portava al lavandino. Dentro c'era una tazza usata e un cucchiaino sporco.

Finimmo di apparecchiare la tavola insieme, poi mostrai a Leo il modo corretto di preparare la macchinetta del caffè. Sembrava interessato, chiedeva dettagli sul funzionamento della moka, eppure dopo ogni domanda intravedevo sul suo viso un'ombra di pentimento. Gli spiegai che la sua idea di mettere il latte al posto dell'acqua forse non era così geniale, perché nel migliore dei casi avrebbe fatto un disastro, sporcando mezza cucina di schiuma, nel peggiore invece la macchinetta sarebbe esplosa. "Se lo preparano così da sempre, un motivo ci sarà," dissi, tentando di fugare i suoi dubbi. Alzò le mani in segno di resa e disse che nonostante le mie rimostranze, la sua restava un'idea "bomba". Finsi di tirargli un cucchiaino e lui si riparò, ridendo, dietro una sedia.

Chiara e Greta scesero più o meno nello stesso momento, seguite a breve distanza da Amina e il bambolotto. Il posto di Bernard rimase vuoto. Vista la tazza usata, pensai che forse era uscito di casa dopo averci fatto la gentilezza di racimolare il necessario per la colazione. Mi sbagliavo di grosso.

La ragazza di brina chiese come avessimo fatto a trovare tutto senza rompere nemmeno un piatto, e né io né Leo riuscimmo a dare una risposta credibile. Greta intanto si guardava intorno, contando le posate e alzando il tovagliolo che aveva davanti. Era evidente che sperava di trovarci sotto qualcosa.

Fu Leo il primo ad accorgersi che a tavola mancava un cucchiaino. Le offrì quello destinato a Scar. Lei lo rifiutò come fosse un affronto. Allora lui fece un gesto inaspettato, il secondo di quella mattina. Bloccò Greta che si stava per alzare e disse che sarebbe andato lui a prenderlo. Si catapultò giù dalla sedia, aprì un paio di cassetti e tornò con il trofeo ben in vista.

Poteva sembrare una cosa da niente, una cortesia tra fratello e sorella, ma ai miei occhi era un evento epocale. Leo, il seccatore ufficiale di Greta, le aveva appena fatto un piacere di sua spontanea volontà. La ragazza biondo miele balbettò un grazie, mentre fissava imbarazzata il telefono, forse perché temeva di non aver capito dove fosse la fregatura. In realtà la fregatura non c'era.

Che fosse Chiara, Amina o chicchessia, Leo cercava di rendersi utile anche col pretesto più sciocco. Se il latte restava fuori dal frigo, lui avvitava bene il tappo e lo rimetteva al fresco. Quando l'acqua terminava, si offriva di riempire la brocca. Approfittando dei brevi momenti di caos, allungava due biscotti extra alla ragazza nera, facendole poi segno di non dire niente. Non che ci fosse pericolo.

Colpiva soprattutto l'ombra che avevo intravisto mentre parlavamo della moka, quel pentimento dopo ogni domanda che campeggiava sul volto del ragazzino. Stava facendo uno sforzo enorme per contenersi, cercava di tenere a freno la sua voglia smisurata di parlare. Perché? Tra di noi nessuno si sarebbe mai sognato di chiedergli un sacrificio simile.

Attendemmo parecchi minuti che scendesse Bernard, o che comparisse Scar, ma nessuno dei due faceva capolino dalla porta. All'ennesimo borbottio di uno dei nostri stomaci, Chiara si offrì di fare un salto al monolocale.

Scese dopo un'eternità e ci raccontò, con una certa preoccupazione nella voce, quello che era successo al piano di sopra. Disse che aveva suonato il campanello almeno tre volte, chiamando Bernard tra un trillo e l'altro. Visto che anche il quarto e il quinto tentativo di farsi aprire erano andati a vuoto, stava quasi per tornare di sotto, quando aveva colto un cigolio dall'interno.

Tornando a bussare con insistenza, Chiara aveva ascoltato una voce impastata mormorare qualcosa. Pochi secondi dopo la porta si era aperta di uno spiraglio.

Bernard era in pigiama, portava un improbabile berretto da notte e faticava a tenere gli occhi aperti. Si era scusato, non sapeva bene per cosa, con qualche parola in francese, e poi le aveva fatto capire che non sarebbe sceso. La porta si era chiusa di nuovo e lei aveva sentito ancora il cigolio.

Notò, nei pochi istanti in cui le fu possibile osservare uno spicchio della camera, un colossale disordine. Soprattutto la carta e le fiale l'avevano colpita. C'erano fogli e recipienti di vetro sparsi a terra, coprivano come un tappeto il pavimento, ed era abbastanza sicura che Bernard avesse calpestato un paio di quei flaconi mentre si rimetteva a letto.

Sapevo bene a cosa Chiara si stava riferendo, ma in un primo momento mi finsi sorpreso di conoscere quel dettaglio. Ricordavo la promessa di tacere fatta all'uomo con la barba ingrigita e non volevo tradirmi. Rimasi tuttavia deluso nel constatare che tra i presenti ero l'unico ad aver assunto un'espressione stupita.

Realizzai in un lampo quanto fossi stato stupido a credermi speciale, a pensare che Bernard avesse visto in me chissà che cosa. L'uomo aveva strappato a tutti lo stesso giuramento. Distolsi lo sguardo da Chiara e giocai per qualche istante con la mia tazza.

Era giusto provare quel dispiacere? Il fatto che anche gli altri avessero usufruito della valigetta, rendeva forse la mia esperienza meno bella? Provai vergogna per non aver scacciato prima il disappunto e tornai a sollevare la testa. Il volto di Greta era accigliato, come le facce degli altri, che mal celavano l'apprensione.

Bernard, un mattiniero pieno di energie, rifiutava improvvisamente di alzarsi dal letto.

Ce ne stavamo di nuovo fermi al nostro angolo quando si aprì il portone di Casa Retrouvailles. Scar passò veloce in corridoio senza disturbarsi a salutare. Filò dritto in camera.

"Faccio io," disse Leo afferrando la tazza e il tovagliolo destinati a Damiano. Li rimise a posto perché aveva capito due cose. La prima, che condivise mentre sistemava, era che Scar non avrebbe fatto colazione con noi. La seconda, sul momento, la tenne per sé.

Quel gesto sciolse le corde invisibili che ci tenevano inchiodati alle sedie. Dopo aver atteso che uscisse il caffè, iniziammo finalmente a mangiare. Per la foga Amina si macchiò la maglietta, ma nessuno ebbe il coraggio di dirle che il suo latte non sarebbe evaporato, e che poteva calmarsi. Leo si tuffò sul pacco di biscotti neanche fosse in piscina. Io provavo a non pensare e finivo per riflettere su tutto. Notai che Chiara aveva cambiato inclinazione della testa e ora era rivolta verso Greta, che ormai da cinque minuti girava il cucchiaino nella tazza guardando il telefono. Era entrata in una specie di loop.

A un tratto, con naturalezza, Leo si mosse. Passò dietro ad Amina, lasciandole un biscotto sul tovagliolo, e poi silenzioso si appostò alle spalle della ragazza biondo miele. Chiara non fece in tempo ad aprir bocca che lui aveva già urlato "bu!" nell'orecchio di Greta, così forte da farla sobbalzare. Lei rovesciò la tazza e il suo contenuto sul tavolo, cercando poi di tamponare il disastro con un tovagliolo. Mi avvicinai minaccioso a Leo, lui ripeté "scusa" un milione di volte, mi porse un rotolo di carta assorbente ma io rifiutai di prenderlo. Doveva pulire lui, e così fece, mentre Greta aveva già dimenticato e fissava di nuovo il suo smartphone. Alzò gli occhi solo quando sentì una porta aprirsi, e riconobbe il passo svelto di Scar.

Il ragazzino corse allora in corridoio e seguì Damiano fino al portone. "Grazie," gli disse timido. Scar lo liquidò con un cenno e uscì di casa. Ecco la seconda cosa che Leo aveva capito prima degli altri: il disordine sul pianale era opera di Scar, era lui che aveva trovato l'occorrente per la colazione, e sapeva persino dove Michiko nascondeva i biscotti.

Mi offrii io di sparecchiare e sistemare la cucina, promettendo a me stesso di non spazzare la stanza più di una volta.

Amina, spaesata, si diresse di nuovo in camera passando di continuo una mano sulla maglietta, dove spiccava la macchia. Mormorava e scuoteva la testa. Leo provò ad aiutarmi, ma durò poco, il suo entusiasmo si spense gradualmente. Lo vidi dirigersi verso le scale, quasi piegato. Prima di lui era sparita anche Greta.

Chiara leggeva, ancora seduta a tavola, una rivista delle sue. Si accorse prima di me del lamento sommesso che veniva dal corridoio. Andò a vedere di cosa si trattava e quando mi affacciai dalla porta la vidi con una mano sulla schiena di Leo, che seduto sulle scale si teneva con entrambe le mani la pancia. Il piccoletto scattò all'improvviso salendo i gradini a due a due.

Passammo buona parte della mattina così, lei in camera col ragazzino, che restava chiuso in bagno, e io che andavo ogni tanto a controllare se la situazione non stesse precipitando. Per prenderlo in giro, Chiara chiedeva a Leo se gradiva un altro biscotto, nel caso i quattrocento che aveva già mangiato non fossero abbastanza. Lui giurava che non ne avrebbe più toccato uno e tenne fede all'impegno fino alla mattina dopo.

Fu un'impresa trovare la camomilla in quel dedalo di dispense e cassetti che era l'angolo cottura di Casa Retrouvailles, ma l'effetto che ebbe su Leo fu notevole.

Lui stesso c'avrebbe raccontato, quando ormai il ricordo di quei giorni cominciava a sfumare, che non era stato solo il mal di stomaco a tenerlo chiuso in bagno quella mattina. Disse che voleva lo lasciassimo un po' solo, perché doveva riflettere sul contenuto di un biglietto trovato sul pavimento. Sul pezzo di carta era scritto:

Piccola formica,
sposti un sasso alla volta
il monte Fuji.

Era incastrato sotto la sua porta, la mattina in cui avevamo scoperto l'assenza di Michiko. Non aveva alcun dubbio su chi l'avesse scritto, ma sull'interpretazione, ecco, lì qualche incertezza c'era.

Pensò comunque che doveva fare la sua parte, pur piccola che fosse, perché anche la goccia che trasporta il colibrì contribuisce a spegnere l'incendio (questa, confessò, l'aveva sentita da Kojo).

Nei giorni che seguirono la scoperta del biglietto, ogni volta che parlava gli tornava in mente il suo dovere, e gli veniva il dubbio di essere d'intralcio. Non voleva disturbare i nostri tentativi di tirare avanti senza la signora giapponese.

Dopo l'ammissione di Leo, e giudicando a ritroso i comportamenti di tutti, capii che ognuno a Casa Retrouvailles aveva ricevuto le sue istruzioni enigmatiche. Sentivamo vicina Michiko anche se lei non c'era, per questo non cadevamo al tappeto.

E poi c'era stata la notte prima, il rito, la storia che ci aveva fatto credere alla Pioggia. C'eravamo alzati con un pizzico di speranza. Insomma, resistevamo.

Ma resistere funziona se hai un ostacolo davanti, se vuoi impedire un'azione, limitare una forza. Davanti al vuoto invece, non esiste opposizione. Lo dicono persino gli scienziati. Nello spazio intergalattico, fatto di un vuoto quasi perfetto, un corpo umano durerebbe forse un paio di minuti. Crollerebbe, presto o tardi, anche il pugile più forte.

Attaccamento

"*Ecco io manderò il diluvio, cioè le acque, sulla terra, per distruggere sotto il cielo ogni carne, in cui è alito di vita; quanto è sulla terra perirà.*" È così, secondo la Genesi, che Dio annunciò a Noè il Diluvio Universale.

Quaranta giorni e quaranta notti di pioggia.

Il racconto dell'antica inondazione non è una prerogativa della Bibbia. C'è un Diluvio nel Corano, nella tradizione induista, nell'epopea babilonese di Gilgameš, nella mitologia norrena, irlandese, greca e in molte altre.

Tutte hanno in comune il grande sconvolgimento. Un tema talmente importante che c'è chi dice abbia ispirato addirittura una parola. *Cataclisma*, dal latino *cataclysmos,* derivato del greco *kataklýzein*, "inondare", composto di *katá* "giù" e *klýzein* "bagnare". Come vuole la tradizione, anche la catastrofe di Casa Retrouvailles, il cataclisma scatenato dalla partenza di Michiko, iniziò con una goccia. Cadde con le fattezze di una domanda. "Che starà facendo ora?" chiese Leo, uscendo dal bagno.

"Stai meglio?" Chiara cercava di cambiare discorso.

"Ha portato via il tè? Scendiamo a controllare?" il piccoletto la guardava speranzoso, fermo davanti al suo letto, dove sedeva impacciata la ragazza di brina.

Mi staccai dallo stipite della porta. Era lì che avevo atteso il miglioramento di Leo, dopo aver portato la camomilla. Gli tolsi dalla mano la tazza e il piattino. Sarebbero caduti di sicuro, perché il braccio gli tremava. "Ho fatto troppe domande e lei si è arrabbiata, vero? Come sta, secondo te? A che ora se n'è andata? Mi dici come sta?"

Il ragazzino aveva preso a girare per la stanza. Apriva i cassetti, piegava e ripiegava i calzini, costruiva pile perfette con le canottiere.

Ogni tanto si avvicinava alla finestra e controllava se fosse chiusa bene. Girava una maniglia già girata, spingeva il vetro nel punto in cui l'aveva già spinto. Passando davanti a Chiara, le poggiava una mano sul ginocchio, come un cieco in cerca di un riferimento. A me, invece, faceva solo un gesto. Mostrandomi il palmo, s'accertava che io restassi dov'ero.

Quando si fermava, nel mezzo di quei giri senza senso, lo faceva per chiedere alla ragazza di brina: "Come stai?".

Se io tiravo fuori il cellulare, si avvicinava e mi tirava giù il braccio. In punta di piedi, cercava di vedere lo schermo.

Tutto, intorno a lui, doveva essere sotto controllo. Dagli oggetti agli stati d'animo delle persone. Se percepiva qualcosa sfuggirgli di mano, diventava nervoso.

"Che fai?" chiese impallidendo a Greta, che era entrata nella stanza. Lei non gli rispose. Si guardò per un momento intorno e puntò un angolo, accanto a un mobiletto. Sedendosi a terra, infilò il caricatore nella presa e collegò lo smartphone.

Era di nuovo ferma. Leo si calmò, riprese a sistemare la biancheria nei cassetti.

Il motivo per cui Greta, tra le tante prese di Casa Retrouvailles, avesse scelto quella in camera di Leo, per me rimaneva un mistero.

Non mi sfiorò il dubbio che lei, lì seduta, potesse chiedersi perché tra tanti stipiti di porte io avessi scelto proprio quello.

Rimasi impassibile anche quando si portò la mano sul torace. Forse sullo schermo aveva visto qualcosa di toccante.

Fuori era tornato il sole, a spazzar via il nubifragio della notte, ma mai rovescio più impetuoso avrebbe travolto la casa. Il nostro era un Diluvio Universale inaridito, un'inondazione asciutta, che si ingrossava di minuto in minuto, senza che noi ce ne accorgessimo.

Greta aveva portato anche l'altra mano sul torace.

Staccò il telefono dalla presa e si alzò, perdendo per un attimo l'equilibrio. Poggiò la testa al muro, chiuse gli occhi.

Rivolse il mento al soffitto.

Non rimase così per molto. Barcollando, andò a sedersi sul letto di Leo, vicino a Chiara.

"Che fai?" scattò il ragazzino. Lei non rispose.

"Senti?" domandò Greta alla ragazza di brina, afferrandole la mano e posandosela sul cuore.

"Ehi," si lasciò sfuggire subito Chiara. "Calma," le sussurrò accarezzando i capelli biondo miele.

Ma Greta non aveva intenzione di calmarsi. Con un gesto rapido si tolse il maglione. Vidi distinta una goccia di sudore scivolarle sulla tempia. Da come respirava, sembrava stesse soffocando.

Leo nel frattempo si era avvicinato al letto. "Che fa?" chiedeva anche lui a Chiara.

Scesi le scale quasi volando. Un attimo dopo ero ancora in camera di Leo, con un bicchiere d'acqua al posto della tazza di camomilla.

Greta bevve bagnandosi la maglietta. Sbloccò il telefono e si mise a fissarlo. Il ragazzino, naturalmente, si sporse per controllare.

"Un selfie," disse girandosi verso di me, contrariato.

Tornò al suo cassetto, immerso tra calzini e canottiere.

Il respiro di Greta, forse grazie all'immagine riflessa sullo schermo, a poco a poco si fece regolare. Chiara non aveva mai smesso di accarezzarle i capelli. Io m'ero ripreso il bicchiere.

Ce ne stavamo lì, stremati senza aver fatto nulla, logorati come la suola di una scarpa abbandonata per strada.

Cercavamo di resistere al vuoto. E l'unico modo che c'era venuto in mente per farlo, anche se non avevamo il coraggio di ammetterlo, era stare tutti in camera di Leo. Sedersi sul suo letto, attaccare il telefono alla sua presa, poggiarsi allo stipite della sua porta. Guardarlo mentre sistemava le canottiere.

Esiste un termine, in psicologia, per esprimere la ricerca di vicinanza, quell'insieme di comportamenti che spingono un individuo a inseguire il conforto di una figura privilegiata. Si chiama *attaccamento*, ed è un istinto. Una tendenza intrinseca e immutabile, che non riesce a tollerare il distacco.

Un tonfo sordo ci fece sollevare lo sguardo. Lo seguì un urlo terrificante. Poi ancora colpi, fracasso, botte che sembravano manate sul muro. La provenienza non era lontana.

Uscimmo in corridoio. Il trambusto si faceva a ogni passo più nitido, finché non ci fermammo, in quattro, davanti alla porta di Amina.

D'improvviso il tumulto cessò.

"Tutto ok?" domandò Chiara avvicinando l'orecchio alla porta.

Da dentro non arrivò risposta. M'accostai al legno anch'io.

Il colpo fu così forte che credetti potesse abbattere l'uscio. Amina aveva ripreso a urlare. Sembrava stesse combattendo una battaglia contro un avversario mostruoso.

"Che fa?" mi chiese Leo.

"Dobbiamo entrare," ripeteva la ragazza di brina, tentando di spingere la porta.

"Apri," urlavo io, con la paura che mi desse retta e dedicasse quelle attenzioni rabbiose a me.

All'ennesima richiesta di spalancare la porta, le grida divennero singhiozzi. Un pianto disperato.

"Amina, apri?" chiese il ragazzino spaventato.

Qualcuno, dentro la camera, tirò sul col naso. Un momento dopo la chiave girò nella toppa. Vedemmo la maniglia abbassarsi.

Venne spontaneo a tutti fare un passo indietro.

L'occhio umido di Amina comparve dallo spiraglio che lei stessa aveva creato. Ci osservava senza parlare.

"Che fai?" le chiese Leo.

Lei richiuse la porta, questa volta non a chiave. Attendemmo un istante che il fracasso ripartisse, ma non ci furono colpi. Chiara abbassò la maniglia ed entrò.

La camera era a soqquadro. Il materasso buttato sotto la finestra, un'anta dell'armadio penzolante, biancheria dappertutto.

Il bambolotto lasciato in un angolo.

Amina stava in piedi con lo sguardo basso, mentre le lacrime le scorrevano sul viso. La mano destra, che tentava di nascondere sotto la maglietta, sanguinava.

"Cos'è successo?" domandai agitato.

Lei rispose con un brontolio. Sospirò.

Il piccoletto fu il primo a offrirle un fazzoletto. La ragazza di brina la invitò a farle vedere la ferita. Insieme la convinsero a scendere in cucina, mentre Greta s'era messa a raccogliere gli indumenti di Amina uno a uno.

Senza piegarli, li lasciava nell'armadio aperto.

Diedi una mano anch'io a riordinare la camera. Sollevai il materasso e lo riconsegnai alle doghe, agganciai l'anta che non si era rotta. Quando giudicò il risultato accettabile, Greta scese di sotto. Io la seguii, dopo aver recuperato il tesoro di Amina.

La trovai in cucina, seduta sulla solita sedia, e le riconsegnai il bambolotto. Lo strinse con la mano libera. L'altra era fasciata.

"Niente di grave," precisò Chiara.

"È un ometto," mi disse serio Leo, senza farsi sentire. "Non ha fatto un fiato quando le ha versato l'acqua ossigenata." Il concetto di "ometto", probabilmente, al ragazzino non era così chiaro.

Nessuno aveva mai visto Amina comportarsi in quel modo. L'estrema dolcezza del suo viso sembrava non lasciar spazio alla rabbia, tantomeno a uno scoppio come quello di pochi istanti prima. Appena sceso l'ultimo gradino, mi raccontò Leo, s'era avvicinata allo studio di Michiko.

Aveva provato ad aprire la porta.

Restammo in cucina, tutti nuovamente concentrati nello

stesso punto. La nuova scusa ora era Amina, giustificazione di vicinanza. Alle 11.00 arrivò la mazzata.

Era più o meno quella l'ora, quando suonò il campanello.

Il sangue nelle vene di Chiara si ghiacciò. Disse appena tre parole, che bastarono a paralizzare gli altri: "gli assistenti sociali!".

In un attimo filarono tutti di sopra. Tutti tranne me.

Dovevo aprire, aveva deciso la ragazza di brina, e dire che in casa non c'era nessuno. Se avessero fatto domande, la strategia sarebbe stata negare. Negare fino all'ultimo, anche davanti all'evidenza.

Perché il prescelto fossi io, non ebbi il tempo di chiederlo. Il campanello suonò per la seconda volta.

Mi ritrovai solo.

Presi un bel respiro e aprii.

Bernard aveva dimenticato le chiavi. Era spettinato, ma vestito come al solito. A testa bassa salì in biblioteca.

"È avanzato un po' di caffè," gli dissi poco dopo, mentre scendeva, sforzandomi di essere naturale.

Fece un cenno d'assenso con la testa. Gli portai la tazzina. Bevve d'un fiato. Poi si avviò, abbastanza malconcio nell'animo, verso il portone. "Non aspettatemi per mangiare," fu l'unica cosa che disse prima di uscire.

T.A.S.

Salii la scala alla ricerca del nascondiglio. Non volava una mosca, mi venne da pensare che fossi davvero l'ultimo rimasto a Casa Retrouvailles. Bussai alla porta di Chiara, a quella di Greta, poi a quella di Amina.

Erano chiuse. Provai con Leo.

Non rispondeva nessuno.

"Era Bernard," dissi ad alta voce, sperando di convincerli a uscire. La solitudine mi suggerì che c'era tanto da migliorare nell'arte della persuasione. Decisi di tornare in cucina. Prima o poi qualcuno avrebbe avuto fame. Primo gradino. Secondo gradino.

Il buio.

D'improvviso era calata la notte. Qualcosa s'era aggrappato alla mia schiena. Una forza mi tirava di nuovo verso le camere. Mi ritrovai a terra, schiacciato da un peso insostenibile. Un attimo dopo una morsa mi strinse i piedi. Sentii afferrarmi le mani. Se non m'avessero ucciso, sarei morto per lo spavento.

Ero talmente bloccato da non riuscire a urlare.

Ora fluttuavo, trasportato dalla forza chissà dove.

"Pronti?" mormorò una voce che conoscevo. "Ora!"

La morsa si allentò. Amina tirò via il lenzuolo che mi avevano gettato addosso. Vidi Leo che brandiva uno scopettone ed era pronto a colpire.

La ragazza di brina scoppiò a ridere.

"Perché non vi fate curare?" chiesi stizzito.

Erano tutti schierati davanti a me.

"Esercitazione," disse Greta.

"Mh mh," annuì Amina.

"Posso colpirlo lo stesso, Generale?" domandò Leo.

"Negativo soldato," rispose Chiara, "il nemico è già abbastanza acciaccato! Non ti fa pena?"

"Nemmeno alle gambe? Per provare l'arma!"

Chiara gli tolse dalle mani lo scopettone.

"Davvero, quanto era alto il seggiolone da cui siete caduti?" dissi arrabbiato, cercando di calmare il tremore.

"Puoi venire un attimo qui, tu?" andai verso Leo, che corse subito dietro ad Amina.

"È andata bene, no?" Chiara voleva il mio parere.

"Cosa?"

"L'operazione T.A.S.!"

"T.A.S.?"

"Trappola Assistenti Sociali!"

"Ah! Benone! Come procede invece l'operazione S.Q.I.?"

"S.Q.I.?"

"Siete Quattro Idioti."

"Male," si intromise Leo, "perché è arrivato il quinto!"

Tentai di nuovo di afferrarlo.

"Soldati, a rapporto!" gridò Chiara mettendosi sull'attenti. Il piccoletto e Amina si misero uno accanto all'altro, portando la mano destra a un cappello immaginario, nel classico saluto militare. Lentamente anche Greta si unì a loro, ma senza cenni delle mani. "Ottimo lavoro. Rompete le righe!"

"Non vedo l'ora che arrivi il rancio," mi disse Leo, facendo l'occhiolino.

"Scusa, era troppo divertente," dichiarò Chiara col sorriso.

"Troppo, potremmo farlo ogni martedì!" suggerii io lasciando la stanza. M'accorsi solo allora che m'avevano trascinato nella mia.

Tornai sui miei passi. "Potreste sparire per cortesia? Grazie."

"Te la sei presa?" Greta aveva lanciato la provocazione.
"No."
"No, per carità," ridacchiò la ragazza di brina. "Dobbiamo fare qualcosa, sono seria. Ci serve un piano."
"Posso avere sempre lo scopettone?" domandò il piccoletto.
"Un piano per cosa?" chiesi io.
"Nel caso arrivino davvero, ecco... nel caso entri qualcuno più pericoloso di te."
"Io so essere pericoloso, se voglio," risposi incrociando le braccia.
"Ma certo, certo," Leo mi batteva la mano sulla schiena. "Sei una macchina da guerra, il maschio alpha, un ver..."
Lo sollevai e mi diressi in bagno, con l'obiettivo di fargli fare la doccia vestito.
"Dicevo sul serio, sei letale, scusa scusa!" implorava lui scalciando.
"L'acqua la preferisci fredda o freddissima?"
"Se si ammala potrebbe essere più fastidioso," suggerì Chiara, "è già ingestibile senza raffreddore."
Aveva ragione. Liberai il prigioniero. Scappando via, imitava la mia voce: "Sono pericoloso, se voglio. Mi chiamo Gabriel Decimo Meridio, comandante dell'Esercito del Nord, generale delle legioni Felix, servo leale dell'unico vero imperatore...".
Tutti ci mettemmo a ridere.
Chiara però non scherzava: "Dovremmo pensare a un modo per simulare che lei sia ancora qui... solo per un po', finché non torna".
L'ultima precisazione rassicurò Amina.
"Serve un segno, tracce inequivocabili," continuò la ragazza di brina. "Avrà pur lasciato qualcosa in giro, no?"
E così ebbe inizio la nostra caccia al tesoro.
Ci dividemmo in cinque squadre di un solo componente, l'idea nemmeno a dirlo era stata del ragazzino. Chi trovava qualcosa aveva il dovere di portarla in cucina, depositarla sul tavolo e partire per una nuova missione.

Prima di dividerci, Leo chiese se potevamo attenderlo un momento. Filò in camera sua. Quando rientrò aveva due segni rossi sulle guance. "Come gli Indiani in guerra!" ci comunicò fiero. "Augh!"

Chiara suggerì di iniziare ognuno dalla propria stanza, alla ricerca di vecchi regali della signora giapponese nascosti da qualche parte. Io non correvo il rischio di trovare nulla, così scesi direttamente al piano di sotto.

L'idea più brillante che mi venne in mente fu cercare del tè in cucina. Rovistando trovai una scatola rossa con dentro una decina di bustine. Era sepolta da un mare di altre cose, sopra aveva anche un filo di polvere.

Meglio di niente, pensai, e la poggiai sul tavolo.

Passai la mezz'ora seguente girando senza meta. Le altre squadre vagavano come me, ma vidi tutti entrare e uscire dalla cucina almeno una volta. La caccia al tesoro non era mai stata tra i miei punti di forza. Alla fine il Generale lanciò di nuovo il suo ordine: "A rapporto!".

Sul tavolo della cucina c'erano diversi oggetti. Chiara sollevò un paio di sandali, una specie di incrocio tra zoccoli e infradito.

"I vecchi *geta* di Michiko. Ottimo lavoro Colonnello," disse congratulandosi con Greta. Poi passò la mano su un kimono bianco, con una macchia di sugo evidente: "Pulito sarà perfetto. Tenente, i miei complimenti". Amina era al settimo cielo per il riconoscimento. Sollevò la mano fasciata per ripetere il saluto militare, ma la riportò giù a metà strada, con una smorfia di dolore.

Il Generale passò quindi all'oggetto successivo. "Che roba è?" chiese Chiara sollevando il mocio. "Leo, sei stato tu vero?"

"Lo useremo come sagoma di Michiko, da lontano potrebbe funzionare. Vedi, quello è il corpo, questi i capelli e..."

"Sei retrocesso al grado di soldato semplice con effetto immediato."

"Ma funziona! L'ho visto fare in un film."

Chiara mise a posto il mocio nell'armadietto delle scope.

"Io in camera avevo questo *sensu*," ci comunicò il Generale, mostrando un ventaglio pieghevole, ricco di colori. "Era un regalo di compleanno." La truppa fece cenni d'assenso.

Sul tavolo restava solo il mio tè. Un colpo di genio.

"Questo?" la ragazza di brina maneggiava la scatola. Lesse qualcosa e alzò le spalle. "Tè scaduto da due anni. Ottimo se decidessimo di farci portare via perché versiamo in stato di abbandono."

Si diresse verso il lavandino. Aprì lo sportello sottostante e gettò la scatola nel secchio.

"Tu mi fai rivalutare la mia vita," disse Leo, che era salito in piedi su una sedia e teneva la mano sulla mia spalla.

"Per te congedo immediato," mi annunciò Chiara. "Devi cambiare mestiere, soldato, che ne dici dell'agricoltura?"

Con grande sforzo resistetti all'istinto di mandarli tutti al diavolo.

Fu divertente, in fin dei conti, pensare a un modo per ingannare la minaccia che incombeva sulla nostra testa.

Decidemmo di sistemare i sandali all'ingresso, dove di solito li lasciava Michiko prima di mettere le scarpe.

"È fuori per una commissione," avremmo risposto aprendo la porta, "torna più tardi. Ecco, vede le ciabatte? Può lasciare detto a me."

Dov'era andata la signora giapponese? Facile, a cercare un prodotto per smacchiare il kimono. Non ci saremmo presi neanche il disturbo di lavarlo. "Guardi che brutta macchia! Impresentabile non trova? Andava pulito con urgenza! Speriamo trovi quel prodotto che cercava..."

Sembrava un piano infallibile. L'alternativa era l'operazione T.A.S.

"Facciamo proprio ultima alternativa," suggerii io.

"Non è male," ribatté Chiara.

"Io prendo lo scopettone," annunciò Leo. Si presentò con il mocio sulla testa. Sembrava avesse i capelli lunghi.

"Ma non ti viene il dubbio che sia sporco?" lo rimproverò Greta.

"No, perché ho la certezza che lo sia," rispose allungandolo verso la ragazza biondo miele, che reagì fuggendo terrorizzata.

Se ci avessero suonato in quel momento alla porta, cosa avremmo fatto? Nessuno può dirlo. Il mondo non è fatto di "se" e di "ma".

Notavo negli altri una certa eccitazione, come se non vedessero l'ora di mettere in atto il piano, ma anche un'angoscia speciale. Nessuno aveva mai fatto la guerra per davvero.

Ho preso l'immagine della truppa schierata e l'ho spedita al fronte del ricordo. Al posto dell'indirizzo, ho scritto una parola tedesca, che esprime bene la sensazione di una gioia immaginata, lontana ancora dall'essere vissuta.

Vorfreude: l'attimo prima della felicità, l'allestimento minuzioso del cuore, in attesa del piacere.

Il pranzo fu sbrigativo. Tre sedie rimasero vuote e lo stesso accadde durante i pasti dei giorni a venire. Oltre a Bernard, che era sempre più elusivo, anche Scar se ne stava spesso fuori. Nessuno lo disse ad alta voce, ma interpretammo tutti l'allontanamento di Michiko come il pretesto che Damiano aspettava per liberarsi di noi. Sulle prime, lui non fece niente per smentirci. L'altruismo di quella mattina a colazione rimase un gesto isolato. Non mi sorprese, era in linea col personaggio che conoscevo, lo stesso che mi rivolgeva la parola solo quando ci incontravamo al bar.

Passavano i giorni, e il filo del bracciale di Casa Retrouvailles si logorava. Le perline, un tempo così unite, sembravano sul punto di cadere e spargersi, senza più il freno del nodo dei gesti della signora giapponese. Era svanito a poco a poco anche l'odore del tè, considerato da sempre un accessorio delle stanze, un mobile elegante disegnato su misura per quegli spazi soltanto.

Come una sorta d'attrito, il disinganno dissipava l'energia degli inizi, e l'entusiasmo nel provare a superare gli ostacoli rischiava di lasciare il campo alla paralisi. La realtà ci presentava il conto della nostra inettitudine, l'evidenza umiliante di non essere all'altezza di un compito basilare: badare a noi stessi. A ciò si aggiungeva il fallimento dei maldestri tentativi di badare anche agli altri.

Dopo meno di una settimana dalla partenza di Michiko, la cucina divenne inutilizzabile. Dividerci i compiti sembrò la scelta migliore, fin quando non trovammo Greta davanti al lavello, incantata a fissare il muro. L'acqua era aperta, la schiuma del detersivo strabordava. Dietro di lei, in posa sul pavimento bagnato, Leo mimava i gesti di un surfista. Quando entrai, attirato dalle grida divertite del ragazzino, per poco non caddi scivolando.

Chiusi il rubinetto, svegliai la ragazza biondo miele, ma non feci in tempo a dire a Leo di asciugarsi le scarpe prima di scappare. I corridoi si riempirono di pedate, impiegai mezza giornata a pulire.

Inutile precisare che Greta stava lavando la moka, l'unica cosa che non avrebbe dovuto lavare.

Con tacito accordo, affidammo ad Amina il compito più semplice, apparecchiare la tavola. Dopo tre giorni trovammo la carta igienica al posto dei tovaglioli: erano finiti ma lei non aveva detto niente. Una sera invece vedemmo Leo che impugnava con due mani una mannaia, lasciata incautamente vicino al suo piatto come fosse un normale coltello per la carne. Se avessi potuto scrutare gli occhi di Chiara, mentre si avvicinava per convincerlo a posare quell'arma, ci avrei letto metà del terrore del mondo.

Anche il conseguente accentramento delle mansioni, a cui gli altri non si opposero, si rivelò una sconfitta. Io e la ragazza di brina non riuscivamo a venirne a capo, pulire e cucinare per tutti era una fatica immensa, che ci rendeva nervosi ed esausti. Lei, naturalmente, si arrese dopo di me. Svuotammo ogni barattolo in dispensa, imparammo ad apprezzare la gran praticità dei cibi in scatola, e ci chiedemmo perché nessuno avesse mai insignito di un riconoscimento formale l'inventore del panino.

Se la vita si fosse limitata a quell'ambito, se l'angolo cottura avesse segnato il confine della nostra esistenza, non l'avremmo nemmeno giudicata un disastro. Il guaio era che ci toccava vivere anche fuori dalla cucina.

Un pomeriggio, rientrando dalle mie escursioni quotidiane con Leo, avvicinai la chiave del portone alla serratura, ma qualcosa non tornava. C'era già una chiave nella toppa. Chiunque avrebbe potuto rubarla.

Mi misi in cerca di Greta, deciso a dirgliene quattro. La trovai seduta su uno scalino, occhi fissi sullo smartphone, solita espressione apatica. Dopo aver subìto due minuti di rimprovero, senza degnarmi di uno sguardo, tirò fuori dalla tasca la sua chiave. Poi, puntando rapida la fotocamera verso di me, immortalò la mia faccia confusa.

A giudicare da come scuoteva la testa, l'immagine non era di suo gradimento. "Via, cancellare subito," disse.

Saltò fuori che la colpa era di Bernard. L'ultimo a entrare era stato lui. Preoccupava, la sua involuzione, sembrava tornato bambino. Passeggiava in lungo e in largo per ore, sempre solo, e mi capitava spesso di vederlo pensieroso in un parchetto a Colle Oppio, con la schiena poggiata a un albero e un libro aperto sulle gambe.

Quando rientrava, si chiudeva nel monolocale. Apriva solo a Leo, che gli portava da mangiare un paio di volte al giorno e poi tornava a riprendersi il piatto. Assaggiava a malapena il cibo.

Il punto più basso lo toccammo un sabato mattina. Bernard aveva fatto una rapida puntata in casa, dimenticando di chiudere la porta della biblioteca, e a quanto pare anche la finestra. L'urlo di Greta ci richiamò al piano di sotto, dove un piccione volava impazzito e lei stava rannicchiata in un angolo, implorando aiuto. Anche Chiara non sembrava a suo agio. L'unico felice, neanche a dirlo, fu Leo. Scese gli scalini di corsa e iniziò a rincorrere il volatile.

Serviva indiscutibilmente l'intervento di un adulto, o di un duro come Scar. Peccato che la cosa più vicina ai nostri bisogni fossi io, che ero indiscutibilmente lontano dal profilo necessario.

La battaglia durò un'eternità e forse non sarebbe mai finita senza l'intervento strategico della ragazza di brina. Si procurò un asciugamano, mandò Amina a tirare le tende e Leo a spegnere le luci. "Piano, mi raccomando," disse infine a me, consegnandomi quella specie di canovaccio. Sentivo addosso una grande responsabilità, mista alla paura di essere morso.

Il piano funzionò. Dopo un paio di tentativi andati a vuoto, riuscii ad avvolgere il piccione, disorientato per via della penombra. "Non lo stringere troppo," si preoccupava Chiara, tenendosi sempre a debita distanza.

Leo si mise in testa alla processione che trasportava il prigioniero fuori da Casa Retrouvailles. Aprì il portone, io feci qualche passo sul marciapiede e posai a terra l'animale, senza lasciarlo del tutto.

"Al tre lo liberi," disse Chiara. "Uno, due..." A quel punto avevo già mollato il canovaccio ed ero corso dentro, accompagnato dalle grida degli altri, chiudendomi il portone alle spalle.

Il piccione, vedemmo dallo spioncino, camminava tranquillo beccando l'asfalto. Tirammo un sospiro di sollievo. Greta smise di chiedere aiuto. Ero convinto avesse già dimenticato. Finsi anch'io d'aver fatto lo stesso quando rividi Damiano. Lui avrebbe risolto meglio la questione, con la solita freddezza, la stessa che dimostrava in quei giorni e che sempre avrebbe dimostrato. Era l'unico a Casa Retrouvailles che sembrava non aver accusato il colpo.

Entrava e usciva senza regole, ma non spariva mai per troppo tempo. All'ora dei pasti, ad esempio, tornava, anche se non si affacciava in cucina. Il disturbo di chiederci "come va?" probabilmente era troppo, ignorava chiunque gli si parasse davanti. Anche la sera, quando lo incontravo al bar con Claudio e Ivan, l'argomento Michiko non veniva mai fuori, come prima che lei s'allontanasse. Essere solo al mondo sembrava la condizione perfetta per Scar, e lo invidiavo, perché la fonte della sua soddisfazione era la mia sofferenza più grande.

Trascorsa una settimana dalla mattina del biglietto, per l'universo di Casa Retrouvailles le probabilità di rinascere o di diventare cenere erano le stesse. Un solo passo, nella direzione sbagliata piuttosto che nell'altra, e tornare indietro sarebbe stato impossibile. M'accorsi allora che tra di noi era avvenuto qualcosa, c'era stato un mutamento impercettibile che mi fece pensare all'*Anolis scriptus*, la lucertola comune dell'arcipelago di Turks e Caicos.

Studiando questi piccoli rettili prima e dopo il passaggio di un uragano, gli scienziati avevano fatto una scoperta importante. Gli esemplari sopravvissuti presentavano differenze per dimensione del corpo, lunghezza delle zampe e capacità di avvinghiarsi rispetto alle lucertole diffuse prima della tempesta. Forzata a scegliere tra soccombere davanti alla potenza degli elementi o cambiare, l'*Anolis scriptus* aveva optato per la seconda via. E lo stesso avvenne per noi.

Sferzati dal vento improvviso del distacco, decidemmo d'aggrapparci l'uno all'altro, di adattarci e resistere. Che potesse funzionare ce l'aveva mostrato il più piccolo, era Leo la lucertola che in mezzo all'uragano c'aveva fatto ragionare. Più la sua metamorfosi diventava evidente, più cercava di tacere e di rendersi utile, più spingeva noi a cambiare.

Dire che tornammo ai vecchi fasti sarebbe una menzogna, come parlare di una nostra personale primavera. Raggiungemmo un primo, sudatissimo, precario equilibrio, ecco, ammortizzammo l'urto con cuscini di fortuna. Ma che non fosse abbastanza era evidente. Lo capivo imbattendomi nel vuoto degli altri, nelle giornate bucate che Michiko aveva sempre rammendato con tazze fumanti, dialoghi pazienti, storie di paesi lontani.

La scintilla scoccò una sera, davanti allo stanzino della lavatrice, anfratto sconosciuto di Casa Retrouvailles. In quella landa desolata si stagliava la figura di Amina, attonita nella contemplazione della sua maglietta. Nonostante un'ora buona di centrifughe e risciacqui, la macchia era ancora lì, dove l'aveva lasciata. Sarebbe rimasta immobile per sempre, incredula, se non fossi arrivato io. Portavo un bagaglio importante d'ignoranza in materia e un cesto di roba da lavare.

Mi volse uno sguardo pieno di interrogativi e poi mi avvicinò la maglietta. Fissai la macchia scuro in volto. La complessità era aumentata in un lampo, vertiginosamente. Chiudere lo sportello e sperare forse non sarebbe bastato, serviva una conoscenza approfondita di quella macchina infernale.

Frugai tra le mie cose e trovai un pantalone con una macchia simile a quella che aveva sbigottito Amina. Il suo problema era anche il mio. Ci scrutammo muti per un istante. In due, sulla soglia dello stanzino, contemplavamo la nostra sconfitta, quando qualcosa andò a sbattere contro di lei.

Greta si destò dal sogno e ci fissò spaventata. Era arrivata da quelle parti senza un motivo, passava il tempo vagando per casa a testa bassa e spesso finiva per infrangersi contro pareti, soprammobili, persone. Gli impatti la facevano tornare nel presente. Alzava gli occhi dal telefono, si guardava intorno, faceva dietrofront e ricominciava a vagabondare.

Quella sera la ragazza biondo miele guardò Amina come se fosse appena spuntata dal terreno. Si prese un paio di secondi per riconoscerla, quindi mosse la mano che impugnava lo smartphone per indicare la maglietta macchiata. "Limone," disse prima di girarsi, chinare il capo e ripartire.

M'illuminai. "Torno subito," dissi ad Amina che sembrava più attonita di come l'avevo trovata. Nella giungla della cucina stanai mezzo limone indomito e lo portai con me nello stanzino, insieme a una bacinella d'acqua. Spremimmo e strofinammo a turno, mentre davanti a noi avveniva il miracolo.

Trovare Greta fu facile. Saliva e scendeva da un gradino della scala, sfiorando il corrimano con le dita libere. La ringraziai timidamente, lei accennò una piccola smorfia di soddisfazione. Volle mostrare riconoscenza anche Amina, che la strinse, insieme al bambolotto, in un abbraccio delicato come quello di un Boa constrictor.

"Ehi, piano!" disse Chiara ridendo, mentre usciva dalla stanza e galleggiava sulle scale. La ragazza nera sorrise, lasciando la presa. Grazie a una scusa stupida come una macchia, tutti e quattro capimmo quella sera di non essere completamente persi.

Sfruttammo l'entusiasmo per pulire a fondo la cucina e per organizzare una cena d'emergenza.

Prima di evaporare, finito il pasto, Chiara buttò lì una proposta: "E se andassimo a fare la spesa domattina?".

Ci fu un po' di subbuglio. La rinnovata fiducia in noi stessi ci regalò l'incoscienza di sottovalutare le dimensioni dell'impresa.

Montagne russe

Leo si offrì di raccogliere i soldi di tutti, ovvero i pochi risparmi accumulati svolgendo i lavori in casa. Consegnò il totale a Chiara la mattina successiva, dichiarando che per meriti evidenti gli spettava la partecipazione alla gita. Amina fece capire a gesti che non sarebbe venuta, e così c'avviammo in quattro, io, Greta, Chiara e Leo, verso il supermercato del quartiere.

Nonostante i tentativi del ragazzino di infilare nel carrello dolci in quantità industriale, riuscimmo ad arrivare alla cassa con ciò che un adulto avrebbe definito lo stretto necessario. Almeno di questo eravamo convinti io e Chiara.

Iniziammo a disporre gli articoli sul nastro. La cassiera già sommava i primi importi quando afferrai distratto qualcosa, nascosto sotto la verdura. Posai l'enorme pacco di biscotti e l'osservai avanzare verso il punto di non ritorno. Era troppo tardi. Realizzai d'essere stato imbrogliato e Leo, che imbustava i prodotti insieme a Chiara, mi lanciò uno sguardo compiaciuto, afferrando il suo bottino.

Tornati a Casa Retrouvailles iniziammo a sistemare i viveri, che passavano di mano in mano attraversando un'efficientissima catena umana. A un tratto una domanda bloccò l'intero processo. "Che giorno è oggi?" chiese Chiara tenendo in mano il latte. "Abbiamo controllato le scadenze?"

No, non l'avevamo fatto. Le nostre risorse erano piuttosto scarse, ma lasciarsi guidare esclusivamente dal prezzo nella selezione dei prodotti non fu la scelta migliore.

Per evitare ogni tipo di spreco consumammo gran parte della spesa nell'arco di tre pasti. Come se non bastasse, quando il cuoco volontario di turno si accorgeva di aver bisogno di un ingrediente e chiedeva agli altri dove fosse, si sentiva rispondere che in casa non c'era. Il sale era appena finito, l'olio non l'avevamo comprato, e così via. Terminato anche il pacco di biscotti di Leo, ci ritrovammo al punto di partenza.

Greta chiese perché avessimo comprato così poca roba, e Chiara le domandò a sua volta se per caso ricordava d'essere venuta con noi a fare la spesa. "Forse il dubbio dovevi sollevarlo prima," le disse risentita. Quella reazione non era da lei, mi colse di sorpresa.

Nemmeno Greta se l'aspettava. Lo sconforto nel sentirsi attaccata si tradusse in un isolamento perfetto. Ritirò la testa nel guscio e si mostrò impermeabile a qualsiasi tentativo di Chiara di recuperare. Persino dopo cena, quando la ragazza di brina si mise seduta accanto a lei e le sfiorò la spalla, Greta non la degnò di uno sguardo. Prigioniera di una teca invisibile, contava punti colorati nell'aria.

Ci separammo senza un gran bisogno di parole, circostanza che un tempo avrei definito ideale. Non tenni il conto delle volte in cui spazzai la stanza quella sera, ricordo soltanto che ebbi la netta sensazione di aver tradito una promessa mai fatta a Michiko. Pensavo a Caterina II, imperatrice di Russia, e alla pista che aveva fatto costruire nel parco della sua residenza. Lungo il circuito si intervallavano salite e discese, e d'inverno, quando cadeva la neve, il passatempo preferito a corte era percorrerlo in slitta. Il termine "montagne russe" lo coniarono i francesi, che imitarono l'idea sostituendo il ghiaccio e le slitte con rotaie e carrelli. Se avessi avuto, al posto della testa, una sfera di vetro trasparente, chiunque avrebbe visto le mie emozioni su quel tipo di giostre, l'alternarsi repentino di stati d'animo diversi e fugaci.

Forse andava così anche per gli altri.

Nella cornice incerta di Casa Retrouvailles slittavano i pensieri.

La persistenza del disagio evidenziava l'importanza del termostato, la capacità unica di regolare le esperienze di tutti che apparteneva soltanto alla signora giapponese. Eppure era proprio quel continuo su e giù il nostro singolare modo di sopravvivere. Ci sosteneva il bilico, il puntello di una stabile instabilità.

Posai la scopa nell'armadietto e uscii dalla stanza. Mentre salivo al piano di sopra, a metà dalla scala, mi fermai.

Dietro alle porte chiuse le luci erano accese.

Nessuno dormiva.

Ho preso l'immagine del corridoio buio, scalfito da strisce di luce, e l'ho appesa all'entrata di un momento cruciale. Sotto ho scritto una parola giapponese che, se fosse stata lì, m'avrebbe detto Michiko. *Tsūkan*, dal carattere 痛, "dolore", e 感, "sensazione". Imbarazzo nel rendersi conto delle proprie mancanze, confronto impietoso con evidenti lacune.

Ciò che nessuno, nemmeno il più ottimista tra noi, avrebbe immaginato, successe il giorno dopo. Trovai Amina che infilava curiosa la mano libera in una serie di buste della spesa, abbandonate ai piedi delle scale. Tirò fuori un pacco di merendine e per la gioia quasi le cadde il bambolotto. Mi misi anch'io a curiosare, presto si aggiunsero anche le altre ragazze e Leo.

Chi aveva comprato tutta quella roba?

Nessuno lo sapeva.

O meglio, nessuno tranne me. Io quelle buste le avevo già viste, ma rifiutai nell'immediato la risposta fornita dal mio intuito.

Il misterioso benefattore aveva avuto le idee più chiare di noi. Nei sacchetti c'era davvero di tutto, anche alimenti che erano sfuggiti al nostro radar nella prima, fallimentare, esperienza al supermercato. L'olio, il sale, il sapone e i detersivi erano già sistemati al loro posto in cucina.

Mentre Chiara, armata di carta e penna, prendeva nota

dei prodotti che noi riponevamo in dispense e cassetti, si aprì il portone. Bernard ci diede il buongiorno, bevve una tazza di latte e caffè e se ne tornò su, lanciando occhiate al nostro lavoro. Si era svegliato da poco e non fece nulla per nasconderlo. Questo lo escludeva dai possibili responsabili del gesto caritatevole.

Leo, che stava già facendo le sue deduzioni, corse senza dire niente nello studio di Michiko, provò ad abbassare la maniglia, ma la porta non si aprì. Tornò in cucina facendo finta di niente, vergognandosi per la sua ingenuità. Anch'io, senza indizi, avrei pensato al ritorno improvviso della signora giapponese, perché la mano che aveva fatto la spesa sembrava esperta, abituata a badare anche ad altri. Restammo col dubbio fino al pranzo.

Scar preparò un ragù che ci fece capire la differenza tra "cucinare" e "riscaldare un sugo pronto". Lo lasciò nella pentola, lui ne prese solo il tanto che bastava a condire due piatti di pasta. Li portò in camera sua e poi, mentre noi sedevamo a tavola, lo sentimmo uscire.

Preparò anche la cena. E il pranzo del giorno dopo. Sfuggiva a ogni tentativo di ringraziarlo e soprattutto non mangiava mai con noi. Lo lasciammo fare, e lui andò avanti così per un pezzo, finché vederlo ai fornelli non divenne un'abitudine. Capimmo, dopo i tentativi iniziali di aiutarlo, che voleva essere solo in quei momenti e che non avrebbe usato a lungo la goffa cortesia delle prime risposte. "Faccio io, non preoccuparti," diceva. E con gli occhi ti faceva intendere che dovevi levarti di torno.

Quando le scorte stavano per finire, Damiano lasciava ai piedi delle scale le buste che io avevo già visto durante la settimana di Natale. Noi ci occupavamo di sistemare, lui faceva il resto. Non accettò neanche di dividere i soldi.

Quando tagliava le verdure, girava il sugo o pesava la pasta, lo vedevo calmo, come se l'occupazione lo assorbisse totalmente. Canticchiava a volte, con una sola cuffietta addosso, smettendo subito se un rumore di passi gli arrivava all'orecchio libero.

Non voleva che gli altri lo sentissero.

Scoprimmo poi che c'aveva riflettuto a lungo, ma nonostante il biglietto trovato per terra fosse aperto a mille interpretazioni, era sicuro di dover fare qualcosa da cui avremmo tratto tutti un beneficio. Doveva prendersi cura di un altro universo oltre al suo.

Roba pratica, certo, nessuno si aspettava da Damiano una parola di conforto, la manifestazione esplicita di un interesse. Era il tipo di persona disposta a farsi uccidere per salvarti la vita, a patto di non dover mai dire uno stupido "ti voglio bene". In questo io e lui eravamo simili.

Alla fine aveva convenuto che la scelta migliore fosse la cucina.

Il suo messaggio recitava:

C'è un fine anche
per la rabbia del vento:
spegnersi nel mare.

Fragole selvatiche

Poche mattine dopo il primo ragù di Scar, Leo entrò in biblioteca, travolto dalla strana eccitazione dovuta alla sua nuova mania di controllo. Non consultò libri. Puntò dritto verso l'unica persona nella stanza: "Se fosse qui intorno?" domandò strattonandomi.

"Chi?"

"Michiko!"

Perlustrai la stanza con gli occhi. Guardai anche sotto il tavolo.

"No. Penso non ci sia," annunciai.

"Mi inviterai all'inaugurazione?" chiese il piccoletto.

"Dove devo invitarti?"

"All'inaugurazione del cervello. Mi piacerebbe esserci. Sai, per provare l'esperienza del vuoto..."

Alzai gli occhi al cielo e chiusi il libro.

"Magari vuole solo che l'andiamo a cercare!" continuò.

"Leo..."

"Come facciamo a saperlo se non proviamo?" Colsi un tremolio nella sua voce. "Solo un tentativo, qui intorno, per chiedere alla gente."

Ebbi l'impressione che stesse per colpirlo un altro dei suoi attacchi di riordino. In biblioteca non c'erano canottiere. Se si fosse messo a sistemare i libri, Bernard non l'avrebbe presa bene.

"Ma sì," dissi con finto entusiasmo. "Andiamo."

L'avrei portato nell'unico posto in grado di fargli passare la voglia di fare domande. Scendemmo insieme le scale.

Fuori dalla cucina, col telefono attaccato alla presa, c'era Greta seduta a terra. Aveva un conto in sospeso con le sedie.

"Che fai?" Leo si sporse per controllare lo schermo. "Basta foto. Dobbiamo andare in missione."

"Sì," replicò Greta svogliata. Fissava ancora lo smartphone.

"Serve l'aiuto di tutti!"

"Certo. L'aiuto di tutti." Occhi fissi sul telefono.

"Potremmo lasciarla stare, che ne dici?" suggerii io.

Leo si voltò. Fece cenno di no con il dito.

"Non hai capito, vero?" s'era girato di nuovo verso Greta.

"Eh?"

"Gabriel, presto, cerca una scala."

"Leo..."

"Forse con la scala anche Greta c'arriva!"

La ragazza biondo miele sollevò gli occhi per un momento.

"Va bene," disse il piccoletto rassegnato. "Noi andremo a fare il lavoro sporco e tu resterai qui a reggere il muro. Sei più utile come impalcatura." Con il palmo della mano, mi invitò a fargli strada.

Mi mossi. Aprii il portone.

"Aspetta un attimo. Tienilo aperto," disse Leo.

Con uno scatto tornò da Greta. Le strappò il telefono dalle mani.

"Via via via," ripeteva correndo verso di me.

Secondo il Guinness World Records, l'urlo più forte mai registrato l'emise Jill Drake nel 2000: 129 decibel A. Paragonabile al motore di un aereo, tanto per capirci. Di mestiere, Jill, faceva l'assistente scolastica. Anche lei aveva a che fare con i bambini.

Se il record è ancora suo, lo deve all'assenza di un notaio nei paraggi di Casa Retrouvailles. Greta scattò come una centometrista. Inseguì Leo strepitando e lo raggiunse fuori. Lui era fermo sul marciapiede.

"Tieni," disse riconsegnandole lo smartphone. "Già che sei qui, puoi venire con noi?"

Lei scosse la testa. Aveva il fiatone ed era rossa in viso. Ma non tornò indietro. Fissando lo schermo, ci seguì.

"Hai capito come si fa?" sussurrò il piccoletto avvicinandosi al mio orecchio. "Prendi appunti, non ci sarò per sempre."

Pregustando il momento che avrei vissuto di lì a poco, iniziammo lo slalom tra la folla di Rione Monti. Il caldo era asfissiante. Greta si sventolava con la mano.

Al primo semaforo rosso, dovetti afferrarla per il lembo del vestito. Riuscii a fermarla per un soffio. L'avrebbero investita di sicuro. Assorta nella sua classica occupazione, lei non s'accorse di niente.

In attesa che scattasse il verde, Leo si avvicinò a una ragazza.

"Hai visto una signora giapponese?"

Lo tirai via per la maglietta.

Divincolandosi tornò all'attacco. "Lui non ha una fidanzata, tu che impegni hai stasera?" Mi indicava con ampi gesti. Per fortuna la ragazza non parlava italiano. Rise, al via libera del semaforo ci separammo.

A intervalli regolari davo piccoli strattoni a Greta perché non perdesse la strada. Fu un'impresa arrivare tutti e tre ai piedi della scalinata. Natale era immerso tra i giornali.

"Lo zuccotto!" esclamò appena mi vide.

"Gli hai rubato il cappello?" mi domandò Leo.

"Puoi chiedere a lui, l'ho visto parlare con Michiko."

Gli occhi del ragazzino s'illuminarono.

"Hai visto una signora giapponese?"

"Il Presidente!"

"No, proprio una signora giapponese."

"La catena."

"Di solito la lasciamo libera, niente catene."

"Il merito civile."

Leo era confuso. A ogni risposta del Gufo si girava a guardarmi.

"Il sakè," disse all'improvviso Natale, sistemando il materasso.

Leo partì ancora.
"Sì. La signora giapponese!"
"Il Presidente, è venuto il Presidente."
"L'hai vista? Ti ha detto qualcosa?"
"Lo zuccotto, quello giallo."
Il Gufo era davvero felice di rispondere al piccoletto. "Un bastone, una catena?" sembrava persino volesse avere informazioni.
Poco più in là, Greta era poggiata al muro.
"Ci siamo," la chiamò Leo, "è il tuo momento!"
"Eh?"
La spinse davanti all'uomo sul materasso.
"Lo zuccotto!"
"Eh?"
"Il Presidente!"
"Eh?"
"Il merito civile."
Era troppo anche per me.
Riportai Greta al suo muro. Era nata per sostenere le pareti. Il ragazzino nel frattempo aveva fatto una palla coi giornali e non dava più retta al Gufo. Aveva perso l'entusiasmo. Volevo che si rendesse conto di quanto la sua idea fosse sbagliata, e a giudicare dal risultato, c'ero riuscito.
"Tutto bene?" chiesi a Natale prima di andare.
Alzò le spalle. Piegò la testa. "La catena."
Io non sapevo decifrare il manoscritto.
Lasciando il materasso, raccolse un buon numero di giornali e tirò fuori un po' di spago. La palla che costruì era molto più funzionale di quella del piccoletto. La lanciò, colpendo Leo sulla nuca.
Con le mani lo invitò a tirargliela a sua volta.
Era un buon portiere, il Gufo, volava sul suo materasso senza paura di farsi male. Il ragazzino calciava i giornali cercando di segnare. Mentre preparava il tiro, faceva la telecronaca dell'azione. Era sempre il numero 10, era sempre l'ultimo minuto. Tra i suoi piedi, la palla della vittoria.
"Lo zuccotto!" gridava Natale bloccando la palla.

“Il merito civile!” ansimava deviando il tiro fuori dalla porta.

Pronunciava parole con l’intonazione di un commentatore televisivo. Come se “zuccotto” e “merito civile” fossero due famosi portieri di cui stava tessendo le lodi.

Quella mattina vidi un uomo senza passato ricordarsi d’essere stato bambino. Lasciai che giocassero a lungo, mentre i turisti salivano e scendevano dalla scala.

“Il Presidente!” disse a un tratto Natale.

Il cagnolino sbucò scodinzolante. Saltando, cercava di mordere la palla di giornale. Si stancò dopo pochi minuti.

Lo vidi avvicinarsi a Greta.

Timoroso, le annusava la gamba.

La ragazza biondo miele mosse il piede per allontanare qualunque cosa l’avesse toccata. Presidente continuò a girarle intorno. Lo fece finché Greta s’accorse che il cucciolo era sotto di lei.

Sorpreso da un improvviso balzo di Natale, tornai a concentrarmi sulla sfida. Quando la palla finì accanto alla ragazza dai capelli biondo miele e mi avvicinai per rilanciarla a Leo, vidi che non guardava più il telefono. Giocava col bastardino, che si lasciava accarezzare e le leccava la mano.

Il piccoletto era in un bagno di sudore. Mi tornarono in mente le parole di Chiara: “Se si ammala potrebbe essere più fastidioso. È già ingestibile senza raffreddore”.

A fatica convinsi i due bambini che la sfida era finita. Decretare il vincitore fu facile, lo stesso Natale strinse la mano a Leo e complimentandosi gli disse: “Il merito civile”.

“Il merito civile anche a te,” rispose l’altro.

Mentre andavamo via e Greta salutava Presidente, Natale tornò a sedersi sul materasso. “La strada. Ti porta dappertutto,” disse col fiatone. “Dappertutto o da nessuna parte.”

“Dovremmo rifarlo,” esclamò Leo, asciugandosi la fronte.

Sulla via di casa, pensai alle conseguenze inattese, alle sfide improvvisate, al bene che possono fare i cani e i bambini.

Pensai anche che Leo non avrebbe mollato.

Ho preso l’immagine di Natale che vola sul materasso e

l'ho appesa nel museo di uno stadio inventato. Nello spazio dedicato alla descrizione ho scritto una parola svedese, che si usa per raccontare un luogo speciale, nascosto, che non tutti saprebbero apprezzare. *Smultronställe*: composto di *smultron*, "fragola selvatica", e *ställe*, "luogo". Dove gli altri vedevano un giaciglio, io vedevo un prato, un bosco, una radura, il posto delle fragole selvatiche.

Italia '90

Il primo pomeriggio era il momento che Leo dedicava allo studio. Da qualche tempo aveva preso a starsene in cucina da solo, senza chiedere a nessuno l'aiuto per i compiti a cui Michiko, o Bernard, l'avevano abituato. Vagavo per casa quando lo intravidi. Dal movimento della matita, che picchiettava sulla tempia sempre più veloce, capii che era nervoso.

M'avvicinai, lui se ne accorse, eppure non parlò.

Mi faceva un effetto strano quel suo mordersi la lingua. Era una rinuncia autoimposta, un sacrificio iniziato dopo la partenza di Michiko. Quando divenne evidente la sofferenza che il nuovo comportamento gli provocava, iniziammo a fare qualcosa che fino a poco prima mai ci sarebbe passata per la testa. Lo incoraggiavamo a raccontare. Inutile dire che i nostri incentivi sfondavano una porta aperta. Leo tirava fuori tutto come aveva sempre fatto. Riprendeva colore, come se respirasse di nuovo dopo una lunga apnea. Quel pomeriggio, quindi, fui io stesso a chiedergli se avesse voglia di uscire.

Lui si mostrò sorpreso della domanda.

La risposta fu chiaramente un "sì".

Girovagare col ragazzino faceva parte del piano a cui mi dedicavo strenuamente. Serviva un disegno preciso per impedirmi di cadere nei periodi di chiusura a cui ero assuefatto, l'avevo pensato nei dettagli e ora facevo del mio meglio per rispettarlo.

Quando arrivammo sul ponte, capimmo che qualcosa non andava.

Erano quattro, forse di più, e molto ben vestiti. Solo due l'avevano colpito. Uno dei pugni era più pesante dell'altro. Gli avevano chiesto se per caso era lui il capo, visto che se ne stava seduto mentre gli altri lavoravano, e se quei bambini erano tutti suoi. Le donne si facevano pagare anche da loro, da quelli della stessa tribù, come facevano per strada? Poi una voce giovane, quasi da ragazzino gli aveva ordinato di parlare, di fargli il nome di chi li aveva messi là.

I pugni erano arrivati subito dopo. Neanche il tempo di rispondere, perché della risposta a nessuno importava. A un altro della "tribù", che si era avvicinato, avevano spaccato addosso lo stesso bastone per i selfie che provava a vendere. L'aggressione era durata forse due minuti, i motorini erano ripartiti in un attimo.

Kojo quel giorno non era circondato dai bambini, ma da un manipolo di adulti. Il suo dashiki era macchiato di rosso.

Dopo i primi soccorsi, aveva smesso di parlare. Così almeno dicevano in piazza.

Per la prima volta dalla leggenda del Rinoceronte, a Leo non fu permesso di avvicinarsi al cantastorie. Gli ambulanti non si fidavano di nessuno, la maggior parte non parlava nemmeno l'italiano. Provare a convincerli era inutile.

Chiunque avesse braccia e gambe forti era stato richiamato sul ponte. Nessun turista quel giorno era stato interrotto durante una foto, nessun cameriere aveva mandato via un tipo che cercava di vendere le rose tra i tavolini del bar. La comunità non era al lavoro.

Il ragazzino non si dava pace. Non riusciva a spiegartelo a parole, ma a vederlo girare per la piazza lo capivi che non voleva succedesse di nuovo. Nei suoi gesti leggevo il terrore della perdita.

Per un'ora cercai di convincerlo ad andare via, ma non ne volle sapere. Mi misi in un angolo, a guardare la gente e a pensare. Chissà se la capiva, Kojo, l'importanza di far parte di una comunità, o se era talmente abituato da darla per scontata.

Leo si fermò dopo un centinaio di giri di piazza, sconfitto, e andò a sedersi su un muretto. Dal punto in cui ero potevo guardarlo senza essere visto. Respirava forte, scomposto come chi arriva da una lunga corsa, e ogni tanto, con un gesto rapido, si strofinava un pugno sotto l'occhio.

Alla fine era scoppiato. Da solo su quel muretto, invisibile e abbandonato, il ragazzino piangeva.

Cosa c'è di peggio di un bambino che ti guarda e sorride? C'è una malattia più insulsa della paralisi all'incrocio di un'altra timidezza? Sì, c'è. È la paralisi davanti a un bambino che piange.

Perché quando sei felice puoi sopportarlo uno stupido che non sa dirti una parola, ma quando stai male, quando il sale ti riga le guance, non riesci a perdonare chi non sa starti vicino.

Tu sei fatto così, Gabriel, mi ripetevo dal mio angolo nascosto, non fartene una colpa se sei nato con un difetto di fabbrica, se ti blocchi quando vedi gli altri fare qualcosa che non sai fare tu: mostrare un'emozione. Sono loro a sbagliare, lo sanno tutti che in mezzo alla gente è vietato cadere, che anche solo inciampare è peccato.

I deboli sono una falla nel sistema.

A quell'età avevo un nome per chi non sapeva trattenere i sentimenti, li chiamavo "libri aperti". Una cosa che può leggere chiunque, commentare con una nota a margine, da cui si può strappare una pagina, o magari piegarla, in alto, per ritrovare il segno. Se hai un libro aperto davanti, puoi farne quello che ti pare, il contenuto diventa tuo. Ma quando hai la copertina di marmo e le pagine pesanti come pietre, nessuno può sfogliarti. Nessuno può colpire dove la corazza è molle. Il dolore appartiene solo a te.

Ignoravo purtroppo l'altro lato del discorso: se nessuno vede la ferita che da solo non sai guarire, aiutarti diventa impossibile.

Ho preso l'immagine di Leo che piange e l'ho messa in

cornice, appesa tra i quadri del giorno in cui ho iniziato a crescere. Sotto ho scritto una parola che tanti usano in modo sbagliato, perché non ne conoscono il significato vero.

Compatire: dal latino *cum patior*, soffrire insieme. Niente a che vedere con la pena.

"Sai qual è il segreto dei brasiliani?" dissi sedendomi vicino a lui. Alzò la testa e disse "No".

"La granita," continuai. "Prima di ogni allenamento."

"Davvero?" chiese trattenendo a fatica un singhiozzo.

"Ci puoi giurare. Quintali di granita. Ecco perché sono i più forti col pallone." Silenzio. "Quand'è l'ultima volta che l'hai mangiata?" E così lo convinsi a venire con me, promettendo che gli avrei fatto vedere il posto dove i brasiliani presero la granita durante i Mondiali del 1990, che si giocavano in Italia. Gli dissi anche che Romário, uno degli attaccanti più forti della storia del Brasile, andava matto per la granita alla nocciola. Lo chiamavano "*O Baixinho*", il piccoletto, perché era basso come lui.

Aveva smesso di piangere e faceva un milione di domande. Mentre cercavo di ricordare la strada fatta con Chiara, lavoravo di fantasia. Mi sentivo come Kafka quando inventò la storia della bambola in viaggio, per consolare una bambina disperata che aveva perso il suo giocattolo. Alla fine arrivammo, proprio quando cominciavo a essere a corto di parole.

Leo, neanche a dirlo, ordinò una granita alla nocciola.

Per un po' riuscii a distrarlo. Tirai fuori la volta in cui i tedeschi sconfissero l'Ungheria, che sembrava invincibile, grazie all'uso di scarpini speciali, e il ricordo di un terzino insospettabile, che ci trascinò nella vittoria della Coppa del Mondo segnando il rigore decisivo in finale. Poi la granita finì, il portone di Casa Retrouvailles comparve all'orizzonte e Leo si fece di nuovo cupo.

"Io gli devo parlare. Voglio chiedergli di Michiko," disse.

"Serve solo un po' di tempo, vedrai."

"E se non serve? Che succede se non serve?"

Non sapevo cosa dire.

"Mi aiuterai, vero?"

"Ci proverò," replicai senza la minima convinzione.

Rientrando in camera, pensavo a Steve Jobs e allo Zen. Per elevare il suo livello di consapevolezza, quando aveva diciotto anni, il cofondatore di Apple aveva usato anche la meditazione. Era così che aveva visto l'altra faccia della realtà e aveva capito che fare soldi non era importante quanto creare grandi cose. Decisi che la pratica valeva un tentativo. Alla fine, dopo ore trascorse a respirare e a fissare il soffitto, anch'io vidi le cose con maggiore chiarezza: la probabilità che la mia idea fosse di una qualche utilità, era prossima allo zero. Ma era l'unica che avevo in quel momento.

Leo si sarebbe accontentato, perché, come diceva sempre Berta, questo passava il convento.

"*Shōganai*," gli dissi a cena, vedendolo mogio. Speravo che il ricordo della chiacchierata con Michiko lo tirasse un po' su. Il giorno del pallone bucato, la signora giapponese ci aveva illustrato un concetto che aveva riassunto così: "Sopportare l'insopportabile. Tollerare l'intollerabile". Erano le parole del celebre discorso di resa del Giappone, registrato dall'imperatore al culmine della Seconda guerra mondiale. C'aveva raccontato che le reazioni del popolo, alla fine della trasmissione radio, furono di due tipi: molti ufficiali scelsero la morte, sparandosi davanti al Palazzo Imperiale, ma la maggior parte dei giapponesi si ritirò in casa, o restò perfettamente in silenzio. Non c'era più niente da fare. L'epilogo era inevitabile. E quindi *shōganai*.

Se il Giappone era ancora in piedi nonostante i terremoti, gli tsunami, o le bombe nucleari, lo si doveva soprattutto a quella singolare attitudine dello spirito. Michiko aveva poi precisato che non era sua intenzione invitare a una tolleranza passiva del disastro, non voleva celebrare la rassegnazione. *Shōganai*, nella sua concezione, era accettare ciò che accade al di fuori del nostro controllo, e ripartire. Sfruttare i capricci della vita come occasione per uscirne più forti. Che fosse un pomeriggio andato male, un treno perso o una sconfitta in battaglia, faceva poca differenza.

Nonostante ricordasse il concetto, Leo mosse la testa in

cenno d'assenso e il suo umore non cambiò di una virgola. Damiano aveva preparato un pasto ottimo, eppure il piatto del ragazzino restò intatto. A nulla valsero le preghiere di Chiara perché mandasse giù un boccone.

Greta nel frattempo era tornata nel suo mondo. Tenendo lo sguardo sospeso a mezz'aria batteva la forchetta nel piatto vuoto, a ritmo regolare. Era una serata no, la giostra ci stava regalando una discesa più lunga del solito.

La tavola era già sparecchiata e stavo trafficando nell'armadietto delle scope, quando notai l'anomalia. Nessuno era ancora uscito dalla stanza, e se si fosse trattato solo di Amina, di Greta e Leo non mi sarei nemmeno sorpreso. Il fatto è che c'era anche lei. Chiara non era evaporata.

Con la testa piegata e i capelli sugli occhi, indugiava sulla soglia della sala, come se stesse combattendo una battaglia silenziosa con se stessa. La vidi tornare al suo posto, spostare la sedia senza fare rumore, sedersi e prendere un bel respiro.

Poi, poggiando entrambe le mani sul tavolo, buttò lì una domanda che mi fermò il battito.

"Che ne dite di venire un po' in camera mia?"

Voragine

Salimmo le scale in fila indiana, seguendo il passo impercettibile della ragazza di brina. Il cigolio del legno era l'unico rumore a Casa Retrouvailles, e si spense quando anch'io, che ero in coda al gruppo, arrivai al piano di sopra. Chiara accarezzò la maniglia e aprì la porta del tanto che bastava a permetterci il passaggio. "L'ultimo chiude," sussurrò, proseguendo verso la finestra.

Filtrava tenue la luce della luna, illuminando il centro di una stanza soffice, dove persino il muro sembrava della stessa consistenza dell'aria. Ebbi l'impressione di vivere in un sogno, e mi convinsi che tutto in quel posto, dall'armadio, al letto, al telescopio nell'angolo, si sarebbe dissolto di lì a poco, come una nuvola di fumo. Mentre chiudevo la porta, Chiara tirò fuori una coperta enorme e la stese a terra, al centro del suo *Bonseki*.

"Giù," disse. Senza guardarli negli occhi, uno dopo l'altro, invitò Amina, Greta e Leo a prendere posto. Io seguii il loro esempio.

La fissavamo muti, lei era ancora in piedi.

Si avvicinò all'armadio, scomparve dietro un'anta.

Quando sbucò teneva in mano qualcosa, una specie di sfera che stringeva con entrambe le mani. Lentamente la depose al centro della coperta. Poi tornò alla finestra e chiuse le ante.

Il buio si fece subito completo. Impiegai qualche secondo per distinguere la sua figura esile, dritta davanti a noi.

"Sdraiatevi," sussurrò ancora. Eseguimmo l'ordine.

Chiara occupò allora lo spazio che le avevamo riservato. Con una mano sempre sulla sfera, fluttuò, fino a poggiare la testa sulla coperta. Poi, con un dito, accese il proiettore.

La meraviglia soffocata di Leo accompagnò l'oceano di stelle che in un attimo sommerse il soffitto.

La proiezione era talmente nitida che vidi Amina allungare una mano, come a toccare il cielo. Greta tratteneva il respiro.

"Eratostene di Cirene fu il primo a misurare la circonferenza della Terra, nel III secolo a.C.," iniziò Chiara. "Utilizzò la distanza tra Siene e Alessandria, il riflesso del Sole in un pozzo, qualche ipotesi e un po' di matematica. Il valore che ottenne, 40.000 chilometri circa, è vicinissimo a quello che conosciamo oggi."

"Sono tanti 40.000 chilometri?" chiese Leo sottovoce.

"Hai presente un post-it, uno di quei foglietti quadrati che Michiko attaccava sul frigo?" gli domandò allora la ragazza di brina.

"Sì!" rispose lui con slancio.

"Be', per coprire la circonferenza della Terra ne servirebbero 506.880.000, messi uno dopo l'altro."

Era un bel numero, al ragazzino bastò per capire.

Chiara riprese a parlare: "Giove è il pianeta più grande del Sistema Solare. Per ottenere la sua massa, dovremmo sommare quella degli altri pianeti che orbitano attorno al Sole e moltiplicarla per 2,5. La sua circonferenza è quasi undici volte quella della Terra".

"Troppi post-it," disse distrattamente Greta.

Amina annuì.

"Già," confermò la ragazza di brina, "ma Giove non è niente in confronto al Sole, che potrebbe contenere la Terra milioni di volte. E anche il Sole scompare se lo paragoniamo alla stella più grande nello spazio conosciuto, Stephenson 2-18, che ha un raggio 2150 volte più grande. Ogni volta che un problema mi sembra insormontabile, o una preoccupazione stupida mi schiaccia, io guardo in alto e metto tutto in proporzione. Ricordo a me stessa che sono un frammento sperduto in un pianeta enorme, che a sua volta è soltanto una briciola nell'Universo. I miei problemi, in fondo, non sono così importanti."

Ascoltandola, sentivo il vento sulla pelle, e nelle orecchie un frinire di cicale. La stanza non aveva più pareti.

La ragazza di brina, con un rapido *click*, cambiò l'immagine proiettata sul soffitto.

"Chi la riconosce?" chiese.

Nessuno osò parlare.

"Vi do un indizio. Ci siamo dentro anche noi." Attese qualche secondo, poi continuò con voce lieve: "Niente? Peccato. È la Via Lattea! La nostra casa spaziale!".

Sentii un'esclamazione sorpresa provenire da Leo.

"Ha la forma di una spirale barrata e la Terra è una piccola parte di un braccio minore, che noi chiamiamo Braccio di Orione. Da qui riusciamo a vedere solo poche migliaia di stelle, ma il numero vero, anche se non è fisso, è di centinaia di miliardi. Pensate che è una galassia vecchia quasi quanto l'Universo! Fino a qualche tempo fa si credeva avesse un diametro tra cento e duecentomila anni luce, ma alcuni studi affermano che i suoi confini siano addirittura sette volte più grandi. Per orbitarla il Sistema Solare impiega circa 250 milioni di anni. Immensa, vero?"

Ne parlava con tono rapito, mettendoci tanta di quella passione da vincerti il cuore. La guardai di sfuggita mentre il riflesso del proiettore le sfiorava il viso. Portava ancora i capelli sugli occhi.

"Fa strano pensare che non sia sempre stata così, e che per essere lo spettacolo che è ora abbia dovuto combattere. Gli astrofisici dicono infatti che sia una galassia cannibale, cresciuta dopo aver inglobato, 10 miliardi di anni fa, una galassia vicina con massa più piccola. L'hanno capito studiando l'età di alcune stelle. Dicono anche che potrebbe presto divorarne altre, considerato il ritmo con cui si sta muovendo.

Non so voi, ma io quando guardo la Via Lattea sento che non vale la pena mollare, che tutte le battaglie che ho davanti sono lì per farmi crescere. Bisogna solo resistere all'impatto, andare avanti, muoversi. Allungare i nostri bracci di spirale." Da un lato del soffitto si mosse un fascio di luce, a simulare una stella cadente. Greta la seguì col dito.

"C'è un'ultima cosa a cui penso, quando mi sdraio e guardo in alto," proseguì Chiara a voce bassa. "Avreste mai detto che anche una galassia può nascondere un segreto?"

Sapeva catturare l'attenzione, la ragazza di brina.

"Proprio al centro della Via Lattea, coperto dalla luce di miliardi di stelle, c'è qualcosa che non siamo ancora riusciti a spiegare. È un buco nero supermassiccio, grande quattro milioni di masse solari. Come si forma un gigante del genere? Gli scienziati ipotizzano sia il frutto di una rapida aggregazione di centinaia di buchi neri. Centinaia di corpi celesti con un campo gravitazionale così forte da non lasciar fuggire né materia né luce! Se ci penso mi viene la pelle d'oca. Secondo le stime, nella Via Lattea ne esisterebbero cento milioni di questi buchi neri, la maggior parte dei quali silenziosi, quasi impossibili da individuare. Ecco il segreto della nostra galassia. La vediamo così bella nonostante abbia milioni di ferite invisibili. Ha una voragine enorme nel cuore, eppure splende."

Andò avanti ancora per molto con le sue spiegazioni, parlò del Gruppo Locale, formato da più di ottanta galassie, e del Virgo Supercluster che lo contiene, e il cui diametro arriva a centinaia di milioni di anni luce. Chissà quante altre cose c'avrebbe descritto, se un rumore roco e stridente non fosse cresciuto a poco a poco. Amina russava. Greta e Leo dormivano a bocca spalancata.

Eravamo rimasti solo io e lei a fissare il soffitto.

"Dormiamo qui?" mi chiese piano, come se sapesse di trovarmi in ascolto.

"Sì."

Non chiusi occhio, ma ricordo quella notte come la più bella di tutta la mia vita a Casa Retrouvailles. Steso sulla coperta enorme di Chiara pensavo alle storie che ci aveva raccontato, al suo modo originale di consolarci. L'unico che conosceva.

Attraverso le galassie, non aveva fatto altro che parlare di noi, per tutto il tempo.

Nel buco nero avevo rivisto la partenza improvvisa di Michiko. Nel ricordarci di mettere le cose in proporzione c'era invece l'invito ad accettare la nostra inesperienza, a non esagerare con i drammi.

Stavamo crescendo per la prima volta dopotutto.

Avevamo bisogno di quella chiacchierata, ed ero certo che ognuno davanti alle sue piccole battaglie si sarebbe ricordato della Via Lattea, delle collisioni indispensabili per crescere.

Mi convinsi che la ragazza di brina non era opera di un mago, non evaporava dopo cena. Saliva semplicemente in camera e provava a *considerare*, dal latino *con sidus*: esaminare la vita come si fa con gli astri, analizzare i fatti come le costellazioni.

La prima ad alzarsi fu Greta, che illuminò la stanza sbloccando il telefono e uscì in punta di piedi.

A un tratto s'interruppe anche il russare di Amina. Troncò a metà uno sbadiglio, perché si era resa conto di non essere sola, e stiracchiandosi raggiunse la porta. L'aprì, tornò indietro, sollevò Leo senza svegliarlo e andò via, col piccoletto che sembrava sparito tra le braccia di quella ragazza imponente.

Il corridoio non era più buio. Fuori albeggiava.

Restai per un po' nella stanza, ad ascoltare il respiro fievole di Chiara. Occupavamo le due estremità della coperta, ma la sentivo vicina. Il mio desiderio di essere lì era più forte della nostra misteriosa forza di repulsione.

All'improvviso, nel sonno, la ragazza di brina allungò un braccio nella mia direzione. Osservai la sua mano serrata schiudersi piano, le dita posarsi sulla coperta. Non ricordo se la sfiorai veramente, o se pensai soltanto di allungarmi per farlo, ma è a quella sensazione, a quel brivido, che penso ancora oggi, quando mi chiedo se ho davvero mai vissuto una notte d'amore.

Non sarei mai riuscito a dormire, col cuore che andava così forte, e forse, anche vinto dal sonno, non avrei mai chiuso gli occhi.

Guardarla era il sogno più bello.

Me ne andai che già i profili delle cose si intravedevano distinti, e probabilmente il sole era alto al suo posto, a ricordarci che non siamo niente. Ero felice d'aver visto la stanza che tante volte avevo immaginato, d'avere finalmente una cornice in cui inserire i miei miraggi.

M'addormentai in un letto meno accogliente di quella coperta gettata sul pavimento.

Alla fine di tutto, Chiara ci avrebbe raccontato di essersi svegliata, la mattina successiva, con una soddisfazione che non sapeva spiegarsi. Aveva messo via la coperta, sistemato nell'armadio il proiettore e, aprendo un cassetto, dopo aver spostato una pila di calzini, aveva tirato fuori il biglietto. Carta di seta in fibra di gelso, ne era certa, l'aveva già vista nello studio di Michiko.

Sdraiata sul letto, si era messa a seguire con le dita i contorni delle lettere, il cui significato, disse, le era parso subito chiaro, già dalla prima mattina in cui aveva trovato il messaggio per terra, incastrato sotto la sua porta. La conosceva bene, la signora giapponese, poteva forse chiederle qualcosa di diverso?

Sul biglietto della ragazza di brina c'era scritto:

Ammutolisce il cielo.
Leggo parole mai scritte
con lettere di stelle.

Luce spenta

Al bar, la sera dopo, si festeggiava un evento importante e Ivan offriva da bere. Quando arrivai mi porse un gin tonic e si avviò di nuovo al bancone, per ordinarne altri quattro.

Sergio era tornato a casa dopo una lunga vacanza, mi spiegò Claudio, quattro anni e sei mesi.

"Quattro anni?" chiesi stupito. "Si vede che il posto non era male."

"Come no," rispose Claudio. "Fatti un giro a Regina Coeli e poi mi racconti se non è male."

Sergio, il padre di Ivan, la vacanza l'aveva fatta in galera. Si mise a ridere anche Scar, e io mi sentii un idiota completo. Presto, a ogni modo, dimenticai la figuraccia, perché la gioia che riempiva l'atmosfera penetrava gli animi come acqua piovana nella terra. Era di un impeto tale da non poterle resistere. Mentre Claudio canticchiava e Ivan si faceva largo tra i tavoli con un vassoio carico di drink, io sfogliavo l'enciclopedia delle cose che non conoscevo e che mai avrei saputo. Setacciavo la carta col dito alla ricerca della voce "*padre*", per scriverci accanto: *un motivo per festeggiare.*

Un'ora dopo, quando il conto dei gin tonic era perso e si rideva senza un valido motivo, il telefono di uno dei randagi squillò.

Norma era il nome che usavano i latini per indicare la squadra, uno strumento con cui misuravano gli angoli retti. Il termine *normalis*, *perpendicolare*, viene proprio da lì, ed è per questo che quando pensiamo alla normalità ci figuriamo un qualcosa di dritto. Niente di più lontano dall'immagine di Scar, Ivan e Claudio, cresciuti male, storti come i pini della Pomerania, gli alberi che, sostengono alcuni, pur schiacciati dai carrarmati sovietici non vollero morire. Ma resta il fatto che lo squillo del telefono, nel bel mezzo di una serata di festeggiamenti, fu l'inizio della fine della nostra normalità.

Se quel figlio di papà non avesse chiamato Claudio non avremmo mai visto la scena sulla scala e forse tutto sarebbe stato diverso.

Ma chiamò.

Scendemmo lungo via dell'Angeletto, girammo su via Leonina e ci fermammo davanti a un garage, dove aspettava un ragazzino in giacca. Una stretta di mano veloce, come mille altre strette di mano. Poi l'imprevisto successe in un attimo. Ho ancora nel naso l'odore della carne che brucia.

Presidente sbucò dalle scalette che portavano a via Cavour, abbaiando come un matto. Si lasciava dietro una piccola scia di fumo, che partiva dalla coda.

Fummo tutti assaliti dallo stesso pensiero. Damiano si mise a correre per primo. In cima a quelle scalette, attraversando la strada, c'era il posto in cui viveva Natale.

I randagi urlavano il nome del Gufo, ma la notte rispondeva col silenzio, e il crepitio della carta che diventa cenere.

Una piccola folla di curiosi era già radunata accanto al camion dei pompieri, ma si disperse in fretta per via dell'aria irrespirabile. Coperti alla buona, con le magliette tirate sul naso, provammo a resistere, invitati di continuo dai vigili del fuoco a non essere d'intralcio. A turno attraversavamo la strada per riprendere fiato. L'ultimo a mollare, con gli occhi arrossati e in preda ai colpi di tosse, fu Scar. Impotenti, osservammo l'arrivo dell'ambulanza, due sagome che sbucavano dal fumo trasportando un fagotto che poteva essere un uomo, i tentavi febbrili di domare le fiamme.

Quando il rogo si spense, del giaciglio del Gufo restavano brandelli di coperte annerite e pochi fogli di giornale.

Intorno era il deserto. Seguendo Damiano, percorremmo

il breve tratto di scala che ci separava dalla piazzetta di San Pietro in Vincoli. Lì, seduto ai piedi della basilica, c'era un volto noto, uno di quelli che viveva dei riflessi della settimana di Natale.

Interrogato da Scar, disse che aveva seguito il cane perché l'aveva riconosciuto, e perché trovava insolito quell'abbaiare incessante proprio accanto al suo letto di cartone. Tirandolo per i pantaloni, Presidente l'aveva portato all'imbocco della scala, dove una ragazza era già al telefono con i pompieri. Per il resto non aveva notato niente di strano eccetto un gruppetto, tre o quattro persone vestite bene, che arrivando aveva intravisto in lontananza. Andavano di fretta, avevano imboccato via delle Sette Sale. Il cane era schizzato come se volesse inseguirli, ma dopo un attimo di esitazione, indeciso tra loro e Natale, si era lanciato nel fumo.

Lasciammo l'uomo vicino alla basilica e ci mettemmo alla ricerca di qualcuno che potesse darci informazioni utili. Il risultato fu deludente. In giro non c'era anima viva, a eccezione di un paio di pattuglie a cui né Claudio, né Ivan, né tantomeno Damiano, avrebbero mai chiesto alcunché. Decidemmo allora di cercare Presidente.

Scar tartassava di domande i passanti. Se riteneva le informazioni inutili, interrompeva bruscamente chi stava parlando e se ne andava. Noi gli sfilavamo dietro.

Perlustravamo il rione già da tempo quando Claudio annunciò d'avere fame. Lo fece come fosse la cosa più naturale del mondo. Scar non la giudicò un'osservazione degna di risposta e proseguì per la sua strada. Dieci minuti dopo però, la questione del cibo guadagnò anche il favore di Ivan, e assunse un peso diverso. I randagi a voler fare una pausa ora erano due.

Entrarono nel primo negozio aperto, lanciando un urlo a Damiano che stava per svoltare l'angolo. Lui sparì in una via parallela. Passando, vidi gli altri con l'acquolina in bocca, mentre sceglievano cosa mettere nel panino. Proseguii oltre per avvertire Scar, che probabilmente non aveva sentito il richiamo.

Purtroppo, invece, l'aveva sentito bene.

Prima che svoltassi l'angolo, tornò indietro con un'ombra negli occhi. Mi superò senza curarsi della frase che gli stavo rivolgendo, diretto verso il negozio. Si fermò lì accanto con le mani in tasca e lo sguardo puntato a terra. Attese che i due uscissero.

"Voi? Niente?" chiese Ivan con la bocca piena, mostrandoci il panino appena morso. Claudio mi offrì un assaggio del suo, che rifiutai, poi fece lo stesso con Damiano.

Staccando la schiena dal muro, Scar andò incontro ai compagni, respirando lentamente. Quando fu abbastanza vicino, guardò negli occhi prima Claudio, poi Ivan, e con due gesti rapidi gli fece saltare i panini dalle mani. Una foglia d'insalata finì sulle mie scarpe.

Rimasero muti, mentre il respiro di Damiano si faceva più corto. Ivan stringeva forte i pugni. Claudio era sconvolto. "Sei matto?" disse rivolto a Scar.

"Fate schifo," rispose lui. Stavano per parlare entrambi, ma non gli lasciò il tempo di replicare: "Non ve ne frega niente. Non ve n'è mai fregato niente". Aveva la voce rotta. "Mi fate schifo, tutti e due," aggiunse.

"Solo quando ti pare," lo provocò Ivan.

Damiano sembrava sorpreso.

"Per portarti in giro andiamo bene, no?"

"Non c'entra niente," rispose secco Scar.

"Eh no. C'entra. Domani la roba da mangiare a tua sorella gliela porti da solo, se ti facciamo schifo," continuò Ivan.

Claudio ebbe un sussulto. Mi parve di scorgere un accenno di pentimento anche sul viso del ragazzo con gli orecchini di diamanti.

"Ripetilo," disse Scar. "Di' un'altra volta 'tua sorella'," si avvicinò al volto di Ivan. Per la prima volta vidi la paura negli occhi di un randagio. "Non vi fate rivedere!" E detto questo, sistemando le cuffiette, Scar girò le spalle e sparì dietro l'angolo. Pensai che fosse meglio non seguirlo.

Nei minuti immediatamente successivi, i due randagi non mi rivolsero granché la parola, non parlarono tanto nemmeno tra loro. Entrarono nel negozio e presero un altro panino a testa. Claudio lo finì con due morsi, Ivan ci mise un po' di più. Mangiavano in maniera nervosa, quasi senza masticare.

"È matto."

"Gli si spegne la luce."

Ripetevano le frasi con la bocca piena.

Non era il momento, ma non riuscii a trattenermi: "Damiano ha una sorella?" chiesi sbigottito.

Claudio deglutì. "Sì, ma non chiederglielo mai. Non è il suo argomento preferito."

"E perché non vive con lui?"

"Perché la giustizia fa schifo, e perché qualcuno ha detto che Scar ha un leggero problema con la rabbia. Com'è che diceva lo psicologo?" domandò Ivan al compagno.

"Io che ne so? Non ricordo neanche che c'era nel panino," si giustificò Claudio.

"Solo d'avere fame non ti scordi! Comunque... era una roba tipo '*il fratello non rappresenta un riferimento affettivo e stabilizzante*', cose così."

Pensai che se avessero diviso me da un'ipotetica sorella, avrei avuto anch'io un problema con la rabbia.

"Non gli hanno perdonato la storia della fuga," proseguì Ivan "dicono che la sorella l'ha portata via lui, che l'ha messa in pericolo."

"La fuga?" il randagio parlava come se io sapessi.

"Quello non racconta mai niente! Sono scappati di casa all'improvviso. Non aveva detto niente né alla fidanzata né a noi," disse Ivan stizzito.

"Scappati dove?"

"Vallo a sapere. Il posto non l'hanno scoperto neanche i carabinieri, la vicenda era finita sui giornali. Un testimone parlò di una macchina su cui li aveva visti salire. Poi, di punto in bianco, sono tornati. Giusto in tempo per salutare il padre."

"E non sono rimasti con lui?"

"Il tipo era un altro fuori di testa peggio di Damiano. Stava male, dopo la fuga dei figli si è aggravato. Credo che la notizia sia arrivata in qualche modo a Scar. Una settimana dopo il ritorno è morto."

"Solo così è riuscito a smettere di bere," aggiunse Claudio.

"Poi c'è stato il fattaccio. Damiano ha spinto per essere mandato qui, ma la sorella l'hanno spedita da un'altra parte. Uno schifo. E noi ci siamo finiti in mezzo, facciamo avanti e indietro tutti i giorni! Ma non voglio rovinarmi la serata, lasciamo stare..."

"Io devo fare benzina. Mi serve il gin," sentenziò Claudio.

"Sì, serve anche a me," concordò Ivan.

A poco a poco i randagi tornarono gli stessi di sempre. Mentre cercavano un bar aperto per un drink ricominciarono a scherzare e a parlare di tatuaggi.

Quando ci salutammo la piazza taceva. Claudio e Ivan salirono sul motorino e presero via degli Annibaldi. Un attimo prima che sparissero dietro la curva di Colle Oppio mi girai a guardarli di nuovo. Procedevano a zig zag. Claudio, che stava dietro sulla sella, teneva le braccia aperte come fossero ali.

Fu l'ultima volta che li vidi.

Sulla strada per Casa Retrouvailles, mi chiesi che fine avesse fatto Scar. E soprattutto se fosse vera la storia della sorella. Era per lei il cornetto alla marmellata? E i contenitori tirati fuori dal frigo?

La risposta alla prima domanda arrivò senza bisogno di cercarla. All'altezza di una fila di cassonetti, lungo via Cavour, mi parve di riconoscere la maglietta di Scar.

Cercai di mettere meglio a fuoco e vidi che Damiano era chinato, fermo accanto alla campana del vetro.

Allungò il braccio verso un punto che non potevo vedere. Lo ritrasse, si alzò per un momento, sgranchì le gambe e tornò ad accucciarsi. Lentamente avanzò di nuovo verso la campana, allungando entrambe le mani, come volesse raccogliere qualcosa.

Rimase così per pochi istanti, poi scattò improvvisamente all'indietro, finendo col sedere a terra, mentre un brontolio rabbioso fendeva l'aria. Ringhiando, Presidente sbucò dai cassonetti e scappò via.

Scar diede un calcio a un cartone abbandonato a terra. Mise le mani in tasca, come faceva sempre, e girandosi prese la direzione della scalinata. Resistetti ancora alla tentazione di seguirlo.

Sui quotidiani gratuiti del giorno successivo, gli stessi che leggeva anche Natale, un trafiletto raccontava di un piccolo incendio in zona Rione Monti e di un uomo che lottava per la vita. Un incidente dicevano, una sigaretta accesa che aveva trovato nella carta il combustibile ideale. La cronaca, le pubblicità, i risultati delle partite, l'oroscopo, il meteo, le storie d'amore degli altri. L'antidoto alla solitudine del Gufo s'era trasformato in una trappola. Possibile, anzi, quasi sicuro, perché i mozziconi causano all'incirca un incendio su quattro. Ma il trafiletto dimenticava di riportare che Natale non fumava.

Di ciò che accadde quella sera, nessuno a Casa Retrouvailles immaginava niente. Un osservatore attento avrebbe forse notato che le portate di Scar iniziarono a farsi più sbrigative, i sughi meno elaborati, i contorni per la maggior parte crudi, ma c'era di mezzo la fame, che puntuale allontanava attenzioni e pensieri.

Greta non fece mai notare che al pesce mancava un po' di sale, Leo non disse in nessun'occasione che la pasta era un po' troppo al dente. Erano cene e pranzi perfetti sin dal primo giorno, quando Damiano aveva fatto trovare le buste ai piedi delle scale.

A catturare l'interesse poi, fu l'insolito viavai che un pomeriggio sconvolse la quiete della casa. Uomini in uniforme verde, rigorosamente muniti di guanti e scarpe infangate, depositarono all'ingresso un numero imprecisato di vasi. Seguendo le indicazioni di Bernard li sistemarono ovunque, lasciando, una volta concluse le operazioni, un pezzo di carta all'uomo con la barba ingrigita e a me un paio d'ore di lavoro per pulire le pedate.

Se l'obiettivo era ravvivare l'ambiente, qualcosa era andato storto. Le piante di per sé non erano brutte, ma dei fiori non c'era quasi traccia. I pochi presenti al loro posto, erano chiusi.

Incuriositi, tutti leggemmo i cartellini piantati nella terra, senza pretese di capirne qualcosa. I nomi non li avevo mai sentiti: *Silene*, *Ipomoea*, *Cestrum*. In linea col suo nuovo atteggiamento, Bernard non spiegò cosa l'aveva spinto a fare acquisti al vivaio. Accettammo con indifferenza quell'ennesima stravaganza.

Bocca cucita

La prima regola per sturare un lavandino è usare uno sturalavandino. Sembrava così logico. Avevo riposto in quell'arnese una dose massiccia di fiducia.

Dieci minuti e quaranta tentativi dopo iniziavo a dubitare di me, dello strumento e della logica in generale.

"Ti alleni molto di solito?" chiese il ragazzino entrando in cucina.

"Per fare cosa?" Lo sforzo mi stava uccidendo, riuscivo a malapena a parlare.

"Per fallire in tutto quello che fai," continuò lui. "Non dev'essere facile!"

Gli lanciai contro lo sturalavandino. Si mosse come un fulmine, lo mancai per un soffio.

"Vedi? Questa poteva essere la tua occasione!" ripeteva correndo intorno al tavolo. Io lo seguivo, brandendo l'inutile attrezzo.

Sulla soglia della stanza, Amina ci osservava divertita.

"Non prenderla così," Leo si era fermato al lato opposto del tavolo.

Entrambi avevamo il fiatone. "Crescerai!"

Scattando ripresi l'inseguimento. Il piccoletto, sorpreso, andò a sbattere contro una sedia.

Perse l'equilibrio. Lo raggiunsi.

Tenendolo bloccato a terra con le gambe, calai lo sturalavandino sulla sua fronte.

"Ho sempre sognato di essere un unicorno," disse muovendo la testa come un cavallo imbizzarrito.

"Ti arrendi?"

"Mai."

Iniziai a torturarlo con il solletico.

"No," tentava di divincolarsi. "Basta! Basta!"

Lo lasciai respirare per un momento.

"Basta," ripeté stendendo le mani in segno di resa. "Se mi lasci, ti dico come si fa."

"Ma se non sai nemmeno allacciarti le scarpe, cosa vuoi dirmi?"

"So come funziona col lavandino. Ho visto Bernard, una volta."

Gli tesi una mano e l'aiutai ad alzarsi.

Si tolse a fatica lo sturalavandino dalla fronte.

Guardando il segno che la ventosa gli aveva lasciato, non riuscii a trattenermi e scoppiai a ridere.

Lui si toccò la zona irritata e poi disse risentito: "A me tra poco passa. Tu per la faccia come pensi di organizzarti?".

Avvicinò una sedia al lavandino, salì e diede un'occhiata. L'acqua ancora faticava a defluire. Poi scese con un salto, andò verso il frigo e tirò fuori una bibita gassata.

"Mi piange il cuore a sprecarla così," disse dopo aver ripreso posizione sulla sedia. Aspettò che lo scarico tornasse visibile e poi iniziò a versare la bevanda.

"Riprova con il coso," mi disse, mentre teneva la bottiglia con entrambe le mani.

Dopo tre o quattro colpi decisi, lo sturalavandino ebbe la meglio sull'ingorgo. Mi lasciai sfuggire un grido d'esultanza.

"Questa mettila sul curriculum," disse Leo posando la bottiglia.

"Non sai nemmeno cosa sia un curriculum."

"L'ho sentito in tv."

Con una certa fierezza, mi sedetti al tavolo per godere in santa pace del mio momento di gloria. Amina era davanti a me.

Il rumore del portone che si apriva ci fece voltare entrambi. Non avevamo sentito la chiave nella toppa.

Saranno Chiara e Greta, pensai. Erano uscite qualche ora prima. Credo che anche il ragazzino avesse fatto lo stesso pensiero, perché corse fuori dalla cucina. "Gabriel ha aggiornato il cur..." sentii che diceva. Ma non aveva finito la frase.

Le scale tremarono sotto l'impeto dei suoi passi.

Corse di sopra urlando come se l'avessero colpito con una freccia infuocata. Scattai fuori dalla cucina anch'io.

Due uomini in uniforme verde erano pietrificati all'ingresso.

Uno dei due aveva in mano un grosso rastrello.

L'altro un paio di cesoie.

"Ci manda il signor Bernard, per le piante..." disse il più anziano.

"Che succede al bambino? È la divisa?" domandò il compagno guardandosi la tuta.

"Non abbiamo fatto niente," dissero quasi all'unisono. "Ci ha detto che avremmo trovato il portone socchiuso e noi..."

In quel momento rientrò Greta, seguita dalla ragazza di brina. Ci fu un secondo di imbarazzante silenzio.

"Viaaaa," l'urlo di Leo ci fece sobbalzare.

"Non è niente," balbettai io, cercando lo sguardo di Chiara. Trovai solo i suoi capelli. "Fate... fate pure."

Gli uomini si diressero verso i vasi e cominciarono ad armeggiare con i ferri del mestiere. Amina li seguiva. Da come li teneva d'occhio, non sembrava del tutto convinta della loro innocenza.

Le ragazze salirono i venti gradini.

"Viaaaa, subitoooo," il grido era ovattato.

Gli uomini si guardarono perplessi.

Sentii una porta chiudersi di sopra.

Non durò molto la permanenza di quegli estranei. Andarono via senza lasciare nemmeno una pedata. Sulla porta, si scusarono ancora per non aver suonato. Il più giovane aggiunse anche che la tuta non era il massimo, poteva capire la reazione del bambino.

Io annuivo e li tranquillizzavo.

Chiusi il portone con garbo.

Sui motivi del comportamento di Leo ne sapevo quanto loro, o addirittura meno. I giardinieri se non altro l'avevano visto in faccia prima che scappasse.

La tuta di sicuro non c'entrava.

Amina era dietro di me. Forse sperava le spiegassi qualcosa, ma fui costretto a deluderla.

Non restava che chiedere al diretto interessato.

M'avviai verso le scale. Vidi Greta ferma fuori dalla stanza di Leo.

"È qui?" le chiesi prima di aprire la porta.

"Non entrare," disse brusca.

Il suo tono non mi piacque.

Allungai la mano verso la maniglia.

"Non entrare," ripeté, bloccandomi il braccio.

Decisi di non ascoltarla.

Feci un passo nella stanza e l'urlo partì di nuovo: "Via, via, viaaaaaaa".

Chiara era seduta a terra, accanto al letto di Leo.

Con la mano mi fece cenno di restare dov'ero. Poi mimò una porta che si chiude. Eseguii l'ordine.

"Ehi, se ne sono andati," diceva a voce bassa. "Hai sentito? Vieni fuori..." Alzò di poco la coperta e chinò la testa sotto al letto.

"Perché fai così?"

Dal buio non arrivò risposta.

"Leo..."

"Perché non chiami qualcuno? Tu sei grande," disse la voce.

"Non c'è nessuno Leo, erano gli uomini delle piante."

"Tu sei grande, tu puoi chiamare qualcuno."

Chiara piegò la testa all'indietro. Respirò profondamente. Quando riprese a parlare, tratteneva a stento le lacrime.

"È passato, se ne sono andati. Anche tu sei grande ora."

Per un istante in camera del piccoletto non volò una mosca.

"Io quella notte volevo strillare," disse la voce ovattata di Leo.

"Lo so..."

"Volevo urlare fortissimo."

"Hai fatto quello che potevi, sei stato bravo."

"Non sono riuscito a mettergli paura. Se avessi strillato tanto, gli uomini non gli avrebbero fatto male."

"Tu sei stato bravo, sei stato coraggioso."

"Ma la voce non usciva, c'ho provato tutto il tempo, anche dopo che sono andati via."

Chiara infilò lentamente la mano sotto al letto.

"Non avevo paura dell'ago," proseguì Leo.

"Tu non avevi paura," ripeté Chiara.

"Te lo giuro," singhiozzò. "Non potevano cucirmi la bocca."

"Sei stato bravo."

"Tu mi credi che non avevo paura, vero?"

"Io ti credo. Sei il ragazzino più coraggioso che conosco. Lo sei sempre stato. Anche prima di arrivare qui da me."

La ragazza di brina tirò fuori la mano bagnata di lacrime. Se l'asciugò sulla maglietta. Non appena l'ebbe rimessa a terra, il piccoletto allungò il braccio dal suo nascondiglio e la strinse.

Un centimetro alla volta, Chiara si allontanava da Leo.

"Perché non vieni fuori di lì?"

"Sono andati via?"

"Non c'è nessuno. Sei al sicuro."

"Hanno preso l'ago nel cesto all'ingresso?"

"Non hanno preso niente."

"Mi piacevano le toppe che mamma metteva sui maglioni."

"Erano belle?"

"No. Io dicevo sempre che me li rovinava. Ma mi piacevano."

"Lei lo sapeva che non dicevi sul serio."

"Lo sapeva?"

"Sì. Le mamme lo sanno."

"Papà aveva promesso di portarmi allo stadio."

Chiara piangeva in silenzio.

"Adesso che sono solo non c'andrò mai più."

"Tu non sei solo."

"Io non ho la mamma e il papà. Io non sono come gli altri compagni di classe."

"Ma tu hai Michiko, hai Bernard… e noi."

"Se avessi strillato più forte gli uomini non gli avrebbero fatto male. Perché sono tornati qui?"

"Leo, erano amici di Bernard. Erano qui per le piante."

Ora la testa del piccoletto spuntava dal rifugio. Pur di non lasciare la mano di Chiara, la seguiva a ogni spostamento.

"Sei sicura?"

"Sono sicura."

Prima che Leo s'accorgesse di me, la ragazza di brina m'invitò a uscire. Abbassai la maniglia come fosse una bomba inesplosa.

Feci un passo fuori dalla stanza. Greta era ancora al suo posto. Poi mi voltai, per richiudere la porta.

Il ragazzino era immobile, la faccia sprofondata tra le braccia di Chiara. Il suo respiro era calmo.

Ho preso il ricordo di Leo addormentato e l'ho nascosto in un armadio in soffitta, tra le cose che non voglio rivivere. Sopra ho inciso una parola che arriva dalla parte più buia dell'uomo, dal centro esatto dell'ombra in cui nasce la paura. *Coraggio*: dal latino *coraticum*, derivato del composto *cor habeo*, avere cuore.

Portava ancora il grembiule, il ragazzino, ma certe questioni, come lo star male, le aveva già studiate nelle migliori università.

Amina

La certezza che la mia idea per aiutare Leo fosse in effetti una pessima idea, si materializzò nel momento stesso in cui Amina mise piede fuori da Casa Retrouvailles.

Una ragazza della sua età che culla un bambolotto non passa certo inosservata e la mia convinzione che nessuno potesse esimersi dal guardarla non fece che aumentare l'imbarazzo. Avanzavo a testa bassa verso il ponte, mentre lei sembrava la persona più felice del pianeta. Non usciva spesso, quando capitava era sempre per sbrigare qualche pratica burocratica con Michiko all'Ufficio Immigrazione, e il fatto che le avessimo chiesto un favore la faceva sentire importante. Non ce lo disse, non diceva mai niente Amina, lasciava che fosse il suo viso a parlare per lei.

A tavola, nell'unico momento in cui potevo osservarla, avevo studiato il suo linguaggio. Occhi tristi, quando Greta guardava di nascosto Scar, naso arricciato, quando nel piatto trovava i fagiolini, sorriso caldo, ogni volta che le dicevo ciao. E poi, mettendo tutto insieme, gli occhi, il naso, le fossette sulle guance, i denti, il sorriso, faceva un'espressione strana quando guardava Leo. Un'espressione che non avevo capito.

Tra le tante solitudini di Casa Retrouvailles, la sua era l'unica perfetta. Perché Chiara e Greta riuscivano a sentirsi ogni tanto. Bernard beveva più spesso degli altri il tè con Michiko, prima che lei se ne andasse. Scar aveva i suoi amici.

Io portavo in giro il ragazzino. Ma lei, a parte il bambolotto, non aveva davvero nessuno.

Nel mio immaginario era una bimba gigante, tutta carne e sentimenti, un essere puro, distante dai mali del mondo. Mentre camminavamo, soffrivo soltanto a pensare che lei, ferita da uno sguardo, potesse a sua volta soffrire. Aveva ragione il filosofo, quando diceva che la maggior parte del dolore esiste solo nella nostra testa. A ogni modo, nel dubbio, tenevo gli occhi bassi per non incrociarne altri. Ogni tanto rispondevo a Leo.

La pessima idea che avevo avuto era portare Amina tra le donne degli ambulanti, per evocargli il ricordo di figlie, sorelle o nipoti lontane. Pensavo che mostrandoci in sua compagnia saremmo riusciti ad abbattere il muro di diffidenza e ad avvicinarci a Kojo.

Gli scienziati definiscono gli esseri umani *macchine non triviali. Trivialis* è un derivato di *trivium*, termine usato per indicare il ciclo di formazione elementare che preparava gli studenti al *quadrivium.* In presenza di un certo input, una macchina triviale restituirà sempre lo stesso output e, una volta osservata, la relazione si manterrà stabile. Un sistema che coinvolge una macchina triviale è prevedibile. Quando in gioco ci sono gli esseri umani, che sono *macchine non elementari*, la relazione tra input e output dipende dalla storia passata del soggetto. Date le stesse condizioni iniziali, il risultato che osserviamo oggi probabilmente sarà diverso da quello che osserveremo domani. In poche parole, la reazione di un uomo non è prevedibile. È questo che dovremmo ricordarci prima di fare progetti che coinvolgono gli altri. È questo che avrei dovuto pensare anch'io prima di mettere Amina al centro della mia idea. L'errore che facciamo più spesso è pensare di saperne abbastanza su qualcuno.

A poca distanza dal ponte, ferma al centro del marciapiede, Amina guardava il punto dove era seduto Kojo e il suo volto comunicava stupore. Né io né Leo avevamo accennato al vero motivo dell'uscita. Le avevamo solo chiesto il favore di accompagnarci, per parlare con un uomo, per chiedere informazioni su Michiko.

Si mosse dopo un paio di minuti.

In piazza c'era meno gente del solito, la comunità non poteva permettersi pause troppo lunghe, e così ora toccava alle donne provare a vendere. Alcune portavano sulle spalle grossi teli colorati, da cui sbucavano le teste addormentate dei bambini, come canguri coi marsupi sulla schiena. Leo corse subito dal suo amico Paul.

Amina si guardava intorno accarezzando il bambolotto. Per un istante credetti di leggerle negli occhi nostalgia, ma poi lessi meglio e non trovai più niente. Il mio piano elaborato finiva lì.

Adesso bisognava improvvisare.

Decisi che sarei andato avanti io. Dopo aver scelto la donna all'apparenza più gentile, o il bambino più socievole, mi sarei avvicinato tentando di spiegare le ragioni della visita. L'innocenza di Amina sarebbe stata garanzia di buona fede. L'importante era che lei non facesse nulla di particolare, nessuno scatto, nessuna iniziativa avventata e tutto sarebbe andato bene.

Chiamai Leo, che lasciò Paul e mi raggiunse. Poi mi girai, per fare un cenno ad Amina. Ma Amina non c'era.

Era dall'altra parte della piazza, tirava per i capelli una donna. Strano, pensai, che avesse ancora la testa attaccata al collo. Quella le disse qualcosa e Amina la lasciò, ma non prima d'averle messo davanti al viso, in modo che potesse guardarla bene, la faccia del bambolotto. La donna, già spaventata a morte, inorridì.

Un attimo dopo Amina era da noi.

"So dove sono i capi. Serve permesso per il ponte. Andiamo," disse.

"Ma..."

"Niente ma, andiamo," tuonò.

Amina sapeva parlare. E sapeva come muoversi tra gli ambulanti.

Uscendo dalla piazza puntò l'indice verso un'altra donna,

poi fece lo stesso col manipolo di uomini che circondavano Kojo sul ponte. Tra i guardiani c'erano volti noti, venditori che conoscevano sia me che Leo, ma rimasero impassibili. L'aggressione subita dal cantastorie li aveva resi così sospettosi da vedere una minaccia in ogni singolo passante.

Amina procedeva tra la folla, senza mai girarsi a controllare che riuscissimo a seguirla. Io chiudevo la fila, in mezzo c'era Leo.

Attraversammo una strada trafficata e svoltammo a sinistra, seguendo il marciapiede verso il Celio. Pochi metri oltre la curva trovammo dei gradini. Proprio dietro al Colosseo, dopo piazza dell'Arco di Costantino, c'era un'altra specie di parco. Alberi sparsi, alternati a vegetazione più fitta, e l'impressione che tutto crescesse a caso, come meglio credeva. Non era esattamente il posto dove fare un picnic, ma la vista era buona.

Da qualche parte, nascosto tra gli arbusti, un uomo urlò qualcosa. "Sentinella," sussurrò Amina, quindi urlò a sua volta parole sconosciute. Proseguimmo. Mi parve di scorgere a terra i resti di un fuoco.

A una decina di metri comparve un ragazzo che avrà avuto la mia età, slanciato e con le braccia fini. La sentinella voleva impedirci il passaggio, teneva una mano alzata, il palmo rivolto verso di noi in segno di stop. Quando fu abbastanza vicino Amina gli assestò uno di quei ceffoni che avrebbero steso anche un toro. Il ragazzo farfugliò qualcosa, lei puntò di nuovo l'indice. Nei suoi occhi non c'erano buone intenzioni. Il ragazzo tacque.

Un minuto dopo avevamo davanti tre uomini, armati di bastoni. I capi della comunità. Dietro di loro, tra le piante, spuntava una capanna di cartoni e lamiere arrugginite.

L'ambulante di mezzo parlò in una lingua che non potevo capire, agitò il bastone, indicò i suoi compagni, muoveva nervosamente il dito. Lo sfogo andò avanti per un po'. Poi Amina disse qualcosa con un tono che pareva di domanda. Lui rispose: "Sì".

Forse gli aveva chiesto se era stufo di sbraitare.

Nel frattempo il ragazzo che aveva preso lo schiaffò si avvicinò barcollando agli altri uomini, massaggiandosi la guancia. Fece cenno di lasciarlo stare e andò a sedersi sotto un albero.

A quel punto Amina porse un'altra domanda e sui volti degli ambulanti comparve un'espressione sorpresa. Si guardarono un momento, poi quello al centro annuì. "Va bene," disse Amina rivolta a Leo. "Permesso di parlare. Ma solo cinque minuti."

Leo aveva paura. Stavano succedendo troppe cose che non capiva. Da almeno un quarto d'ora non diceva una parola. Allora lei tornò per un istante la bambina di carne e sentimenti che eravamo abituati a vedere. Gli sorrise, come si sorride a un affetto profondo, o al ricordo di un affetto perduto e mai dimenticato. Bastò quello per calmare il piccoletto.

Non ci furono saluti formali, Amina andò dritta verso l'albero dove sedeva il ragazzo che aveva preso a schiaffi e lo tirò su. Eravamo troppo lontani per capire cosa stessero dicendo, ma il suo volto sembrava chiedere scusa. Gli accarezzò la mano.

"Andiamo," disse tornando da me e da Leo. "Viene anche lui con noi, per convincere i guardiani." E si incamminò, insieme al ragazzo.

Poco dopo eravamo sulla strada del ritorno, tra gente troppo indaffarata per accorgersi di una ragazza con in braccio un bambolotto. Tenevo la testa alta, la sofferenza inutile che avevo provato durante il viaggio di andata, di colpo era sparita. Ora c'erano un sacco di domande a farmi compagnia.

Il filosofo aveva ragione, è l'immaginazione che ci frega, la sciocca abitudine di proiettarci in avanti nel tempo. Costruiamo un'ipotetica realtà su fondamenta di apprensioni, sputiamo le nostre sentenze sul domani senza lo straccio di un processo. Se ci fosse una *Convenzione internazionale per la salvaguardia dei diritti del futuro*, con una Corte pronta ad assicurarne il rispetto, il cervello umano finirebbe in tribunale. L'accusa sarebbe quella di violazione del diritto del domani a essere ciò che deve essere, non per forza una versione inasprita di una stupida prima impressione.

Arrivati al ponte di Kojo, due ambulanti si staccarono dal gruppo e ci sbarrarono la strada. Il ragazzo del ceffone gli andò incontro, intimava la calma con movimenti delle mani.

Amina semplicemente avanzava puntando l'indice.

La chiacchierata fu breve. Si aprì un corridoio strettissimo tra gli ambulanti. Lo spazio era quello necessario a far passare un bambino. "Solo cinque minuti," disse ancora Amina.

E Leo sparì tra gli adulti.

Se fossi stato lì in mezzo, nel cuore della comunità, avrei visto un ragazzino farsi largo tra un groviglio di gambe. L'avrei osservato mentre andava a sedersi vicino a un uomo che teneva gli occhi chiusi, ma l'aveva riconosciuto.

Che strano vederlo sollevare il braccio di Kojo e metterselo al collo, avvicinandosi ancora di più, fino a poggiargli la testa sul petto.

Se mi fossi messo in ascolto, avrei sentito il bambino raccontare una storia di un tempo lontano, di zebre, giraffe e leoni, di periodi difficili e animali coraggiosi, che insieme ce l'avevano fatta. E poi, proprio mentre la storia finiva, avrei visto lei, la lacrima, scendere sulla guancia dell'uomo, come il fiume Zambesi che diventa cascata. Ma lì in mezzo non c'ero, e una voce di ragazza chiamò Leo, dopo un tempo che parve troppo breve a entrambi.

Il piccoletto uscì dalla selva di uomini e rivolto ad Amina chiese: "Di già?". Lei gli accarezzò la testa, lanciò un'occhiata agli ambulanti, e poi sia avviò, muta, nella direzione di Kojo.

Lo trovò ancora con le guance rigate.

Lui, nel sentire il rumore di passi, ebbe un lieve sussulto.

Pensò che non poteva essere, e cercò di calmarsi il cuore.

"Chi è?" chiese. Amina si chinò, respirandogli vicino, e con la manica del bambolotto iniziò ad asciugargli le lacrime.

Kojo allora alzò una mano, la passò prima sulla bocca della ragazza, poi le tastò lentamente le guance, risalì fino agli occhi e solo allora, quando toccò quegli occhi che non aveva mai visto, credette d'esser matto. "Coraggio," disse lei.

"Amina," sussurrò Kojo. "Amina, sei tu?"

Di come andarono realmente le cose tra gli ambulanti, all'inizio non seppi niente. La verità venne a bussare alla mia porta solo molto tempo dopo.

"Non ci può aiutare," disse la ragazza nera mentre ci allontanavamo dalla comunità. "Lui non sa niente."

"È vero, non lo sa," confermò Leo.

Arrivati davanti a Casa Retrouvaille, Amina lasciò che fossi io ad aprire il portone. Si fermò sul marciapiede. Con entrambe le mani stringeva al petto il bambolotto e il suo sorriso caldo era lo stesso di sempre. Non mi salutò, non mi chiamò per nome, semplicemente riprese a professare la regola del silenzio a cui tutti eravamo abituati. Prima però, mi fece un gesto. Ho preso l'immagine di Amina che porta l'indice sulla bocca, per chiedermi di tacere, e l'ho appesa sul muro delle sorprese. Sotto ho scritto una parola con una radice antica, che come sempre molti hanno frainteso.

Finzione, dal latino *fingĕre*, derivato di *fig*, che rimanda al concetto di *plasmare*. Finzione non è inganno, ma invenzione di una realtà nuova, da lavorare con pazienza. Come il vasaio che seduto al tornio dedica anima e corpo all'argilla.

Nei giorni che seguirono, quando la trovavo in cucina, le sorridevo, come si sorride a una ragazza che può abbattere un toro con uno schiaffo, una che non teme tre uomini armati, ma che sa anche parlare a un bambino. Lei restava per me il mistero più grande, e più oscuro, di Casa Retrouvailles.

Se non fosse stato per me, e soprattutto per Leo, avrebbe rispettato alla lettera le istruzioni del biglietto di Michiko. Non doveva far altro che lasciar riposare gli ardenti tizzoni dei suoi sentimenti, versare un po' d'acqua ogni tanto, soffiare via la cenere.

Sono convinto che una parte della colpa per ciò che successe dopo sia nostra, mia e del ragazzino, e che il sospiro di vento che ravvivò lo strazio nel cuore di Amina sia stata la piccola impunita deviazione di quel giorno.

Ma forse è solo un'altra delle mie inutili convinzioni.

Sul pezzo di carta di seta della ragazza nera i versi erano questi:

Nel focolare agitato
scalfisce la quiete
anche un canto di cicala.

Il giorno dopo la nostra scorribanda, al centro del ponte, sedeva un uomo con un dashiki nero. Attorno a lui, erano tornati i bambini.

"E poi siamo andati dove i brasiliani prendevano la granita," stava dicendo Leo. "Ecco perché sono i più forti."

"Dove sarebbe questo posto?" chiese Chiara.

"Qui vicino! Dopo l'edera dei palazzi. Ho preso quella alla nocciola, quella di Romário!"

Lei ascoltava interessata.

"Me ne serve un'altra, oggi c'è una partita importante, mi porti per favore? Ti prego!"

Erano arrivati più o meno a questo punto della conversazione quando scesi le scale. Appena la vidi provai l'impulso fortissimo di tornarmene in camera, insieme a una voglia pazzesca di starle vicino. Il risultato di queste forze contrastanti fu un sorriso imbarazzato e un silenzio imbarazzante.

"Leo mi stava raccontando dei brasiliani," disse Chiara senza girare la testa. "Dimmi un po', Gabriel, dov'è che sarebbe questo posto dove fanno la granita?"

"Non lo conosci, sicuro non lo conosci," tagliai corto io.

"Allora mi ci dovresti portare," replicò lei, ridendo.

"Andiamo per favore? Ho una partita importante!"

E così uscimmo in tre, per la seconda volta, dal portone di Casa Retrouvailles. Avevamo appena girato l'angolo, lasciandoci il ponte alle spalle, quando Leo si fermò di botto. Mi prese il polso dove avevo l'orologio fermo, lo guardò e disse: "Cavolo, è tardi. Magari vengo un'altra volta a prendere la granita eh?" e corse via approfittando del semaforo verde.

"È pazzo quel bambino. L'ho sempre detto. Non sa neanche leggere l'orologio. L'hai fatto riparare?" domandò Chiara.

"No," dissi, "è più utile da fermo. E comunque hai ragione, Leo ha qualcosa che non va."

"L'hai inventata la storia della granita, eh?"

"Tana per me."

Grazie ragazzino, pensai, ti devo un favore.

Quant'è inutile quella voglia che abbiamo tutti di essere dove non siamo? Dopo cinque minuti al sole sogniamo di andarcene all'ombra, quando piove vorremmo essere in spiaggia, appena entriamo in classe diamo un'occhiata alla finestra e pensiamo a quant'è bello stare fuori. Sempre la stessa storia.

Nel cervello delle formiche c'è una specie di algoritmo che regola il comportamento e le spinge a seguire la formica che hanno davanti. Se la prima della fila commette un errore di valutazione, e per sbaglio le formiche cominciano a girare in cerchio, girano fino a morire. Gli esseri umani, che pensano di essere la specie più intelligente sulla Terra, fanno la stessa cosa. Io lo chiamo "girotondo mortale della felicità", questo correre dietro a un'altra vita.

È come se seguissimo tutti il tipo che abbiamo davanti, il fortunato che occupa il posto giusto per noi. Non ci accorgiamo che lui fa lo stesso, non vediamo il resto della fila, tantomeno chi abbiamo dietro. È democratico, il girotondo, mette tutti allo stesso livello. Non guida nessuno, non esiste il primo, girano tutti fino a morire.

Chiara ti dava il coraggio di rompere la fila. Quando stavi vicino a lei non c'era un altro posto in cui saresti stato meglio. Anche se camminavi sopra a un marciapiede stretto, prendevi una storta su un sampietrino rotto, si metteva a piovere o ti sporcavi la maglietta col gelato. Era sempre la cosa migliore che ti potesse capitare.

Non andammo a prendere la granita, perché, aveva detto Chiara, non dovevamo mica vincere i Mondiali.

Camminavamo e basta, sotto il cielo d'estate, tra i vicoli che cominciavo a riconoscere. "Trovata la stella?" chiesi.

"Ancora no," disse. "Ma stasera c'è l'eclissi di Luna."

"Luna nera o Luna rossa?"

"Non esiste un'eclissi di Luna rossa," mi corresse col sorriso sulla bocca. "Si chiama eclissi totale centrale. Succede quando il centro della Terra, il centro del Sole e quello della Luna sono allineati. Una parte dei raggi solari attraversa l'atmosfera e arriva a toccare la Luna. L'atmosfera cattura un po' del colore della luce e lascia passare il rosso, come succede anche al tramonto con il Sole."

"Forte prof!" dissi. La musica partì subito dopo.

Nell'aria c'era il mare, la storia di un abbraccio, una morte addolcita dal verde degli occhi di una donna. Qualcuno suonava *Caruso*. Era un uomo con le spalle rivolte alla via, le mani fisse sopra la tastiera, e accanto, per terra, una scatola di latta.

Ci fermammo poco lontano. Dietro al pianista passò una ragazza con un libro che spuntava dalla borsa; la musica si bloccò per un momento. Quando le note ripartirono c'era *Albachiara*. La ragazza col libro sorrise, perché uno sconosciuto suonava di lei. Una bellissima coincidenza. Poi fu il turno di due ragazzi che si tenevano per mano e *Albachiara* diventò improvvisamente *La donna cannone*. Loro si scambiarono uno sguardo, uno dei due arrossì.

Incredibile, pensai, catturare le storie di chi passa con la musica, senza nemmeno guardare. Come se ognuno portasse addosso una nota, e lei lanciasse un segnale.

"Si può sapere perché ti sei fermato?" domandò Chiara.

"Niente, scusa. Andiamo." Toccava a noi passare dietro al pianista. Mentre aumentavo il passo e lei mi seguiva, partì un attacco inconfondibile. *Mille giorni di te e di me*. Erano poche settimane, ma a me sembravano davvero mille giorni.

Passai la mezz'ora successiva a chiedermi se avesse sentito, o se invece m'ero immaginato tutto. Poteva anche non essere una questione di immaginazione, forse il pianista usava una frequenza che Chiara semplicemente non poteva cogliere.

"Ci pensi che una volta questo posto non era così?" mi chiese lei mentre pensavo alle frequenze.

"In che senso?" risposi.

"Nel senso che il quartiere era diverso, non c'erano i negozi che vediamo adesso, né le persone che incontriamo adesso."

"Ed era meglio o peggio?"

"Non lo so. La gente ripete che 'si stava meglio prima' come i bambini ripetono le poesie alle elementari. Non sanno nemmeno loro perché. Il trucco sarebbe catturare la luce, metterla in una specie di scatola."

"E che se ne fa uno di una scatola di luce?"

"Potrebbe guardarci dentro, se ne ha voglia. Ogni volta che osserviamo il cielo, la luce ci racconta storie vecchie di milioni di anni. Nel tempo che impiega ad arrivare da una stella ai nostri occhi, l'universo è cambiato. Se esistesse una scatola di luce, uno potrebbe fare il confronto col passato; aprirla magari mentre siede in un caffè, o al ristorante, e vedere se prima dei telefoni si parlava davvero di più. Se le strade erano più sicure. Se esisteva l'invidia anche quando non c'erano i social."

"Se inventassero una cosa del genere, la gente si rifiuterebbe di comprarla."

"Perché?"

"Perché perderebbe la metà dei motivi che ha per lamentarsi."

Lei rise, e io pensai d'avere accanto l'unica persona con una fantasia più sviluppata della mia.

"Sai," continuò, "una volta, in una di queste botteghe, una signora m'ha raccontato la storia di un uomo. Viveva in una macchina qui a Monti, nessuno sapeva veramente come ci fosse finito. Girava tutto il giorno facendo battute ai passanti, chiedeva 'come va?', con un accento che non era di Roma. Il rione l'aveva adottato, l'aiutavano a tenersi pulito, a mangiare, a vivere. Quando morì la chiesa scoppiava, c'era il quartiere intero a salutarlo. Te la ricordi l'ultima volta che uno sconosciuto t'ha chiesto 'come va?' perché gli interessava la risposta? Se uno muore per strada, oggi la gente tira dritto. Stiamo perdendo i pezzi, questo posso dirtelo anche senza scatole di luce."

Dovresti venire con me una di queste sere, avrei voluto risponderle, ti farei conoscere tre scappati di casa, tre cani randagi che fanno la guardia a chi dorme per strada. I soldi non sono proprio puliti, ma nel complesso non è male.

"Per fortuna non siamo tutti uguali" fu l'unica cosa che riuscii a replicare.

"E tu che faresti, se ti capitasse?"

"Capitasse cosa?"

"Di trovare qualcuno morto per strada. Ti fermeresti?"

"Be', penso di sì, insomma, non lo so. E se invece stesse solo dormendo?"

"Sei tu che dormi, anche mentre cammini," disse Chiara ridendo.

E per la prima volta alzò la testa.

La tirò indietro, perché è così che succede quando si ride di cuore, quando ti senti abbastanza sicura da lasciarti andare. E io, che non avevo mai smesso di guardarla, all'improvviso le vidi gli occhi.

Li vidi e mi si fermò il cuore.

Lei capì che avevo capito. Subito li riabbassò.

In un istante era tutto come prima, e niente era più come prima.

Non saprei dire perché, ma mi si piantò in testa il pensiero che fosse quello il momento, che la storia dei brasiliani, di Leo, del pianista, non fossero altro che segni del destino. Indizi che portavano lì. Non c'entravano niente quegli occhi, la sofferenza nella nostra testa, il soffrire al pensiero che gli altri soffrano. Non c'entravano niente. Era solo arrivato il momento.

"Stai bene? Sei un po' fredda," dissi mentre le prendevo la mano. "Dici?" rispose senza guardarmi e senza ritrarre la mano.

"Dico." E la baciai.

L'avrei baciata, quantomeno, se lei non si fosse spostata.

"Dovremmo andare," fu quello che le uscì dalla bocca, ancora troppo vicina alla mia. E liberando la mano aggiunse: "Prima che qualcuno ci rubi il ragazzino". Credo fosse la sua frase preferita.

Bruciava, Dio quanto bruciava.

Tornando verso il ponte ognuno recitava la sua parte, come se non fosse successo niente. Provavo in tutti i modi a rallentare, mi fermavo a osservare le vetrine, e ogni volta Chiara si fermava con me, ma senza avvicinarsi. Più intuivo, dal linguaggio del suo corpo, la fretta di tornare da Leo, più provavo la voglia di trattenerla, di rubarle ancora un pizzico del tempo in cui avevo smesso di credere.

Lei fu troppo gentile. Io troppo egoista.

Quando divenne evidente che la ragazza di brina non avrebbe sopportato ancora a lungo la mia infantile procrastinazione, decisi di accelerare l'andatura. Con la mente offuscata, incapace di parlare, attendevo il momento in cui avremmo rivisto il ragazzino, la terza persona che frapponendosi tra me e Chiara avrebbe trasformato in uno squarcio la piccola crepa nel nostro rapporto.

Alla fine arrivammo, e non so cosa mi trattenne dal saltare giù dal ponte quando scoprii che lei aveva ragione.

Non ero arrivato in tempo. La partita era finita.

Leo era in compagnia di un uomo.

Fu Chiara la prima a scorgerlo e ad avvertirmi con un piccolo tocco. "Eccoli," disse, indicando due figure che da Colle Oppio venivano verso di noi. Bernard teneva per mano il ragazzino. Salirono sul ponte. Dopo averci raggiunto, l'uomo con la barba ingrigita lasciò libero Leo. Mi sarei aspettato il solito saluto, quel "mon frère" che non sentivo da tanto, e invece Bernard ci riservò solo un sospiro, e il tocco dell'indice sul quadrante del suo orologio. Non aveva gradito il ritardo. Se ne andò pensoso, come l'avevo visto al parco, facendomi sentire di colpo molto più giovane della mia età.

Avevo perso di vista l'inquilino più indifeso di Casa Retrouvailles, tirando in mezzo Chiara. Il senso di colpa mi strinse un nodo alla gola, e si aggiunse alla cocente delusione di poco prima.

Per strada Leo fece le solite battute, io non trovai un argomento originale per cambiare discorso, Chiara parlò come avrebbe parlato in un giorno qualunque.

Lei non era un libro aperto.

Era un cuore chiuso a chiave.

Aprimmo il portone, salimmo tutti e tre le scale, poi ognuno sparì dietro una porta diversa. Nel silenzio profondo che c'era oltre la mia, credetti d'affogare.

Mi buttai sulla sedia, posai le mani sul legno lucido della scrivania, e come il primo giorno, senza opporre resistenza, lasciai che scivolassero in avanti, fino a quando la punta del naso arrivò a sfiorare il pianale.

Non va mai via, l'odore della carta.

Perché aveva lasciato che le prendessi la mano? Perché non si era allontanata subito? Forse era solo il momento sbagliato. Forse ero solo una frana con gli indizi.

Ho letto da qualche parte che Darwin disegnò per la prima volta l'albero della vita il 19 luglio del 1837, dopo aver incontrato John Gould. Analizzando i fringuelli raccolti da Darwin alle Galapagos, Gould si accorse che si trattava di specie diverse, e che il becco cambiava a seconda dell'isola di provenienza, quindi della dieta dell'animale. Fu lì che Darwin ebbe l'intuizione. Da alcuni taccuini segreti, pubblicati un secolo dopo la sua morte, sappiamo anche che teorizzò la selezione naturale nel settembre del 1838. Eppure, nonostante avesse in mano le prove, *L'origine delle specie* vide la luce solo nel 1859. Darwin passò vent'anni a preparare risposte ai possibili attacchi che avrebbe potuto subire, passò vent'anni ad attendere il suo momento. Io non ero stato in grado di aspettare.

Col naso sempre più vicino al legno pensavo all'istante in cui avevo scoperto il segreto di Chiara, a quando, senza cambiare niente, era cambiato tutto. *Secretum*, dal verbo latino *secernere*, separare.

In quell'istante, con una risata, l'avevo riportata nel posto da cui cercava di allontanarsi. Che poi, uno sguardo, non si può neanche definire un posto, ma restava il fatto che io c'ero riuscito a riprenderla, a trascinarla prima sulla Terra, e poi dalla Terra un po' più su, all'altezza dei miei occhi.

Se lo scoprono, il segreto, non ti separa più. Devi solo arrenderti, lasciarti salvare da chi ha avuto il coraggio di spingersi al centro della tua solitudine.

Sapevo che lei lo sapeva.

Avevo solo sbagliato il momento.

Che controsenso assurdo poi, per una innamorata delle stelle, vergognarsi di un difetto così.

Secondo me le stava bene.

Sembrava inventato per lei, lo strabismo di Venere.

Dopo dieci minuti mi scrisse un messaggio. "*Se hai frainteso è colpa mia. Ti prego, non farlo mai più.*"

L'avevo detto, se si tratta di me sono un disastro.

Fine della storia.

Dalla crepa lo squarcio, e dallo squarcio l'abisso. Incontrandola per casa non trovavo più il coraggio di guardarla. Se le parlavo lo facevo a monosillabi. Tornai ad avvertire, amplificata, l'insopportabile forza di repulsione che credevo sparita.

Ma non fui l'unico ad accusare il colpo. Ebbi infatti l'impressione che ci fosse qualcosa di diverso nel modo in cui Chiara piegava la testa e che il suo passo avesse perso la solita leggerezza. Ora tutti riuscivano a capire quando stava arrivando, quando scendeva le scale o usciva da una stanza. La ragazza di brina non galleggiava più, portava sulle spalle un peso nuovo, che in assenza di Michiko non sapeva su chi scaricare. Finché una sera non la trovai vicino all'ultima persona a cui mi sarei rivolto per essere ascoltato.

Mentre avanzavo verso lo stanzino della lavatrice, portando un cesto di panni sporchi, sorpresi la ragazza di brina a chiacchierare con Greta. Nascosto come un ladro, cercai di origliare il discorso.

"Guardi mai fuori?" chiedeva Chiara alla sua interlocutrice.

Greta fissava incantata lo smartphone.

"Ti sei mai chiesta se il cielo è uguale dappertutto?"

La ragazza dai capelli biondo miele fece cenno di no.

"Chi non vede più in là del proprio sistema," proseguì Chiara, "è convinto che tutte le stelle siano come il nostro Sole: corpi celesti isolati, puntini luminosi sparsi per la galassia. Invece la realtà è diversa. Più del 60% delle stelle che popolano il cielo fa parte di un sistema multiplo, la maggior parte delle volte binario."

Greta non si era mossa di un millimetro.

"Un sistema binario è l'insieme di due stelle che orbitano

attorno a un baricentro comune e hanno un legame gravitazionale. La più luminosa viene chiamata primaria, l'altra invece compagna."

Mentre parlava, Chiara muoveva le mani, mimando corpi celesti vicini. "Tranne rare eccezioni, l'occhio umano non riesce a separarle e viste da qui, sembrano un'unica stella. Anche usando strumenti speciali rimane un certo margine d'errore. Là fuori è pieno di binarie ottiche, stelle vicine per colpa della prospettiva."

Greta sollevò lo sguardo, per posarlo sul muro che aveva di fronte. "È un disastro," sentenziò.

"Sì, è un bel casino," disse Chiara un po' abbattuta.

"Perché fare tanta fatica per trovarle?"

"Perché lo spettacolo vale il prezzo del biglietto." Chiara aveva ritrovato l'entusiasmo: "Pensa che le binarie a contatto sono così vicine da condividere materia. Quando primaria e compagna collidono, sono fuochi d'artificio. La velocità di rotazione aumenta, le orbite si stringono e BUM! Una vera catastrofe spaziale, gas e detriti scagliati nell'universo a migliaia di chilometri all'ora. Il passo successivo è l'esplosione. Primaria e compagna si fondono, diventano un corpo unico."

La ragazza dai capelli biondo miele ora fissava la ragazza di brina.

"Non lo so," proseguì Chiara, "ma più studio l'universo più mi sembra di capire il mio pianeta. Che differenza c'è tra gli uomini e le stelle? La gravità e l'amore creano lo stesso legame."

Greta le passò una mano tra i capelli.

"Ho paura di chi dice: io e lui siamo una cosa sola. Che senso ha passare la vita con qualcuno, se siamo destinati ad annullarci? Io voglio essere Sole, spegnermi piano, bruciare per colpa mia, senza finire addosso a un'altra stella che si è avvicinata troppo. Una come me non è fatta per i fuochi d'artificio."

E detto questo tacque.

La scena che vidi dopo per poco non mi fece cadere il

cesto dalle mani. Greta era effettivamente lì, vicino a Chiara, e la guardava.

"Ridi," le disse seria.

"Cosa?" domandò sorpresa la ragazza di brina.

"Ridi. Così." E posandole le dita ai bordi delle labbra, disegnò sulla sua faccia una smorfia allegra.

Chiara non riuscì a trattenersi e rise davvero.

Allora Greta le si avvicinò di più, la cinse con un braccio, mentre con l'altro sbloccava il telefono. Senza pensarci troppo, scattò.

Una foto sola.

Nel rivederla non scosse la testa.

"Sei bella," disse alla compagna. "Te la mando."

"Grazie."

Per la prima volta, non la vidi cercare lo scatto perfetto. Per la prima volta, qualcun altro entrava nello spazio dello schermo insieme a lei. Non lo notai subito, nascosto com'ero, ma quando vidi anch'io la foto m'accorsi che accanto al viso di Chiara anche quello di Greta aveva assunto un'espressione nuova.

Perché aveva chiesto alla sua amica di ridere? Semplice, c'avrebbe spiegato poi, l'aveva fatto perché le interessava mostrare alla ragazza di brina l'immagine che lei, Greta, avrebbe voluto vedere. Un viso felice. A parole non sarebbe mai riuscita a dirlo.

Era stato il biglietto di Michiko a farla pensare. Nel messaggio aveva letto l'invito a essere più tollerante, a condividere con gli altri il suo personalissimo sollievo. Poco importava se il risultato fosse stato imperfetto. Contava solo aprirsi, tirare fuori la testa dal guscio. Sul suo pezzo di carta c'era scritto:

Condiviso, l'ombrello logorato,
copre dalla pioggia
metà di due dolori.

Spunta singola

È andato via, senza dire niente a nessuno.

Come mi sento? Non lo so. Ti vorrei tanto parlare.

Quando hai un momento, risp.

Silene noctiflora

Renzo Degas diceva sempre che un uomo, per definirsi tale, deve avere prima di tutto un buon lavoro. Degas non era il suo vero cognome, ma qualcuno più grande di lui l'aveva chiamato così, una sera d'estate. In piazzetta si ballava il liscio e Renzo, che era un ragazzino, stava seduto vicino alla fontana con un foglio e una matita. Disegnava i movimenti delle coppie del quartiere, e qualche vecchio avvinazzato aveva detto: "Guardalo lì, Degas, che disegna le ballerine". Il giorno dopo, per tutti, era Renzo Degas. Come il pittore francese.

Crescendo Renzo era entrato al comune e passava le giornate a firmare i documenti, sempre con la stessa penna, una ricaricabile col cappuccio satinato. Alle 16.00 in punto, cascasse il mondo, si alzava, faceva ritorno a casa e si metteva ad armeggiare con gli acquerelli. Era bravo, non come il suo soprannome voleva far credere, ma ci sapeva fare.

Berta una volta s'era presentata con un quadretto, un bambino che correva dietro a un pallone con i capelli arruffati dal vento. "Questo te lo manda Renzo." Sembrava una fotografia. "*Per Gabriel*" si leggeva appena, accanto alla firma. Alla gente che andava a trovarlo e gli chiedeva perché non avesse mai provato la carriera d'artista, Degas rispondeva: "Maledetto chi vende la sua arte per calmare la pancia". Poi aggiungeva: "Esiste una grande differenza tra quello che facciamo per vivere e come ci guadagniamo da vivere". Con questo Renzo voleva dire che un artista dev'essere libero, e che la pittura, se serve a mettere insieme il pranzo con la cena, è peggio di un lavoro da impiegato al comune. Quando lo trovarono morto, giù nella taverna, aveva ancora in mano i pennelli. Davanti, un quadro mai finito.

Pensavo al paradiso quella sera, e al giorno in cui sarebbe toccato a me varcare il cancello. Chissà se esistono le feste, mi chiedevo. Decisi che ci sarebbero state e che alla prima occasione avrei scelto dal mio armadio celeste un vestito elegante. Sarei uscito a passeggio per la piazza del cielo e lì, alla fontana, avrei trovato Renzo Degas, seduto a disegnare. Tirando fuori una pila di fogli, con la premura di non disturbare, avrei preso anch'io il mio posto, restando per sempre così, a guardare gli altri ballare, inchiodato sulla panca di chi non c'ha mai provato.

Facevo spesso pensieri del genere. Il fatto che li stessi facendo proprio quel giorno, scendendo le scale per andare a cena, rientra tra le questioni da etichettare come "casualità". O forse era il risultato della punizione che Bernard mi aveva inflitto.

Da un paio di giorni era lui a uscire con Leo, non lo perdeva d'occhio, e io all'improvviso mi ritrovavo senza uno scopo, privato di uno dei pilastri che sostenevano il mio senso di colpa per l'essere ospite a Casa Retrouvailles. Non ero più cuculo tra le cornacchie. Non m'illudevo più d'essere utile a qualcosa.

Per sopportare l'evidenza, in attesa di capire cosa fare della mia vita, vagavo con la mente.

A partire dal pomeriggio dei vasi, l'uomo con la barba ingrigita aveva ripreso vigore. Era tornato ad alzarsi presto come un tempo, partecipava ai pasti, apprezzava apertamente la cucina di Scar, anche se la trovava un po' sciapa. Ma soprattutto, curava quelle piante sparse ovunque come fossero un'estensione della sua persona. L'ambiente cambiò, ma in modo diverso da come ci saremmo aspettati. Per accorgercene dovemmo solo attendere che sbocciassero i fiori. Successe una sera, dopo il calar del sole.

Un profumo penetrante proveniva dall'ingresso, l'avrei definito odore di fresco. Ti entrava nel naso con delicatezza, senza essere sfacciato, e accendeva la curiosità.

Scendendo le scale, mi trovai circondato da fiori bianchi, alcuni molto piccoli, altri con una forma simile a quella di un palloncino. Lo spettacolo era ancora in scena quando mi ritirai per andare a letto, ma la mattina dopo il sipario era abbassato. I fiori erano di nuovo chiusi, e lo sarebbero stati fino al tramonto.

Bernard aveva sparso per Casa Retrouvailles vasi di gelsomino notturno, campanule della buona notte, bellissimi esemplari di *Silene noctiflora*. A Leo che chiedeva da dove venissero le piante, Bernard raccontava storie di viaggi, di buste di semi trovate per caso, tra i banchi di un mercato. Toccando delicatamente un bocciolo, una volta arrivò a dire che quello era il regalo della Luna ai vagabondi, per rendergli più facile il cammino.

Di tutti i modi singolari che trovammo per essere d'aiuto dopo la partenza di Michiko, il suo rimase a lungo il più incompreso. Interpretando alla lettera il messaggio della signora giapponese, Bernard voleva che capissimo che il buio non significa sempre la fine della vita, che anche senza fonti di luce è possibile fiorire e farsi notare dal mondo, usando per esempio un buon profumo.

Una maniera di comunicare più articolata rispetto a preparare un pasto, guardare le stelle, scattare una foto o accarezzare un bambolotto. Ma il vecchio Bernard era fatto così, non prendeva quasi mai la strada dritta. Preferiva piantare un cartello a ogni bivio, seminare qualche indizio, farti perdere a volte. Era il suo modo di costringerti ad apprezzare la fatica necessaria per arrivare a destinazione. E ce ne volle di fatica, per capire che la luce era Michiko. Sul biglietto che aveva ricevuto, ma non aveva letto subito, era scritto:

Cala rapido il sole.
Profuma il sentiero
di fiori della notte.

Tornando alla sera in cui pensavo a Renzo, entrai in cucina e trovai la tavola apparecchiata. Mi voltai verso i fornelli alla ricerca dell'ennesima opera di Scar, ma vidi solo il coperchio di una pentola spuntare dal lavandino. Amina, a cui avevamo riaffidato il compito di disporre posate e tovaglioli, sedeva al suo posto.

Mi salutò con un sorriso e un occhiolino.

Arrivarono anche gli altri, e mi venne spontaneo pensare ai momenti passati, al nostro rito prima di mangiare. Rividi Michiko che prendeva posto a tavola, lanciava il suo sospiro, attendeva un secondo in silenzio e poi sentiva arrivare Damiano.

Sembrava una vita fa.

Notammo tutti che il cuoco era in ritardo. Leo giocava con la forchetta. Bernard sembrava spazientito.

Fosse stato un film, la telecamera avrebbe passato in rassegna i volti dei presenti, per far cogliere allo spettatore gli stati d'animo dei commensali. Avrebbe ripreso le rughe d'espressione di Chiara, turbata da chissà quali pensieri. Sarebbe scivolata rapida da Leo a me, quindi da me a Bernard, o meglio alla mano di Bernard, scossa da un tremore impercettibile. Arrivato il momento di Amina, che attendeva tranquilla, tutti avrebbero visto il suo sorriso disteso, e poi, al passaggio successivo, sarebbe sorta una domanda. Fosse stato un film, infatti, gli spettatori si sarebbero chiesti come mai l'inquadratura indugiasse sul volto inespressivo di Greta. Dopo aver guardato ogni singolo particolare dell'immagine, gli occhi sarebbero finalmente scesi all'altezza del maglione rosa, indossato dalla ragazza dai capelli color miele. L'avrebbero visto muoversi in maniera innaturale, perché sotto, in maniera innaturale, batteva all'impazzata un cuore. Vuoi vedere che…

Sarebbe utile questa cosa dei film, di una regia che in ogni situazione sia lì a lanciare indizi per farci meglio comprendere la storia. Ma purtroppo non siamo ancora riusciti a inventarla e le cene, come la vita, possiamo viverle facendo attenzione a un dettaglio alla volta, se non vogliamo rischiare di impazzire.

Era strano, è vero, il ritardo di Scar, ma sulla faccia della Terra esistono infiniti motivi per fare tardi a un evento, sarebbe stupido lasciarsi attraversare la testa solo dai peggiori. Talmente stupido da diventare uno dei passatempi preferiti dagli uomini.

Tra quelli seduti attorno al tavolo nessuno lasciò trasparire emozioni particolari e nessuno si mise a cercarle. Per ammazzare il tempo, Leo spiegava una teoria secondo cui un bambino, se vuole diventare un futuro campione del Mondo, deve stare assolutamente lontano dalla verdura. L'aveva studiata bene, citava addirittura un'università inesistente.

Dopo cinque lunghissimi minuti di stallo, Bernard ruppe il silenzio: "Chi mi aiuta col sugo per la pasta?" chiese alzandosi da tavola.

Chiara lo seguì immediatamente.

Leo invece uscì dalla cucina. Lo sentimmo chiamare Damiano. Non bussò nemmeno una volta alla porta della sua camera, si limitò a pronunciare il nome di Scar. "Arriverà," disse Chiara sottovoce a Bernard, mentre il piccoletto tornava a sedersi. L'uomo con la barba ingrigita non rispose. Stava valutando con precisione estrema la quantità di sale da aggiungere all'acqua.

Pochi istanti più tardi, dopo aver affidato alla ragazza di brina un mestolo di legno, uscì anche lui.

Chiamò Damiano. Bussò con insistenza. Alla fine lo sentimmo abbassare con un colpo secco la maniglia.

Per un po' non percepimmo rumori se non quello del soffritto.

Quando rientrò in cucina, Bernard s'era irrigidito. Teneva in una mano un foglio di giornale, e nell'altra qualcosa che avevo già visto: due stramaledette cuffiette.

"Non c'è," disse con voce spenta.

Posò sul tavolo quanto aveva trovato in camera di Scar e si avviò verso la porta. I suoi passi frettolosi rimbombarono nell'androne.

Il primo a raccogliere il foglio fu Leo.

Dal giorno in cui avevo messo piede a Casa Retrouvailles

non avevo mai visto Damiano senza le cuffiette. Perché improvvisamente erano lì, sul tavolo, lontane da lui?

Non ebbi modo di riflettere a lungo, perché la pagina di giornale, passata di mano in mano, arrivò fino a me.

Era del giorno prima. Parlava di un uomo senza nome che non ce l'aveva fatta. Per descriverlo, l'articolo usava una parola che a lui non sarebbe piaciuta: clochard. Alcune parole non si leggevano bene per via dell'inchiostro sbavato.

La carta era asciutta, ma il segno era rimasto.

I deboli sono una falla nel sistema. Mi alzai mentre il foglio approdava tra le mani di Greta, che lo posò, senza leggerlo, accanto al telefono. Il maglione rosa si gonfiava e si sgonfiava all'altezza del cuore.

Trattenendo il respiro, facevo avanti e indietro dal tavolo al lavello. Avevo voglia di sparire e scelsi un rifugio sicuro. Finsi di armeggiare nell'armadietto delle scope.

Marco Aurelio, l'imperatore, diceva che in fondo non fa differenza vivere tre giorni o trecento anni, che rapportati all'eternità i due periodi sono uguali. Con la sofferenza che c'è in giro, sosteneva, vivere non è l'affare migliore.

Non aveva tutti i torti, ma i suoi erano pur sempre pensieri scritti da un vivo per i vivi. Da quanto ne so io i morti non leggono e non scrivono libri. Se potessero dirci la loro su come si sta dopo, saremmo indubbiamente più tranquilli, ma la verità è che nessuno sa niente di niente sull'argomento. Quando si parla di morte, il capo dell'impero più grande del pianeta e un orfano che spazza il pavimento hanno la stessa preparazione. Pensavo a questo quando arrivò Chiara.

"Stai piangendo?"

"No, è colpa della polvere. M'è entrato qualcosa nell'occhio."

"Ok, be'... hai un secondo?"

"Direi di sì, dovrei riuscire a spazzare e ad ascoltare nello stesso momento, anche se sono un maschio."

"Ho parlato con Greta. Dice che sa dov'è!"

"Chi?"

"Scar."

"Fantastico. L'ha letto sul telefono o ha decifrato le vibrazioni?"

"Ha spento il telefono."

Alzai la testa dal pavimento e guardai Chiara, scettico. "Perché ha spento il telefono?"

"Non lo so," rispose. "Da quando la conosco non l'aveva mai fatto."

Posai la scopa nell'armadietto. "E dov'è?"

"Non me l'ha detto."

"Chiara, non è il momento di scherzare."

"No, davvero. Non me l'ha detto. Ha solo chiesto se possiamo accompagnarla."

"In un posto che non ci vuole dire."

"Esatto. Ha chiesto esplicitamente di te."

"Che onore."

"Dobbiamo andare subito. Ci sta già aspettando fuori," e uscì dalla cucina. Avevo una gran voglia di prendere a pugni il muro, ma a cosa sarebbe servito? Di sicuro a rompermi una mano. Ero certo che il delirio di Greta fosse effettivamente un delirio, ma avevo bisogno di uscire. E poi c'era lei.

Prima di spegnere la luce, mi girai a guardare la stanza da cui tutti erano usciti, consapevoli che la cena era saltata.

Sul tavolo, abbandonate, vidi le cuffiette di Damiano, collegate a un piccolissimo apparecchio. Entrava facilmente in un taschino. Premetti il pulsante di accensione. La musica non partì.

La funzione dell'apparecchio era un'altra.

Un suono flebile usciva gracchiando dalla ricetrasmittente.

"Nano?" disse una voce di bambina.

La spensi.

Dieci minuti dopo stavamo camminando verso chissà dove, dietro a una scapestrata con il maglione rosa e i capelli color miele.

Colpevole

Fa un freddo assurdo in questo posto. Ancora non riesco a capire se viene da fuori o da dentro. Vorrei tu fossi qui.

Sai, c'era un gioco che facevo i primi tempi, quando ancora il ricordo era fresco ed ero il nuovo inquilino della mia nuova vita. Non l'ho mai detto a nessuno.

Ogni volta che sentivo il telefono vibrare non guardavo. Stavo fermo due minuti a immaginare come sarebbe stato sbloccare lo schermo e trovare un tuo messaggio: *"Io so perché l'hai fatto. Mi manchi, ti perdono"*. E invece non eri mai tu.

Era il solito video stupido, la solita catena, la solita signora che mi chiedeva cosa volessi per pranzo.

Odiavo quei messaggi e giocavo a distruggermi, tu il mio numero nemmeno ce l'avevi.

Poi col tempo ho capito che la vita, come una casa, per reggersi in piedi deve poggiare su qualche punto fermo. Te ne accorgi quando arriva il terremoto e non stai lì a chiederti se i punti fermi siano quelli dei tuoi sogni. Ti basta che siano lì.

Il solito video stupido, la solita signora

che ti chiede cosa vuoi per pranzo, qualcuno che ti pensa e con altre parole ti dice che al mondo non sei solo.

Il brutto è che dura sempre poco. La sensazione di non essere solo intendo, non resiste al confronto col tempo. Ogni tanto ci illudiamo che là fuori esistano persone destinate a noi, creature assegnate in grado di capirci veramente. Solo loro possono salvarci. Le cerchiamo così tanto che finiamo per trovarle. Allora ci sentiamo meglio, pensiamo addirittura che vivere non sia un mestiere gramo. Finché un giorno non ti alzi e capisci che te l'eri immaginato.

Non t'innamori mai di una persona, ma dell'idea che di quella persona la tua mente ha costruito.

Idea molto spesso lontana dalla realtà.

Amore e amicizia sono due parole vuote. O forse troppo piene, il che è la stessa cosa. Se ci sono mille modi per essere amico o per amare, basta sceglierne due diversi e il gioco è fatto. Il rapporto è finito. E sei di nuovo solo.

Te li ricordi Ivan e Claudio? Tu li chiamavi "scappati di casa". Mi ripetevi ogni volta che dovevamo allontanarci, lasciarli andare per la loro strada, perché la nostra pasta era diversa. Noi eravamo diversi. Poi quando uscivamo eri la prima a ridere. Volevano più bene a te che a me.

Avevi ragione. Eravamo diversi.

Io sono diverso.

Fa un freddo assurdo in questo posto.

Spero che presto sia anche casa mia.

Ti fa strano sentirmelo dire? Fa strano anche a me. Cosa sono diventato non lo so nemmeno io. Il ragazzo che ti aspettava sotto casa e quello che è seduto qui ora, da fuori sembrano uguali. Stessi occhi, stessa cicatrice. Ma dentro?

Chi mi ha ridotto così?

Sono anni che cerco un colpevole, sono anni che ce l'ho davanti e non lo vedo. Stanotte voglio sognare di essere libero, voglio sognare di non essere Scar. Fanculo le ricetrasmittenti, fanculo le cene, le finte famiglie. Fanculo i fottutissimi punti fermi. Stanotte voglio crollare. Su questa terra io vivrò da solo, se non puoi esserci tu vicino a me.

Sempre e per sempre tuo, come dicevi tu.

D.

Città del ricordo

Oltre i limiti di questa terra, al di là dei concetti di attesa e distanza, c'è un posto dove riposano gli amori dimenticati.

C'è profumo di fiori e di eterno, tante piccole storie si stringono vicine per proteggersi da un freddo diverso da quello conosciuto, che gela anche d'estate. È un labirinto dove non ti perdi, dove le lacrime ti guideranno sempre, come segni sugli alberi di un bosco. In equilibrio sul filo del tempo, a un passo dal mondo che vive, c'è un mondo che è fermo e ricorda. È un posto per chi non dimentica, per chi non ha pace, per chi è stanco e si siede tranquillo a guardare una foto. E fuori da quel posto c'aveva portato Greta.

"Dimmi che non è vero," esclamai guardandomi intorno.

"Uh, ma quella è Sirio! Che bel cielo che si vede da qui. Perché non veniamo più spesso?" chiese Chiara, che evidentemente non aveva capito. Era una notte serena, e le stelle brillavano nitide oltre le sagome dei cipressi. Greta, ferma davanti al cancello del cimitero, leggeva gli orari. "È chiuso," disse sconsolata.

"Sei sicura? Mancano dieci minuti a mezzanotte e hanno già chiuso?" domandai io, sforzandomi di mantenere la calma. Chiara mi tirò una gomitata. Tre autobus notturni, mezz'ora di cammino al buio, e il pensiero che il posto in cui ci stava portando fosse chiuso non l'aveva sfiorata.

"È qui, lo so," ripeteva Greta con lo sguardo rivolto al labirinto tetro di chi si stendeva al di là delle grate. Teneva la fronte poggiata al cancello. Dopo qualche secondo di silenzio aggiunse: "Dovremmo entrare, credo".

"O magari non dovremmo," replicai io.

Non avevo nemmeno finito la frase che s'era già arrampicata, un attimo dopo era dentro. Rimase a guardarci con le braccia incrociate.

"Non vorrai lasciarla andare da sola?" disse Chiara.

"Ma..."

"Non avrai mica paura?"

"Paura? Di cosa? No!"

"Allora vai! Io resto qui, se vedo qualcuno vi chiamo. Fate in fretta, non è che mi senta tranquillissima."

"Non se ne parla, o andiamo tutti o..."

Un rumore ci ghiacciò il sangue nelle vene. Feci cenno a Greta di nascondersi, lei sparì dietro a un albero. La macchina si avvicinava, in quel momento probabilmente era alla base della salita che avevamo percorso anche noi. Di sicuro c'avevano visto e avevano chiamato la polizia.

Passò un minuto, poi un altro, il rumore diventava più forte, ma la macchina non arrivava. Infine, arrancando, due fari squarciarono il buio e una piccola Cinquecento rossa tirò un sospiro di sollievo. Si fermò a pochi metri da noi e sputò fuori un uomo, con la barba ingrigita. "Mademoiselle, mon frère, si può sapere che ci fate qui?" Bernard, con le mani sui fianchi, ci fissava con aria inquisitoria.

"Potremmo farti la stessa domanda," rispose Chiara sorridendo.

"Ma non la farete, perché l'ho chiesto prima io," replicò secco lui.

Greta nel frattempo era uscita dal suo nascondiglio, ora stava nuovamente con la testa poggiata alle grate, guardando verso di noi. Bernard la vide e trasalì. "È qui, lo so," disse lei, per l'ennesima volta. E così spiegammo la vicenda a Bernard.

Raccontammo degli autobus, della sensazione di Greta, dell'idea di fare la guardia che aveva avuto Chiara. "Bene, io resto qui con mademoiselle. Sbrigatevi!" sentenziò lui alla fine del discorso. "Coraggio, mon frère, cosa aspetti? Non abbiamo tutta la notte." Eccone un altro, pensai. Dov'è la polizia quando serve? Scavalcai il cancello con qualche difficoltà in più di Greta.

"Spero non ti venga mai in mente di fare il ladro," disse Chiara vedendomi atterrare e perdere l'equilibrio.

"Tranquilla. Salutami Sirio," dissi mentre mi pulivo i pantaloni e le voltavo le spalle.

Qualche ora prima, in momenti e su mezzi diversi, tre autisti di linee notturne avevano formulato probabilmente lo stesso pensiero. Riguardava la stranezza dei passatempi di alcuni individui, talmente fuori di testa da trascorrere le serate a seguire con la macchina un autobus notturno, facendosi addirittura tutte le fermate.

Greta iniziò a camminare tra centinaia di lumini rossi, sentinelle di una città di ricordi, perpetua illusione dei vivi di poter sopravvivere al tempo. I cimiteri esistono per darti la speranza che qualcuno verrà a lasciarti un fiore, pensavo. Esistono per consolare chi resta, per indicare, a chi ha poca fantasia, un posto dove piangere. A chi se ne è andato non servono. Che se ne fa un morto di una tomba? Niente di niente. Loro, i morti, non stanno mica lì ad aspettarti.

È per questo che non bisogna aver paura dei fantasmi. La gente si dovrebbe preoccupare dei vivi.

Quando Berta aveva ancora la forza, la domenica dopo la messa prendevamo l'autobus e andavamo a trovare il nonno. Non l'avevo conosciuto, ma da quanto mi diceva lei era stato un uomo buono, uno che si meritava ancora, dopo vent'anni, una visita la domenica. Prima di entrare Berta comprava qualche fiore, poi mi prendeva la mano e insieme passeggiavamo per il vialetto, fino alla zona G. Così diceva la targa. "Aspettami qui, saluta nonno mentre sciacquo il vaso," e se ne andava a cambiar l'acqua ai fiori, lasciandomi solo davanti alle tombe.

Io, che non sapevo ancora leggere bene, immaginavo storie guardando le foto. Non l'ho mai persa quell'abitudine, neanche dopo, quando ho imparato a leggere e a pensare.

Accanto ad Armando, ad esempio, c'era questa signora con gli occhi celesti e un vestito azzurro. Aveva i capelli d'argento. Che vita aveva fatto? Era stata felice? Passava anche lei i pomeriggi seduta su una sedia, vicino alla finestra, a guardare la vita passare? Ci parlavo, con quella signora.

Spiegami, le chiedevo, com'è che ci si sente alla tua età e scusami se a volte non capisco, se perdo ancora tempo dietro a un senso. Raccontami di quando eri bambina e immaginavi il viaggio della vita, di quando una mattina ti sei alzata e hai visto che la strada era diversa. Spiegami, che sono già partito e un giorno arriverò dove sei tu. Sai, non è che chieda molto, mi basterebbe un cenno con il capo, che tu strizzassi l'occhio nella foto, e io potrei capire se poi è vero, che a vivere da soli ci si abitua. Lei, la signora della foto, non rispondeva mai.

Stavo immaginando chissà quali storie, quando Greta si voltò a controllare se c'ero. "Forse mi sono persa," annunciò.

"Che significa?"

"Che mi sono persa," disse lei alzando le spalle. Poi guardò in su e cominciò a girare sul posto, fissando le pareti di lapidi del labirinto. "È qui, da qualche parte," sussurrava, rivolta a se stessa e non a me.

Il vento accarezzava i cipressi, faceva davvero freddo. Lo sentivo nelle ossa, ora che c'eravamo fermati. Ripresi a camminare, dovevo mettere in moto il cervello. Vidi in lontananza un enorme angelo di marmo, che faceva la guardia a uno di quei giardini fatti apposta per spargerci le ceneri. Non riuscii a capire se ci fossero fiori, ma pensai che se mai fosse nato qualcosa lì dentro, non è tra la terra che avrebbe affondato le radici.

Mi voltai. Greta non c'era più.

Tornai di corsa nel punto in cui l'avevo vista girare, guardai a destra, a sinistra, nei vicoli vicini, ma sembrava svanita nel nulla.

"We," disse una voce alle mie spalle. Il viso di una scapestrata dai capelli color miele spuntava da una fila di tombe.

"Sarebbe bello non perderci," le dissi. Ma lei era già ripartita. La raggiunsi e la trovai che si muoveva lentamente, come un predatore in ascolto. Avanzando sfiorava il marmo con la punta delle dita. "Non è il momento," m'informò con un filo di voce, portandosi un dito alla bocca. Ci rimasi. Stavo proprio per parlare.

Continuai a starle dietro in silenzio, sotto il chiarore dei lumini, e anche se avevo l'impressione d'essere già passato in qualche punto, e che stessimo girando in tondo, scelsi di fidarmi. Seguivo la cacciatrice da almeno un quarto d'ora, quando all'incrocio tra due file di tombe, senza un motivo apparente per farlo, lei si fermò.

"Tu aspettami qui, va bene?" e deviò a sinistra, lasciandomi da solo col fruscio del vento. Feci un paio di passi e mi affacciai con cautela dalla parete gelida. Greta si muoveva ancora piano.

In fondo, adagiate sul terreno, nella direzione verso cui il maglione rosa stava andando, proprio dietro a un enorme mazzo di fiori, spuntavano due gambe.

Decisi di aggirare il blocco rettangolare. Tornai indietro, attento a non fare rumore, svoltai a destra, poi svoltai di nuovo e raggiunsi l'estremità della parete parallela a quella di prima. Mi affacciai da lì, non c'era più il mazzo di fiori a ostruire la visuale.

Greta era quasi arrivata. Damiano se ne stava seduto per terra, con gli occhi sgranati e la testa poggiata sul marmo. Davanti a lui, incastonate in un muro altissimo, c'erano decine di tombe, tra cui quella di Natale. Guardandolo pensavo a quei bambini che non sanno giocare a nascondino e si accucciano dietro una tenda, lasciando spuntare, inconsapevoli, la punta delle scarpe.

Chiesi scusa, in cuor mio, per non essermi fidato di Greta fino in fondo. Poi, quando la ragazza superò il mazzo di fiori e trovò Scar, successe una cosa incredibile.

Lui non la guardò, lei tremava dal freddo, si avvicinò senza dirgli una parola. Lentamente iniziò ad abbassarsi, posò le mani sulle ginocchia di Damiano e le spostò. Le aprì quel tanto che bastava a una come lei per sedersi tra le gambe di lui. Poi fece proprio così, si sedette tra le gambe di Damiano e lasciò ricadere, con garbo, la testa sul suo petto.

"Hai freddo?" chiese lui.

"Un po'," rispose Greta.

E allora Scar alzò le braccia, per stringerle attorno al maglione rosa. "Sei pazza a venire qui a quest'ora..." disse.

Il girasole sorrise. Aveva trovato il coraggio.

Sarebbero rimasti per terra chissà quanto, a dimostrare ancora una volta che è sempre una questione di incastri, se il mio telefono non avesse vibrato. Era Chiara. Il messaggio chiedeva se andava tutto bene. *Arriviamo*, risposi, e quando alzai gli occhi mi trovai davanti Scar.

"Se n'è andato," sussurrò.

La lacrima che scese sul mio volto al ricordo della fine di Natale fu l'unica risposta. Mi mise una mano sulla spalla e mi portò dietro l'angolo, davanti al ricordo del Gufo.

"Torniamo domani, quando aprono?" gli chiesi. Fece cenno di sì, asciugandosi gli occhi. Poco lontano, ma abbastanza distante da non sentirci, c'era Greta che fissava una parete.

"Andiamo?" domandai a voce alta. Non si mosse. Lo domandai di nuovo, ma senza risultati. Le andammo incontro.

Greta era immobile davanti a una lapide di marmo. I nomi di un uomo e di una donna erano incisi, con caratteri neri, su una lastra più larga delle altre. L'unica foto, incastonata al centro, li ritraeva insieme. La data di morte era la stessa.

Greta si baciò la mano, poi la poggiò sulla foto. "Grazie," disse rivolta alla parete. Si voltò, passò in mezzo a me e Damiano, e prese la via del ritorno.

Le somigliava davvero in modo assurdo, la donna nella foto.

Bernard e Chiara ci aspettavano al cancello. Greta arrivò prima di noi, si tirò su senza fatica, Scar la vide e si girò verso di me, meravigliato. Scavalcammo entrambi.

Chiara teneva Greta sottobraccio, io mi fermai un secondo a controllare i danni ai pantaloni, Bernard si avvicinò a

Damiano. “Non ha mangiato stasera, lo sai? Ti cercava!” disse con tono severo. Scar non rispose.

Andò dritto alla Cinquecento e prese il posto davanti.

Il viaggiò durò una vita.

Alla prima curva le ragazze si addormentarono. Bernard guidava troppo vicino al volante. Scar fissava un punto lontano, fuori dal finestrino. Io pensavo ai girasoli, agli incastri, ai giardini, ai posti che consolano i vivi, agli angeli di marmo. Era quasi mattina quando varcammo, tutti e cinque, il portone di Casa Retrouvailles.

Michiko ci aspettava ai piedi delle scale.

Latte e biscotti

“Nella prefettura di Mie,” disse Michiko poggiando sul tavolo la tazza fumante “c’è un luogo proibito, un complesso di centoventicinque *jinja* shintoisti distrutti e ricostruiti ogni vent’anni. È il grande santuario di Ise, la casa dello *Yata no Kagami*, lo Specchio Sacro che richiamò alla luce la dea del Sole. Sono pochi quelli che hanno il privilegio di osservare il tesoro. L’accesso al *jinja* è consentito solo ai membri della famiglia reale e alla Grande Sacerdotessa. Sono passati molti secoli dalla prima costruzione, durante il regno di Suinin, ma gli edifici continuano a essere abbattuti e tirati su esattamente uguali, seguendo le antiche tecniche di incastro del legno, come vuole la tradizione.” Sorseggiò distrattamente il tè.

“È un modo per far capire agli uomini che morte e rinascita sono parte della vita, e che il modo migliore per non perdere l’arte degli antichi è ripeterla, senza stare troppo ad ammirarla. Ogni vent’anni, con l’inizio di un nuovo ciclo, un giovane impara a conoscere il legno di cipresso, un anziano invece ad accettare che niente dura per sempre.” Michiko non aveva finito. “È lontano il Giappone,” continuò. “Talmente lontano che persino io sto iniziando a dimenticarlo, perché con i posti succede così. La memoria non regge, per quanto possa conservare un’immagine, un odore, una mattina di sole, alla fine non ce la fa. Con i posti vince sempre la lontananza. Ma con le idee no. Le idee sono diverse. Più strada fanno più diventano forti. Cambiano, certo, si adattano, ma sopravvivono. E quest'idea, vecchia più di mille anni, che sia giusto ripartire da zero ogni tanto, è arrivata fino a qui. Non siamo santuari, ma persone, non abbiamo l'obbligo di venire su esattamente come eravamo prima. Possiamo cambiare, demolire il passato, costruire sul poco che abbiamo fatto di buono. Il poco che vale davvero la pena conservare."

Era uno di quei discorsi che non sono rivolti a nessuno in particolare, ma si buttano lì come viene, una mattina a colazione, perché tanto chi deve capire capisce lo stesso. Se c'è anche un solo concetto che deve rimanere, di un discorso del genere, rimane.

Michiko continuò a bere il suo tè. Noi, seduti a tavola, guardavamo i biscotti affogare nel latte. *Puoi mettere nel cesto ciò che eri e non sarai mai più.* Non è facile, a volte, scegliere il poco da cui ripartire.

Poi la vera spiegazione cominciò.

Mugon-no gyō, la pratica del silenzio. Potevamo chiamarla così. Era la riflessione necessaria prima di prendere una decisione, la meditazione che consente di capire se stiamo per agire, o per reagire d'impulso. Le ore che l'avrebbero accompagnata alla partenza, Michiko le aveva trascorse a pensare. Seduta nella quiete del suo studio, si era interrogata sul diritto di una madre a non sentirsi felice, sulla possibilità di accettare sentimenti come lo sconforto, o la frustrazione, senza provare vergogna. È normale, aveva sentito dire, capita, perché prendersi cura di un'altra persona non è mica una cosa da niente. È lecito il dubbio di non sentirsi all'altezza.

Il problema nasce quando gli sbalzi d'umore si rinnovano ogni volta che una creatura nuova mette piede nella tua vita.

E soprattutto quando provi tutto questo e non sei mai stata madre.

Su questo aveva riflettuto Michiko.

La "creatura nuova" di cui parlava ero io.

Non era facile portare a un livello successivo la strategia di distruzione degli uccelli parassiti, ma a quanto pare ce l'avevo fatta. Non mi ero limitato a spingere un uovo fuori dal nido, avevo addirittura allontanato la madre dai suoi pulcini. Stimolando la partenza di Michiko, avevo messo a repentaglio sia la sua felicità che la sopravvivenza degli altri. Bel modo di ripagare chi ti ha aperto le porte di casa sua, mi ripetevo. Non avrei voluto vivere un secondo in più con quel peso sulle spalle.

Il mio intricato ragionamento durò circa una frazione di secondo.

"Tu non c'entri, caro," s'affrettò a dire la signora giapponese passandomi una mano tra i capelli. "Non sentirti in alcun modo responsabile. Perché non lo sei. Ho fatto tutto da me. È stato solo il culmine di un percorso iniziato anni fa." Lei sapeva che di quella precisazione avevo un estremo bisogno.

Tornai a respirare. Provai vergogna perché gli altri mi guardavano.

"Dov'ero rimasta?" proseguì Michiko. "Ah sì, certo."

Aveva pensato al modo in cui stava reagendo a quel dramma interiore, e alle ripercussioni che il suo atteggiamento avrebbe avuto su di noi. Se si fosse isolata, lasciandoci al nostro destino, entrambe le parti ne avrebbero sofferto. Se avesse invece negato i sentimenti che provava, forse si sarebbe avvicinata troppo, diventando la mamma iperprotettiva di cui aveva sempre avuto paura: una *kosodate mama*, come dicevano in Giappone.

"E cosa c'è di peggio di una *kosodate mama*?" ci chiese col sorriso.

"Di sicuro la verdura," rispose convinto Leo.

"Broccolo!" disse Chiara dandogli un buffetto.

Michiko trovò la scena divertente. Il suo volto mantenne una serenità di fondo, ma il tono tornò subito posato.

"Voglio parlarvi di una parola intraducibile," affermò. È così che introdusse il termine *amae*, espressione di un concetto radicato nella società giapponese.

"Viene dall'aggettivo *amai*, che significa 'dolce'," precisò, "e anche se non è un essere umano, quando ne parlo mi piace dire che *amae* soffre di un disturbo della personalità. È luce e ombra. Bisogno d'amore innocente, gran parte delle volte, ma anche frustrazione e immaturità."

Poteva declinarsi in ambiti diversi: "Nel rapporto madre-figlio, il lato oscuro dell'*amae* è ciò che porta alla dipendenza emotiva, a una relazione simbiotica da cui diventa difficoltoso uscire," spiegò Michiko. "Nei casi più estremi, il bambino può arrivare a tagliare i contatti col mondo, reagendo con violenza a un legame che lo opprime."

Al pensiero di rovinare le nostre vite, di precluderci anche solo un'esperienza lontano da Casa Retrouvailles, la signora giapponese stava male.

Al culmine del suo momento di meditazione, aveva scelto una via che le sembrava intermedia. Se ne sarebbe andata per un po', ma senza lasciarci soli veramente. Scrivendo qualcosa per indicarci la via, nel modo più vago possibile, avremmo saputo che lei teneva a noi, e che era giunto il momento di imparare a camminare lasciando la sua mano. Lo *haiku* le era sembrata la forma perfetta.

Poesia sincera e semplice, tre versi per diciassette more complessive: 5-7-5. Poi, buttando giù le idee, si era accorta che lo schema classico non era quello adatto, e che le unità di misura, la durata delle sillabe, non erano il concetto più importante.

Aveva lasciato libera la mano, creando senza regole. Una volta decisi i messaggi, aveva preparato i biglietti da infilare sotto ogni porta. "Carta di seta in fibra di gelso," disse, "la mia preferita."

Li aveva scritti a mano, perché credeva nella forza dei segni, e che la penna potesse registrare in ogni carattere il cuore del calligrafo.

Questa parte della storia l'avevo già sentita.

Bernard era l'unico a conoscere le sue intenzioni, ma non il giorno esatto in cui sarebbe uscita da Casa Retrouvailles.

Quest'ultimo particolare spiegava l'iniziale sconforto dell'uomo con la barba ingrigita, che forse aveva sottovalutato la questione.

Durante il periodo dell'assenza, era Bernard che l'aveva

informata sui nostri progressi, sulle nostre sconfitte. Sperava veramente non lo rimproverassimo per aver accettato quel ruolo. Lo guardammo sgomenti, e lo trovammo che rideva pettinandosi la barba. Fece con le mani il gesto di scusarsi: "Pardon," disse. Noi fingemmo d'essere offesi.

Michiko non commentò in alcun modo gli equilibri che avevamo raggiunto, anche se mostrò a più riprese di conoscerne i dettagli. La sentinella non ci aveva mai perso d'occhio, non era un caso quindi che l'avessimo incontrata con Leo vicino al ponte, il giorno del mio errore madornale con Chiara.

Per l'intera mattinata la riempimmo di domande, e lei paziente si mise a spiegare. Solo una cosa non volle rivelarci: dove avesse passato tutto quel tempo. Disse solo che il posto le aveva fatto bene, e che era stato il vento a consegnarle la voglia di tornare. Aveva respirato la nostalgia di casa, la brezza le aveva evocato il ricordo di una felicità particolare.

Ogni tanto arrossiva, faceva piccole pause per riprendere fiato. Sembrava una bambina emozionata. Chi per la prima volta l'avesse vista quel giorno, non avrebbe mai detto che dietro al volto calmo, agli occhi di un castano limpido, potesse celarsi una donna così forte e così fragile. Non avrebbe mai pensato a Michiko come a un'educatrice d'assenza.

"Che ne dici di fare due passi?" le chiese Bernard alla fine del suo discorso. "Hai bisogno di un po' d'aria, e i ragazzi da soli se la cavano egregiamente. Garantisco!"

Eravamo tutti d'accordo. La signora giapponese era provata. Uscirono insieme, sottobraccio, chiudendosi alle spalle il portone. Sarebbero rientrati per il pranzo.

Il campanello suonò cinque minuti dopo.

"Hanno dimenticato le chiavi," disse Chiara.

"Vado io," schizzò Leo. Correva verso il portone, imitando la voce dell'uomo con la barba ingrigita: "Leonardo, un giorno ti scorderai la testa da qualche parte, quante volte devo dirt..."

Si bloccò improvvisamente.

Corse come un fulmine in cucina. "Shhhh," disse in preda al panico. "Sono qui fuori!"

"Chi?" chiesi di getto.

"Loro! Gli assistenti sociali!"

Ci guardammo negli occhi. Felici del ritorno di Michiko, avevamo dimenticato un piccolo particolare. Certo, era andata bene, ma sulla carta la signora giapponese era venuta meno al suo impegno. Aveva messo a rischio l'incolumità degli inquilini di Casa Retrouvailles. *Abbandono di minore*, credo fosse quello il reato. Eravamo nei guai. Qualcuno s'era accorto dell'assenza? Chi aveva fatto la spia?

"T.A.S.," disse serio il piccoletto. "Prendo la scopa!"

"Alt," disse Chiara. "Abbiamo un piano."

E così, in automatico, scattò l'operazione che ci avrebbe fatto guadagnare tempo.

Sistemai i sandali all'ingresso.

Greta correva col ventaglio in mano, diretta verso la colonna. Amina era pronta con il kimono macchiato. Sfoderava un sorriso forzato a trentadue denti. Scar non capiva nulla di quanto stessimo facendo. Aveva saltato la lezione.

Il Generale venne verso di me. Mi prese la testa tra le mani. "Sei pronto?" chiese.

"Io?" domandai sgomento.

"Tu, soldato."

"Perché io?!"

"Non c'è tempo per la paura. Ricordi tutto? È fuori per una commissione. Indichi le ciabatte. Smacchiare il kimono. Pulire con urgenza! Il ventaglio. Vai!"

Un attimo dopo mi ritrovai davanti al portone, pronto ad aprire al nemico.

Dietro di me la truppa era schierata.

Leo, nel dubbio, aveva preso lo scopettone.

Suonarono di nuovo. Guardai dallo spioncino.

"Ma..." mi voltai verso gli altri. "C'è... c'è Michiko."

Aprii.

Fermi nell'androne, davanti a Bernard e alla signora giapponese, c'erano due uomini dall'aria severa.

"Buongiorno, polizia," disse perentorio uno degli sconosciuti. "Cerchiamo il padrone di casa."

Non durò molto la conversazione. I toni furono meno rigidi di come s'erano preannunciati. La visita degli agenti faceva seguito a una segnalazione per una mera questione di vicinato: dal portone di Casa Retrouvailles proveniva un odore marcato. "Sgradevole" lo definirono per usare un eufemismo. Sembrava carne marcia.

Avevano ragione, anche noi avevamo sentito lo stesso odore la sera prima. Proveniva dall'ingresso. La causa era l'ultimo esperimento di Bernard. Preso dall'entusiasmo per la buona riuscita della trovata delle piante, ne aveva acquistate altre due da mettere vicino al portone. Al vivaista aveva detto di volerne di diverse rispetto alle precedenti, ma che fiorissero sempre al tramonto. Ripensandoci, disse, non si era curato tanto delle repliche dell'uomo, che gli faceva notare di avergli già venduto tutte quelle che potevano definirsi "profumate". Aveva insistito quindi per avere anche due vasi di una specie di cactus, che indicò agli agenti.

Stava proprio per riportarli indietro, confessò, perché in effetti i fiori rilasciavano un odore nauseante, che gli aveva fatto pensare di aver acquistato due carcasse e non due piante. Si salutarono con una stretta di mano, e la promessa di prestare maggiore attenzione, in futuro, alle avvertenze dei venditori.

"Lui è il bambino che mi dà più problemi" ci disse sottovoce Michiko entrando in casa. Indicava l'uomo dalla barba ingrigita.

Bernard la seguì poco dopo, trafelato. "Scusate," ci disse, "avevo dimenticato le chiavi. Perché queste facce?"

Ho preso l'immagine della truppa schierata e l'ho appesa a un ramo di ricordi. Sotto ho scritto una parola che ha inventato un designer, e che viene dal mondo delle farfalle. *Chrysalism*: sentirsi protetti. Restarsene tranquilli dentro casa, durante una tempesta.

Alla prossima vita

Questo freddo maledetto non va via.

Punge, passa sotto le porte, è impossibile chiuderlo fuori.

Mi ricordo quando a casa mia tremavi e io ti davo la felpa, ho sempre pensato lo facessi apposta. Per farti abbracciare, per vedere se poi me la toglievo davvero. Ora capisco. Non riesco neanche a stringere la penna, ma provo lo stesso a scriverti.

C'è una ragazza qui, si chiama Greta, e ha deciso di salvarmi la vita. L'ho sempre tenuta lontana, è così diversa da te, per sperare di avere una risposta dovevi chiederle le cose due volte. Passava le giornate attaccata al telefono, e tu sai quanto odio queste cose. Insomma, aveva un mare di fobie, Greta, e ce le ha ancora, ma è successa una cosa un po' strana.

Strana come lei.

È venuta da Natale l'altra notte, mi ha trovato, e appena l'ho vista non ho provato quello che provavo sempre, non m'è venuta la voglia di tenerla lontana. Mentre ero a terra, Greta ha fatto come facevi tu. Si è seduta proprio lì, tra le ginocchia, nello spazio che è sempre stato il tuo.

M'ha poggiato la testa sul petto.

Sai che cosa ho fatto?

Non ci crederai, ma l'ho abbracciata. Io, proprio io, che nella vita ho toccato solo te. Per un attimo il freddo è sparito.

Ha i capelli che profumano di miele.

Sto uscendo con Greta da un po', e l'altro giorno le ho chiesto dove fosse finito il telefono. Ha risposto al primo colpo.

"In tasca," ha detto. "L'ho spento."

"Sei pazza?"

"Forse sì."

"Io non ti capisco..."

"A chi lo dici."

"Con chi parlavi tutto il giorno?"

"Con me."

"Eh?"

"Parlavo da sola. È un modo come un altro per sapere se ci sei." Dopo aver finito la frase s'è messa a fissare un punto in lontananza, ma con la coda dell'occhio controllava, aspettava che arrivasse la bordata. È così che si fa, quando sai di aver detto una cosa in cui credi solo tu. Ti prepari alle risate degli altri, speri che la corazza regga. Ma io non ho colpito.

"E i selfie?" le ho chiesto.

"Stessa cosa. Comunque li ho tolti, sui social non ci sono più."

Abbiamo scherzato un po', ma io ancora non riuscivo a capire come una persona potesse parlare da sola con un telefono.

L'ho chiesto a lei. Mi ha detto di lasciar stare.

Io non ho lasciato stare.

"Mi vergogno, ti prego," ha detto.

Allora ho fatto il solito gioco. Appena s'è distratta l'ho stretta da dietro e le ho messo il braccio intorno al collo: "Parla o ti strozzo!". Ci siamo messi a ridere.

"Vorrei saperlo davvero, vorrei sapere tutto di te."

Lei ha sospirato fortissimo, io l'ho abbracciata più forte, poi ha tirato fuori il telefono e l'ha accesso.

"Prometti di non dirlo a nessuno?"

"Prometto."

E mi ha mostrato come si fa.

Ha aperto una chat, c'erano solo messaggi inviati da lei. Mai visualizzati. "Io sono a casa. Tutto bene", "Siete arrivati?", "Ho bisogno di parlare".

Mesi e mesi di messaggi.

L'ultimo diceva: "È andato via". Mentre scorreva col dito all'insù e io non credevo a cosa stavo vedendo, ho sentito una goccia cadermi sul braccio. Poco dopo ne è arrivata un'altra. Ho asciugato con la manica gli occhi di Greta e ho coperto con la mano lo schermo del telefono. "Basta," ho detto. "Scusa."

E poi le ho dato un bacio.

"Famiglia" era il nome del gruppo. I genitori di Greta sono morti insieme, li ho visti l'altra sera al cimitero, ma conoscevo la storia. Un incidente. Quando l'hanno tirata fuori dalla macchina, la madre aveva ancora il telefono in mano.

Un attimo prima parlava con Greta e un attimo dopo… restava solo un portachiavi da mettere in un cesto.

Era nata da lì la sua paura di sparire.

È un modo come un altro per sapere se ci sei.

Parlare con chi non può risponderti. Ti ricorda qualcuno?

Greta mi ha insegnato che non ne vale la pena, che per vivere davvero dobbiamo lasciare la presa, fare spazio, anche se il rischio che rimanga vuoto c'è.

Ho deciso di non scriverti più. E se un giorno ti dovesse venire la voglia, se ti dovessi accorgere di quanto è freddo il mondo, e che dovremmo tenerci vicino chi ci fa sentire al caldo, ti prego, non scrivermi nemmeno tu.

All'alba, su questo marciapiede, cadrà la cenere della mia ultima lettera, poi il fuoco prenderà tutte le altre.

I tuoi mal di testa, la gelosia infondata, la mano che ti trema quando sei nervosa. La borsa dell'acqua calda che mi bruciava la gamba, il pigiama invernale dentro i calzini, il disordine dei tuoi vestiti. Le ore di attesa per rispondere ai messaggi, i viaggi mentali che ti portavano via, quell'essere assente a tratti.

I tuoi difetti.

Che lui possa amarli almeno la metà di quanto li ho amati io.

Alla prossima vita.

Damiano

Il miracolo

Nei pochi giorni che trascorsero dal ritorno della signora giapponese alla mattina della rivelazione di Scar, la somma di tanti piccoli cambiamenti rese Casa Retrouvailles un posto nuovo.

Amina non aveva più appetito, usciva di rado dalla camera. "È a letto," rispondeva Michiko a chi chiedeva spiegazioni sulla sua assenza. "Si sente poco bene, ma nulla di grave." Non sembrava preoccupata. Ancora oggi, credo veramente che lei non c'entrasse con la vicenda che a nostra insaputa tormentava la ragazza nera. Voleva bene al mondo, Michiko, in particolare al pezzetto di mondo sotto il tetto di Casa Retrouvailles. Tutti, diceva, nascondono una perla. Che dietro alla perla ci fosse anche un terribile segreto, non era affar suo.

Leo, dato l'imminente arrivo di settembre e la riapertura delle scuole, dovette accelerare con i compiti. Lo studio lo teneva occupato almeno fino alle quattro e quei due, Bernard e la signora giapponese, avevano deciso di marcarlo stretto.

Greta usava il cellulare meno di quanto lo usassimo noi.

Io e Scar c'eravamo tornati davvero al cimitero il giorno dopo, e quello dopo ancora, ma in fondo anche lui lo sapeva. I morti non stanno mica lì ad aspettarti. Aveva ragione quell'uomo che passava i pomeriggi seduto su un muretto, in ciabatte e canottiera. Dal muretto si vedeva bene il mare, che tanto piaceva alla moglie, e lui, per farle sentire ancora l'odore del sale, se la portava dietro chiusa dentro a una cornice.

C'erano posti più belli in cui starsene fermi a guardare una foto, un pomeriggio uscimmo dal cancello del cimitero e non tornammo più. Ma Scar aveva il nome di Natale tatuato negli occhi, il suo ricordo non era destinato a spegnersi col tempo. Bruciava come un marchio a fuoco sulla carne viva. A poco a poco aveva sciolto anche il ghiaccio dei suoi occhi. Il guaio di una persona cara che va via è che porta via anche te.

Solo un fiore provava a tenerlo lontano dal cielo. Damiano che non parlava con le ragazze, Damiano che cambiava strada per non chiedere permesso a una donna, ora usciva con la nuova Greta.

A prendere una piega diversa fu anche il mondo fuori Casa Retrouvailles. Ogni tanto, di ritorno dalle mie passeggiate solitarie nel cuore della notte, guardavo le sedie poggiate sopra i tavolini del bar. Poi mi giravo verso la fontana, sperando di trovare, a metà strada, tre cani randagi e uno straniero della vita, con i bicchieri in mano. Ma non c'era mai nessuno, solo vetri per terra e cannucce di plastica nere. Il vecchio problema di importanza cruciale era tornato, e con lui la vecchia soluzione. Per sembrare meno stupido prendevo la solita Tennent's e me ne andavo in giro, bevendo un sorso ogni tanto. Scendevo su via dei Fori e camminavo, camminavo, camminavo.

Kojo non sedeva più al centro del ponte. Paul, le donne, l'uomo col bastone per i selfie, erano andati tutti via. Adesso per strada c'era un esercito nuovo, ragazzi infaticabili e insistenti. La gente non notava la differenza. Dietro la rosa, il braccialetto, l'accendino, la rana fortunata di legno, c'era sempre la stessa persona.

Un ambulante.

In quanto a Chiara, be', come si esprime la mancanza di una ragazza che non è mai stata tua? Non ce l'avevo una parola del genere nella mia collezione, ma forse i finlandesi avevano pensato a un concetto simile, quando avevano inventato il termine *kaukokaipuu*: malinconia nel pensare a un luogo mai visto, ma che sentiamo lo stesso vicino.

Chiara mi mancava come la città dei sogni in cui sarei stato felice.

Non parlavamo più, ogni minuto di silenzio non faceva che aumentare la distanza. Finii per odiarla, perché l'amore a vuoto diventa sempre odio. È il decorso naturale dei sentimenti, si trasformano, diminuiscono di intensità, nel migliore dei casi ti alzi una mattina e t'accorgi che non ci stavi pensando. Indifferenza, il vero contrario dell'amore.

I matematici usano un aggettivo per indicare ciò che tende ad avvicinarsi a qualche cosa, ma non la raggiunge mai: *asintotico*. Ecco, io credo che i sentimenti degli uomini, quando c'è di mezzo un amore infelice, non arrivino mai all'ultimo stadio. L'amore non è in grado di sparire del tutto, si avvicina all'indifferenza *asintoticamente*.

I paragoni con la matematica finiscono qui.

Per quanto riguarda l'equazione di Dirac, la storia dell'impossibilità, per due sistemi che hanno interagito, di essere descritti come sistemi distinti, proprio come due amanti, ho solo una cosa da dire. Paul Dirac parlava di meccanica quantistica e relatività ristretta, di particelle, densità di probabilità, e anche se all'inizio non lo sapeva, di antimateria.

Di sicuro non parlava d'amore.

Leo, Amina, Damiano, Greta, il rapporto con Chiara. Gli occhi nuovi con cui guardavo Bernard e Michiko. In mezzo a tanti cambiamenti, credo fosse normale perderne di vista qualcuno.

Fa strano pensare che a sfuggirmi fu l'unica trasformazione a cui forse avrei dovuto far caso, ovvero la mia. La gente non immagina nemmeno il danno che può fare l'assenza di fede, soprattutto se si tratta della fede in se stessi. Nel migliore dei casi, la sfiducia ti distrae dai tuoi progressi. Nel peggiore non ti fa progredire.

Una volta, in un libro su un bambino che non voleva crescere, ho letto che la tua capacità di volare scompare nel momento esatto in cui dubiti di essere in grado di farlo. Io ci credo, in quest'affermazione, ma penso anche che volare sia una cosa grandiosa, un miracolo, e per quelli serve di sicuro una fede incrollabile. Per i piccoli progressi, invece, la storia è diversa. Non hanno niente di soprannaturale. Anche se ti senti un incapace, uno che non cambierà mai, possono succedere lo stesso.

Basta che qualcuno ci creda al posto tuo e ti metta sulla strada. Tanti purtroppo non incontrano nessuno disposto a dargli fiducia. Io avevo trovato Michiko. A pensarci bene, il miracolo era stato quello, anche se non sapevo volare.

Del mio piccolo immane progresso mi sarei reso conto un pomeriggio di qualche tempo dopo, ma prima ci fu un'altra questione che m'invase i pensieri.

Una questione che riguardava Scar.

Tutto ebbe inizio davanti a un tè. Leo, seduto nello studio di Michiko, stava facendo promesse alla signora giapponese. La sua voce lamentosa arrivava fino al portone, da cui ero appena rientrato. "Sarò bravo!" disse deciso.

"Non basta mica."

"Imparerò le capitali dell'Africa!"

"Sei sicuro di riuscirci?"

"Sì! Cioè... no. Forse qualcuna, le più importanti! Per le altre, be', la cartina sta lì per un motivo, giusto? Se uno ha bisogno la può sempre guardare..."

"Niente da fare."

"Aspetta!"

"Non mi convinci."

"Non ti chiederò più di avere un cane!"

"Che tu lo chieda o meno, la risposta sarà sempre la stessa."

"Posso avere un cane?"

"No Leonardo, non puoi."

"Vabbè, c'ho provato. Per l'altra cosa invece..."

"Non sei abbastanza motivato."

"Non suderò più giocando a pallone!"

"Questa mi sembra già una promessa migliore. Peccato che tu non possa mantenerla."

"Certo che posso!"

"Come?"

"Giocherò da fermo."

"Non lo farai. Non riesci a stare fermo nemmeno quando dormi. L'unico modo per non sudare è non giocare. Mi stai forse promettendo che non giocherai più? In quel caso..."

"Non posso deludere i tifosi!"

"Chiaro. Non puoi." Michiko si lasciò scappare una risata. "Finisci il tuo tè. C'hai provato."

"Va bene, va bene," riprese il ragazzino. "Tieni conto che mi sto rovinando. Senti qua: verdura due volte a settimana."

"Verdura tutti i giorni e affare fatto."

"Tre volte!"

"È troppo poco."

"Ah! Finirò sul lastrico di questo passo. Quattro volte?"

"Sai cos'è il lastrico?"

"Non è importante. Quattro volte e chiudiamo l'affare."

"Quattro volte la verdura e tre volte l'insalata."

E così la trattativa tra Michiko e Leo si concluse. Il ragazzino schizzò fuori dallo studio urlando un'altra di quelle parole che ti facevano chiedere dove le avesse sentite.

"Adunataaa!"

Spingeva in cucina chiunque incontrasse. Visto che ero già in cima alle scale, mi chiese il favore di chiamare Amina e di scendere.

Era impossibile tenere a bada la sua euforia. Michiko si limitava a ridere e a tirarlo per la maglietta ogni tanto.

Bussai ad Amina. "C'è una riunione di sotto," dissi. Nessuna risposta. Bussai di nuovo, la chiamai almeno tre volte, alla fine provai a girare la maniglia. Niente. Chiuso.

Mentre voltavo le spalle e iniziavo a scendere, ebbi la sensazione che ci fosse qualcuno in ascolto, qualcuno con l'orecchio poggiato dietro la porta.

Trovai già tutti intorno al tavolo. Bernard compreso.

"Amina non risponde," annunciai.

"Starà riposando," mi rassicurò Michiko.

"A cosa dobbiamo questa chiamata?" domandò Chiara curiosa.

"Vuoi dare tu l'annuncio, Leo?" propose la signora giapponese.

Il piccoletto si schiarì la voce. "Grazie per l'opportunità," disse in tono solenne. Dopo aver creato, mantenendo il silenzio, un po' di suspense, salì in piedi sulla sedia. Alzò le mani in segno di trionfo, chiuse gli occhi e gridò: "Domani si va al mare!".

A far partire i festeggiamenti fu Bernard. Prese Leo sulle spalle e fece un giro di tavolo incitandoci ad applaudire. Poi, da un quotidiano gratuito, abbandonato su una sedia, ricavò dei coriandoli e li lanciò sulla testa dei presenti.

Mentre la carta fluttuava, Michiko gli chiese chi avrebbe pulito quel disastro. L'uomo con la barba ingrigita le fece cenno di stare tranquilla, poi si avvicinò a me e disse: "È il tuo momento ragazzo. Fai vedere a quella scopa chi comanda". E se ne andò in biblioteca, nell'ilarità generale.

Peccato che Amina non fosse scesa. Avrebbe trovato la scena divertente. In condizioni normali, quelle grida l'avrebbero spinta ad abbandonare la stanza, ma nemmeno la curiosità riuscì a vincerla. La risposta a quel suo comportamento, in realtà, era sotto i nostri occhi. Era fluttuata a mezz'aria. Un pezzo dopo l'altro era caduta sul pavimento.

All'interno del giornale strappato da Bernard, nella sezione destinata alla cronaca, un breve articolo parlava di una macabra scoperta proprio davanti al Colosseo.

Qualcuno aveva appeso a una corda un bambolotto, lasciando che penzolasse dalla passerella pedonale sopra via degli Annibaldi.

Di chi era stata l'idea? Era un avvertimento?

Una minaccia?

Il trafiletto si chiudeva con una serie di domande senza risposta e con un piccolo dettaglio. Chi aveva rimosso la bambola dal ponte s'era accorto di un foglio piegato, attaccato con lo scotch a una mano del pupazzo. Sulla carta, una scrittura incerta aveva riportato due parole isolate e una frase:

"*Colpa.*
Assassini.
Io non sono come voi."

Ritrovarsi

Così il giorno dopo andammo al mare.

Tutti, compresa Amina.

Uscì dalla stanza di sua volontà, senza il bambolotto.

La spiaggia era affollata, e come la prima volta che l'accompagnai da Kojo, notai che il viavai di persone metteva Leo a disagio.

Poi, vedendomi palleggiare sul bagnasciuga, si dimenticò del resto. "Tira!" urlò allargando le braccia. Giocammo insieme finché il sole non mi scottò la testa. Fosse stato per lui, non ci saremmo mai fermati, ma io sentivo il bisogno di fare una nuotata.

Amina, dietro di me, teneva i piedi sprofondati nella sabbia. Non si avvicinava al mare, e non perdeva mai di vista il ragazzino.

Mi tuffai in direzione dell'orizzonte, lasciandomi alle spalle il brulichio della spiaggia. Avevo voglia di raggiungere il confine della Terra. Meno di cento bracciate dopo ringraziai la legge di Archimede e la posizione del morto a galla. Ero esausto. Gli occhi mi bruciavano per il sale. Non avrei mai immaginato che un cuore potesse battere tanto.

Pensai al dorado in quel momento, e a quanto la natura a volte si diverta a mischiare tormento e meraviglia. Si dice infatti che in punto di morte il dorado diventi color arcobaleno, e che mille sfumature diverse accompagnino il pesce nell'ultimo viaggio.

Peccato che lui non le possa vedere.

Galleggiando contavo i gabbiani, e mi chiedevo se avrebbero apprezzato lo spettacolo della mia dipartita.

A poco a poco, il cuore si calmò. Mi convinsi che sarei sopravvissuto. Mentre l'acqua mi bagnava il perimetro del viso, mossi le gambe. Allungai le braccia verso il cielo, una dopo l'altra, e le feci ricadere oltre la testa. Nuotando a dorso tornai verso la spiaggia. Tenni gli occhi chiusi finché le voci non giunsero nitide al mio orecchio, dimenticando un piccolo particolare: l'orientamento.

In piscina il rischio più alto di procedere di schiena è sbattere contro una corsia. In mare puoi perdere la rotta.

Quando mi voltai, posando i piedi sul fondale, m'accorsi di non sapere in quale punto della spiaggia fossi. Tra la sabbia, l'ombrellone piantato da Bernard non c'era, il paesaggio era diverso. Eppure, a poca distanza da me, immerse nell'acqua fino ai fianchi, si stagliavano due figure che mi parve di riconoscere. Davano le spalle al mare aperto. Vedendole di schiena, non avevo la certezza che fossero davvero Michiko e Damiano. L'assenza del resto della compagnia non fece che accrescere i miei dubbi. Nuotando a rana per non perderli di vista, mi avvicinai, nascondendomi dietro a uno scoglio.

Il ragazzo stringeva in mano una conchiglia, simile a quella che avevo già visto nel cesto di Casa Retrouvailles. D'improvviso la mostrò alla donna. "Te la ricordi?" chiese.

"Me la ricordo," rispose Michiko accarezzando l'acqua.

"Quando ero chiuso nell'armadio ci sentivo il mare," continuò Scar. "Pensavo al rumore delle onde per non sentire le urla. Pregavo che arrivasse la marea a portarselo via."

"È arrivata alla fine, no? Forse non era la marea che aspettavi, ma qualcuno lassù ti ha ascoltato..."

"L'ha fatto troppo tardi!"

"Esiste una puntualità per certe cose?"

"Dov'era quando volavano le sedie? Dov'era quando il legno tremava per i colpi della cinta di papà? Di sicuro non barricato in un armadio con la sorella. Mancava l'aria lì dentro. Hai idea di quanto Flavia sia stata male? Che ricordo si porterà dietro?"

"Il ricordo del suo supereroe."

"Io non ho niente di speciale."

"Tieni più a lei che alla tua vita, non è speciale questo?"

"Lo farebbe qualsiasi fratello."

"E invece no. Come sta? Migliora? Non la vedo da settimane."

"Ha imparato a giocare benissimo."

"Cosa intendi?"

"Per non farla piangere avevo inventato un gioco. Quando eravamo nell'armadio le facevo mettere i capelli sul viso e poi usavo la sua spilla per tenerli fermi. 'Adesso sei invisibile,' le dicevo, 'e se respiri piano lui non può sentirti.' 'Tu mi vedi?' chiedeva. Io le rispondevo di no, e poi aggiungevo 'ancora ti sento respirare'."

"Povera cara."

"La maggior parte delle volte non sento niente nelle cuffie, ma poi ci sono notti che corro a casa sua perché qualcosa non va. Mi fanno entrare in camera, faccio luce col telefono e la trovo addormentata coi capelli sul viso. Allora mi siedo sul letto, la sveglio e le dico che va tutto bene, che siamo salvi perché lui non c'è più. Sta crescendo, Michiko, ma negli occhi c'è sempre la stessa paura."

"È incredibile che tuo padre non sia mai riuscito a colpirla."

"Una volta c'ha provato. Non avevo bloccato bene le ante, e quando ha aperto l'armadio Flavia ha cominciato a urlare. Io mi sono buttato su di lei, lui ha sollevato la cinta e ha provato a tirarmi via. Stringevo la conchiglia vicino all'orecchio. Con l'ultimo strattone mi ha tagliato sopra l'occhio. Ho sentito qualcosa di caldo scendere sul viso. Odio questa cicatrice, non se ne andrà mai."

"Quel segno è un capitolo della tua storia. Senza, non saresti il ragazzo che sei oggi. Fai pace con la tua storia, Damiano, amala, perché nessuno lo farà al posto tuo."

Eccola, la rivelazione. Non c'era stata nessuna rissa, nessun regolamento di conti era la giustificazione della cicatrice di Scar. Claudio e Ivan si sarebbero sorpresi, se avessero saputo che a colpire il loro amico era stata una conchiglia.

"Ma dimmi," proseguì Michiko, "con il cibo Flavia sta facendo progressi?"

"Pochi. Se non mi vede arrivare non mangia. Non tocca niente che non le abbia portato io. Per me è un incubo, vado lì tre volte al giorno e non ho più il passaggio in motorino di Ivan e Claudio."

"Non te l'eri immaginata così, eh?"

"Direi di no. Te lo ricordi il giorno che siamo scappati?"

"Come fosse ieri."

"Tenevi Flavia in braccio, io caricavo in macchina il poco che avevamo deciso di portare. Tutto alla luce del sole, come una famiglia normale che parte per una vacanza normale. Credevo che la vita mi dovesse qualcosa. Credevo fosse l'inizio di un sogno."

Michiko si prese del tempo per rispondere. Tornò ad accarezzare l'acqua. "In un certo senso, la pensavo anch'io così," disse. "Avevo preso come un segno il fatto che fossi capitata nello stesso palazzo della tua famiglia, che vi foste fermati proprio sul mio pianerottolo la prima volta che siete usciti da soli, per sfuggire a quell'inferno. Non so cosa mi fossi messa in testa. Rapire due bambini! Che pazzia!"

"Non hai rapito nessuno, quando ti sei trasferita a Rione Monti ti abbiamo seguito e basta."

"La polizia non la pensava così, caro. E la cosa più grave è stata tirare in mezzo Bernard."

"Ne ha avuto di coraggio, anche lui."

"Forse più di me. Se ci avessero scoperto sarebbe stato un colpo duro per il buon nome della famiglia Retrouvailles, più del suo rifiuto di partire per l'America. Il padre voleva a ogni costo che studiasse lì, e lui cos'ha fatto? Ha risposto che il suo Nuovo Mondo ero io, una stupida ragazza giapponese. Non si sono parlati per anni. Ho cercato in tutti i modi di convincerlo a non seguirmi, ma sai come tagliava corto ogni volta?"

"Come?"

"Diceva che quella del padre non era ostilità ma incomprensione, e che in fondo nemmeno i figli capiscono i genitori. Nessuno capisce nessuno, ripeteva, è tutto un tentativo, un'interpretazione come il gioco del telefono. Ricordo la sua frase preferita a quel tempo: 'la vita è un insieme di fraintendimenti di cui siamo sicurissimi'. Ha voluto che casa nostra portasse il cognome del padre, perché un giorno sarebbe stato fiero delle sue scelte. *Casa Retrouvailles*, suona bene, non trovi? A lui piace ancora, nonostante l'amore che ci univa sia sfumato in amicizia con gli anni. Abbiamo rischiato tutto, io e Bernard, convinti che sarebbe stato un nuovo inizio. Eppure quando ho visto l'attenzione dei giornali e il tuo cambiamento, ho capito che era stata una pazzia. È lì che ho imparato che la vita non è in debito con nessuno."

Aveva ragione dunque, il poliziotto. Era Bernard il padrone di casa. *B.R.* Bernard Retrouvailles. Perché non ci avevo pensato?

Dalla valigetta avrei dovuto capire.

"C'è una frase che non volevo perdonarti," riprese Damiano, "mi veniva in mente ogni volta che ti guardavo. *Dimentica la tua fidanzata, non deve trovarti nessuno.*"

"Pronunciarla è stato difficile anche per me, lo sai."

"Oggi sì."

"Hai i tuoi tempi."

"Pensavo d'essere più forte, e invece..."

"Non conosco un ragazzo con la tua forza."

"L'ho abbandonata troppo in fretta, Michiko, lei era l'unica cosa bella. L'unica ragazza da cui mi fossi mai lasciato sfiorare. Avrei spaccato tutto la volta in cui l'ho vista con un altro, avrei voluto mandare tutto all'aria e spiegarle che non avevo scelta. Poi mi sono detto che non sarebbe servito. In fondo non esiste un tempo giusto per andarsene. Si possono scegliere tanti modi per farlo, ma la sostanza rimane sempre quella. Si va via. Si lascia un buco. Perché avrebbe dovuto perdonarmi?"

"Tu l'avresti fatto, al posto suo?

"No."

"E se non sai nemmeno perdonare te stesso, come puoi aspettare il perdono dagli altri?"

"Io non aspetto più niente."

"Ah, no? Ti sei dimenticato dell'udienza forse?"

"Dimenticato? Manca un mese. Ci penso ogni momento!"

"Allora c'è ancora qualcosa che valga la pena aspettare. Il giudice sembra ragionevole, sei l'unico affetto che le resta, andrà bene. E non dimenticarti di chi invece aspetta te. Soprattutto se ha i capelli biondi e un caratterino niente male. È ora di tornare all'ombrellone!" Michiko scoppiò a ridere.

"Piano!" disse Scar fingendo di schizzarla con la mano.

Iniziarono una piccola battaglia di spruzzi, la signora giapponese fu la prima ad attaccare, ma presto Damiano ebbe la meglio.

Si mossero verso la riva e presero a camminare sul bagnasciuga. Nuotando li seguii, finché non riconobbi il tratto di spiaggia da cui mi ero tuffato. Mi spostai più al largo, pensando all'udienza di cui Scar e Michiko non avevano mai fatto parola, finché non decisi di uscire dall'acqua.

Affondai i piedi nella sabbia rovente. Il caldo era infernale. Mi guardai per un momento le mani.

Per averle tenute a lungo immerse, erano raggrinzite. Esteticamente quelle pieghe non erano il massimo, ma avevano la loro utilità: gli scienziati sostengono siano un regalo dell'evoluzione, un espediente per migliorare la capacità di presa in acqua. Chi non conosce la verità, crede siano un dispetto del mare.

Funziona così anche con le situazioni. Se non le vivi cercando di capire come ci sei arrivato, finisci per giudicarle dall'apparenza. Se ti ritrovi, dall'oggi al domani, in una casa d'estranei, e rifiuti di accettare che anche quella è una fortuna, non meriti i favori dell'evoluzione. Non sai distinguere un regalo da un dispetto.

Ho preso l'immagine dell'ombrellone in spiaggia e l'ho piantata tra le dune di un ricordo. Sotto ho scritto una parola francese che non avrei mai conosciuto, se non mi fossi ritrovato solo al mondo.

Retrouvailles: gioia del ritrovarsi.

Felicità che nasce dalla fine dell'assenza.

Tramonto sul mare

La chiesa era quasi deserta. Oltre al prete, che celebrava il rito, c'erano appena cinque anime venute a portare un ultimo saluto. Di queste, due erano sedute in prima fila, e ignoravano la presenza delle altre tre. In fondo, vicino all'acquasantiera, un uomo trasandato teneva in mano un cappello, come si fa davanti a un morto. All'estremità opposta un signore composto si passava la mano tra la barba ingrigita.

Vedendo che nessuno partecipava con la Comunione al Sacrificio eucaristico, il sacerdote tornò sull'altare, mentre uno dei ragazzi della prima fila pensava ai tempi in cui la gente sapeva ancora voler bene e ai funerali le chiese scoppiavano, anche se nella bara c'era uno che viveva in una macchina.

Poggiato sulla panca, nello spazio tra me e Damiano, c'era uno dei volantini sparsi per il quartiere. "*A un mese dalla scomparsa... funzione in ricordo di Natale Serafini.*"

L'autore non si firmava.

L'uomo col cappello se ne andò prima che finisse la messa, e lo stesso fece quello con la barba ingrigita. Dopo l'amen conclusivo, dietro di noi non c'era nessuno. Il sacerdote s'era tolto già l'abito quando Damiano lo raggiunse, per domandare chi avesse avuto il pensiero della celebrazione. Il prete rispose che era stato un signore elegante, che non aveva badato troppo alle presentazioni.

Si ricordava soltanto di un dettaglio. Aveva la barba ingrigita.

Mentre scendevamo i gradini della chiesa, la quinta anima sbucò da sotto una macchina, fissandoci con occhi riconoscenti e tristi.

Osservammo Presidente sparire tra i vicoli con una punta d'amarezza, ma felici che fosse ancora in giro.

Il suo pensiero m'accompagnò per l'intera giornata.

La mattina successiva non ero ancora del tutto sveglio quando sentii tre colpi decisi alla porta, seguiti dalla voce di Leo che chiamava il mio nome. Maledissi il ragazzino stropicciandomi gli occhi. Alzandomi a sedere sul letto, con uno sforzo immenso gli chiesi di aspettare, mentre sentivo ancora battere sul legno.

Ci misi un po' per ritrovare le ciabatte, nella stanza filtrava già una luce fioca. Tirai la maniglia con forza, pronto ad arginare il fiume di parole che ero certo mi avrebbe investito. Quando me lo ritrovai davanti, ancora in pigiama e con gli occhi lucidi, mi ricordai perché avevo imparato a volergli bene. Leo se ne stava lì, muto, con il braccio proteso verso di me. In mano stringeva una busta da lettere aperta. "Leggi," mi disse entrando. "È arrivata stamattina." Prima ancora che chiudessi la porta, s'era seduto sul bordo del mio letto disfatto. Il foglio di carta era scritto a mano, la calligrafia sembrava quella di un bambino.

"Caro Leo,

sto dettando questa lettera a Paul. Gli ho chiesto di scriverla per me, a patto che mantenesse il segreto. Ti manda un saluto affettuoso, vorrebbe sapere se mangi ancora la granita e se ti ricordi sempre di lui. La prossima volta che segni, puoi dedicargli il gol?

Magari un giorno giocherete ancora insieme.

Ce ne siamo andati all'improvviso, Leo, senza nemmeno dirti ciao, se sei arrabbiato lo capisco. Sono successe delle cose terribili, nel rione non eravamo più al sicuro.

Ci sono giorni in cui mi sembra di sentire i tuoi passi sul ponte anche se sono lontano. Ho pensato tanto alle parole giuste per chiederti scusa e alla fine ho deciso che c'è un modo solo. Ti voglio raccontare una storia.

C'era una volta una donna che aveva cresciuto due figli da sola e che sarebbe morta per non vederli andar via. Viveva in un villaggio sulla costa, come sua madre e sua nonna prima di lei, cercando nel mare il conforto che non poteva più darle il marito.

Ai bambini raccontava che papà era salito su una nave, e che lei sulla spiaggia l'aspettava. Se volevano, ogni tanto, potevano andare anche loro a farle compagnia.

Alla bomba, che aveva distrutto il mercato dove lui lavorava, non accennava mai e loro non facevano domande.

La figlia maggiore veniva su robusta, presto iniziò a lavorare con la madre e a badare al fratello. Ci sapeva fare coi bambini, la ragazza, perché aveva la pazienza delle onde. Grazie a lei la famiglia aveva ritrovato un po' di serenità. Poi una notte venne a bussare un uomo, per poco non buttava giù la capanna, sembrava spaventato.

Stavano arrivando, diceva, davano fuoco a tutto e bisognava scappare. La donna lo conosceva e si fidava di lui, conosceva anche la razza di quelli che le avevano ucciso il marito. Dove si poteva andare? L'uomo disse che c'erano degli amici pronti a partire, mancavano giusto tre posti, e che per i soldi non si doveva preoccupare. Avrebbero lavorato, lei e la figlia, nei centri lungo il percorso e il debito si poteva saldare una volta al sicuro.

Mezz'ora dopo si lasciavano il villaggio alle spalle, stipati su un camion carico di corpi che non avevano più niente di umano.

Per due giorni non toccarono cibo.

Lo conosci il deserto, piccolo Leo? È un'enorme distesa di sabbia dove non c'è riparo e ti devi coprire per resistere al sole. Il camion correva tra le dune, i viaggiatori morivano di sete. Gli amici dell'uomo si fermavano una volta al giorno per buttare giù i cadaveri. La donna cadde viva sulla sabbia la terza mattina, sbalzata fuori da un movimento azzardato del guidatore.

Nessuno si fermò a raccoglierla. Chi aveva ancora forza teneva stretti i figli, che volevano scendere con lei.

Il più piccolo era inconsolabile, piangeva ancora quando attraversarono il confine, due notti dopo, sotto gli spari dei soldati.

Passarono tre mesi nel centro, dormendo per terra e mangiando cibo marcio. Il giorno la figlia maggiore, che si chiamava Amina, lavorava senza sosta. La sera gli amici dell'uomo arrivavano a toglierle i guadagni, e se i soldi non bastavano la portavano via. Quando tornava e si stendeva in un angolo, il fratello la sentiva piangere.

Ne morirono altri in quei giorni, ogni settimana arrivavano i soldati e sparavano a qualcuno. L'ultima sera ne caricarono una ventina sui camion, tutti quelli che non potevano pagare, e li portarono di nuovo nel deserto. I mezzi tornarono vuoti. Prima di andare, un uomo aveva regalato al piccolo inconsolabile il suo cappello nero.

Amina e il fratello partirono all'alba senza sapere dove fossero diretti. Li scaricarono in un grande parcheggio dove aspettavano, schierate una accanto all'altra, decine di persone. Quattro o cinque uomini passavano in rassegna la merce; un mercante li acquistò per un centinaio di dollari.

La nuova casa era una stanza senza letti e senza luce. Gli davano da mangiare una volta al giorno, e a turno dovevano chiamare le famiglie per farsi mandare i soldi. Se non erano abbastanza convincenti, durante la seconda telefonata li torturavano. Chi non pagava veniva ucciso a bastonate, o lasciato morire di fame.

Amina cercò di spiegare che non potevano chiamare nessuno. Sparì per sei mesi, ma non presero più a bastonate il fratello. Lui la credeva morta, ma molti dicevano che si era venduta, che un trafficante se n'era innamorato. La ragazza tornò una mattina e disse al fratello di prendere tutto quello che aveva, perché stavano per partire. Ci mise poco, non aveva niente, giusto un paio di magliette e un cappello.

La barca di legno traballava, non c'era spazio per allungare le gambe. Salirono con la promessa di trovare cibo e acqua, ma non ci credettero nemmeno per un attimo.

Avevano imparato a conoscere i trafficanti.

Amina tremava di freddo e un ragazzo seduto accanto a lei le regalò la giacca. Le donne piangevano e pregavano, i bambini morivano soffocati.

Il piccolo inconsolabile si lamentava, aveva molta fame, e per distrarlo un uomo inventava storie fantastiche, che tenevano impegnati i bambini sulla barca.

Un giorno prima dell'arrivo, Amina tirò fuori un foglio dalla tasca. L'aveva preso d'istinto nella capanna prima di partire, e lo porse al fratellino. Lui lesse ad alta voce la pagella e poi chiese se dove stavano andando avrebbe ripreso la scuola. Sì, disse lei, ma per entrare gli sarebbe servito quel pezzo di carta.

Lui lo piegò per bene e lo infilò nei calzini.

Successe tutto nel giro di due ore. Uno dei trafficanti scese a controllare la situazione, spostò a calci un paio di donne svenute e prima di risalire disse qualcosa su un cappello. Gli piaceva, magari il bambino poteva regalarglielo. Il piccolo inconsolabile disse di no e si strinse più forte ad Amina. L'uomo risalì sul ponte. Quando arrivarono gli altri due non fecero domande, il primo colpì il bambino col calcio della pistola, il secondo gli tolse il cappellino.

Il piccolo non si svegliò più.

Amina non ebbe nemmeno la forza di piangere.

Un'ora prima di finire in acqua, vennero a prendere lei, la sorella, perché sembrava la più forte. La misero davanti al timone e le dissero di restare lì, se non voleva un buco in testa.

Loro si mischiarono ai migranti stremati.

Il mare era agitato, il carburante finì che la costa era lontana. Quando si rovesciò la barca il primo ad annegare fu il ragazzo che aveva regalato la giacca ad Amina.

Non puoi nuotare se non mangi da giorni.

Cercarono di aggrapparsi alle tavole di legno, le onde portavano i corpi al largo. Prima d'essere salvata, la figlia maggiore afferrò un bambolotto che galleggiava lì vicino.

Sul ponte della nave, accanto all'uomo che raccontava storie ai bambini, riconobbe i trafficanti. Uno le fece cenno di tacere.

Mentre la polizia l'accusava di aver organizzato tutto, perché era lei che guidava la barca, Amina accarezzava il bambolotto. Sorrideva guardando il vuoto, non diceva una parola. Era diventata pazza agli occhi degli altri, ma la sua mente non era mai stata così lucida.

Non posso scriverti che l'uomo delle storie non la vide mai più, perché in realtà non l'aveva mai vista, anche se erano partiti insieme, sin dal primo villaggio. Era cieco, piccolo Leo. Quell'uomo ero io. Amina è più vicina a te di quanto pensi. Salvala come hai salvato me, quel giorno sul ponte. Lei cerca gli uomini che per un cappello hanno strappato la vita a un bambino inconsolabile. Ma ora siamo al sicuro, e lei deve tornare a vivere.

Tu puoi fermarla.

Abbracciala, Leo, raccontale una storia.

Cerca di volerle bene quanto io volevo bene a te.

Amina lotta da una vita, si merita la pace di un tramonto sul mare.

Che il Signore ti doni i cento occhi del Pavone, perché la vita non ti colga di sorpresa.

Cresci forte come un leone e fiero come un'aquila.

Il tuo amico sincero,

Kojo"

Alzai la testa dal foglio. Pensai al coltello di Amina nel cesto. Leo era sempre seduto al suo posto, faceva dondolare le gambe. Fuori, la luce, s'era fatta più forte.

Questione di tempo

C'era il sole anche il giorno in cui Michiko tornò a casa con Flavia. La scritta gonfiabile che dava il benvenuto alla bambina era sospesa a mezz'aria, circondata da un mare di palloncini.

Dopo il successo dell'udienza e il parere positivo del giudice, Casa Retrouvailles era pronta ad accogliere una nuova inquilina.

Quando sentimmo chiudere il portone uscimmo dalla cucina, urlando e battendo le mani. Chiara fu la prima ad avvicinarsi, aveva in mano un mazzo di fiori. Poi fu il turno di Leo, che porse a Flavia un altro mazzo, fatto interamente di verdure. Aveva scelto personalmente i cavolfiori al mercato. "Questo è quello che ti aspetta," le sussurrò all'orecchio. Michiko rideva tra le lacrime.

Ricordo tutto di quel giorno. Ci sono momenti in cui mi chiedo se non sia proprio questo il problema. Inizi imparando a memoria una stupida poesia e finisci per non scordare più niente. Feste, funerali, silenzi, parole e persone che t'hanno deluso.

La torta avanzata era ancora sul tavolo quando Damiano entrò in cucina. Saprei descrivere con precisione il modo in cui tremava la bambina biondissima appena lo vide e il suono della voce di lui, mentre chiedeva: "T'è piaciuto il dolce?". Bernard prese quella creatura emozionata e la posò sulle ginocchia di Michiko. Greta arrivò puntuale ad abbracciare

Scar, un secondo prima che il resto del mondo scoprisse che piangeva.

Era tutto perfetto a Casa Retrouvailles.

Mi venne voglia d'andar via.

Il vociare indistinto di persone felici arrivava anche al piano di sopra. Chiusi la porta della camera. E poi lo vidi.

Al centro della scrivania, posato sopra una vecchia cartolina, c'era un pacchetto, avvolto in un panno color carta da zucchero.

Il biglietto diceva: "*Di solito è un posto tranquillo. Un pensiero per scusarmi del disturbo. BR*". Dentro c'era un orologio col cinturino dorato. Le lancette giravano. Lo misi al polso libero e rimasi per un attimo a fissarlo, poi feci lo stesso con l'orologio di Berta.

Decisi di tenerli entrambi.

A quel punto mi ricordai della cartolina. La sollevai, curioso di capire da che posto venisse, ma indovinare era impossibile.

L'immagine non era concepita per mostrare al destinatario il luogo di spedizione. C'erano solo due persone abbracciate. E io le conoscevo entrambe. Quella non era una cartolina, ma una foto. La foto che m'avrebbe cambiato la vita.

La studiai a lungo. Alla fine decisi di infilarmela in tasca.

Era pomeriggio inoltrato quando chiusi piano il portone, attento a non farmi sentire. Iniziai a camminare, fissando il marciapiede, come se tra le erbacce e le sigarette spente ci fosse qualcosa d'interessante.

Prima di girare l'angolo, mi voltai.

Ho preso l'immagine di Casa Retrouvailles e l'ho messa davanti a una crepa profonda, per farla sparire. Sotto ho scritto, sbarrata, una parola che credevo incancellabile.

Diverso: dal latino *diversus*, participio passato del verbo *divertere*. Volto in altra direzione, lontano, che si scosta per natura.

Ripresi a camminare, all'orizzonte riposava il Colosseo. Notai un uomo, poco lontano, che costringeva i passanti a cambiare percorso. Aveva i capelli bianchi e si muoveva, con la sua carrozzina elettrica, esattamente al centro del marciapiede. Con una mano agitava un bastone da passeggio. Pensai che fosse strano un bastone come quello, in mano a un vecchio che non poteva camminare. Lentamente mi veniva incontro, con i suoi tubi per l'ossigeno.

Teneva gli occhi chiusi.

Non l'avevo notata, perché era dello stesso colore del maglione, ma lì, sulle ginocchia, l'uomo aveva una radio portatile. Il volume era basso. Suonava una musica bella, come non se ne sentivano più. Solo passandogli vicino uno poteva capire che il movimento del bastone era studiato, che il vecchio fendeva l'aria con metodo. Scandiva il tempo, come un grande direttore d'orchestra che cerca l'armonia di musicisti inesistenti.

Teneva il ritmo della sua solitudine.

Prima lo capisci e meglio è, pensavo scendendo dal marciapiede, per non farmi colpire dal bastone. C'è gente che nasce e ha scritto nel sangue che deve rimanere sola, semplicemente non combacia con niente, come il pezzo di un puzzle finito nella scatola sbagliata. C'è chi se ne accorge prima, chi dopo, e chi invece fa finta di niente. Sei libero di passare la vita a pensare che sia colpa degli altri, che lei non era la ragazza giusta, che in fondo se un amico t'ha deluso, non era un amico vero. Accomodati, e buona fortuna.

Ci vuole coraggio ad accettare il destino, solo i cuori forti smettono di soffrire e tornano a battere regolari. E con l'anima in pace si potrebbe pensare di invitarla a ballare, la vecchia solitudine, di tenerla abbracciata e muoversi con lei, al ritmo di una musica bella, come non se ne sentivano più. Magari, vedendoci in pista, qualcun altro troverà il coraggio e verrà vicino a noi, a chiederci la mano della dama giusto il tempo di un lento. Poco dopo ne arriverà un altro, e un altro ancora, fino a riempire la sala di pezzi di puzzle sbagliati, di tante piccole solitudini che non s'erano mai rese conto, così perse com'erano, di far parte di qualcosa.

Poi, d'improvviso, mi ricordai di avere un asso nella manica, una nuova arma segreta per combattere la vita.

Quel giorno, una dopo l'altra, iniziai a ricordare le facce. Vidi il viso di Leo la prima volta che mi venne a bussare, la faccia di Greta sdraiata per terra, tra la polvere e le braccia di Damiano. C'era il volto di Chiara quando l'avevo fatta ridere, quello di Bernard la sera in cui sbocciò la Silene. Vidi la faccia di Amina davanti al ragazzino. L'espressione di Damiano che dà i giornali a Natale. Il viso di Michiko all'alba, che incontra gli occhi di Scar. Quando il mostro che vive sotto al letto si sveglia e t'afferra un piede, quando il fantasma che avevi chiuso fuori rientra per tirati le coperte, quando pensi che niente andrà bene, ti salvano le facce.

Ti salva la felicità degli altri.

Che errore avevo fatto, nel pensare a un legame come a una sventura. Come ci prendiamo cura della vita, perché è un'anomalia che spezza il nulla della morte, così dovremmo fare con un'altra rarità, con la famiglia, la piccola eccezione di un mondo in cui il dolore di star soli è la regola.

Ma non era solo questo di cui m'ero reso conto, vivendo a Casa Retrouvailles. C'era anche una seconda evidenza, legata alla prima: per sigillare un rapporto non serve condividere il sangue.

Misi una mano in tasca e la trovai. Nonostante avesse retto al peso degli anni, la vecchia foto cominciava a mostrare le prime crepe. Berta e Michiko se ne stavano abbracciate.

I volti non erano più così nitidi, ma sorridevano. Faceva strano pensare che fossero state giovani insieme. Dietro la foto, qualcuno aveva scritto a penna:

"*Tu che conosci la storia di Gabriel, fa sì che non si perda. Se è vero che la verità è una fiamma, saprai tenerla accesa? Insegnagli a sedere accanto al fuoco, senza lasciare che si bruci.*

Tua,

Berta".

Abbassai il braccio al rallentatore, mettendoci tutto l'impegno del mondo. Mi rifugiai nella lentezza, ma stupito m'accorsi di non sentirne il bisogno. Eccolo, il piccolo immane progresso in cui non avevo fede. La fine del trucco del bradipo.

Mi ricordai perché, tra tante opzioni, avessi sempre scelto l'immobilità per sfuggire al passato e alla voglia di raccontare di Berta. L'attrazione per quel piccolo mammifero non era nata per questioni di velocità, a unirci era stato dell'altro, una peculiarità che ci rendeva simili. Nella vita di un cucciolo di bradipo non è contemplata la figura del padre.

Dopo l'accoppiamento il maschio si allontana, lasciando sola la femmina a prendersi cura del piccolo, che vivrà abbracciato a lei. Poi, passato qualche mese, anche la madre l'abbandona, donando al cucciolo la sua casa, l'albero dove è nato.

Mio padre se n'era andato via addirittura prima che nascessi. Sapevo anche che mamma, poco dopo, invece di spostarsi qualche albero più in là, aveva optato per un viaggio più lungo, uno di quelli che portano in alto e da cui non c'è ritorno.

Per me era sempre stato abbastanza.

Ora però stava cambiando qualcosa. Non ero ancora pronto al fuoco, ma il giorno in cui lo sarei stato avrei bussato a una porta a vetri e, sedendo davanti a un tè, avrei visto finalmente coi miei occhi lo sfavillante bagliore della verità.

Riconsegnai la foto al buio della tasca, passando le dita accanto al vetro dell'unica boccetta che non avevo scelto. Quella della quarta imbottitura, ricevuta insieme a *Pomeriggio d'estate* nell'ultima visita al monolocale. Era lì, tiepida, con dentro il suo profumo. Tirai fuori il regalo di Bernard e lessi ancora una volta l'etichetta, che conoscevo a memoria: *Nuovo inizio*.

Tolsi il tappo, ma lasciai che il vento portasse via l'odore. Poi decisi di aprire le mani come fossero ali, come Claudio quella sera sul motorino, ed iniziai ad andare. Correvo, con la boccetta aperta in mano, e non pensavo a niente. Quando mi fermai e rimisi il sughero al suo posto, avevo catturato il mio primo profumo.

Lanciai un'occhiata in giro.

Speravo che nessuno m'avesse visto.

Mentre cercavo di riprendere fiato, sentii una vibrazione all'altezza della gamba. Tirai fuori il telefono. Il messaggio era di Chiara: "*Che fine hai fatto? Ti va una granita tra mezz'ora?*".

Ancor prima di risponderle, ero già sulla strada di Casa Retrouvailles. Perché mi aveva scritto? Avrei frainteso di nuovo? Arriva mai il giorno in cui smettiamo di farci domande e troviamo finalmente le risposte? Arriva, dicono, è solo questione di tempo.

Fermo davanti al portone, alzai il polso con l'orologio nuovo per capire se fossi in ritardo.

Le lancette non giravano più.

Ho letto da qualche parte che il tempo non esiste. È una cosa che abbiamo inventato noi uomini, per cercare di organizzarci.

Nota dell'autore

Ce l'avete, voi, un giorno preferito? Io sì. O meglio, ce l'avevo. Quand'ero bambino, diciamo per tutta la durata delle scuole elementari, era il giovedì. L'unico giorno in cui si usciva da scuola alle 16.00.

Ogni giovedì, all'ora di pranzo, scendevo a mensa insieme agli altri bambini e prendevo posto a tavola, il più lontano possibile dalla maestra. Era una condizione indispensabile per la mia felicità, se non l'avessi rispettata giovedì non sarebbe stato giovedì. Perché?

La spiegazione è semplice. Per la maestra non provavo un'antipatia particolare, ma s'era messa in testa che io dovessi fare, lì a mensa, una cosa che non avevo alcuna intenzione di fare: mangiare. Durante il pranzo, infatti, la mia principale occupazione era raccontare storie ai compagni. Ecco perché amavo il giovedì.

Poi le scuole elementari finirono, e finì anche l'attesa del mio giorno preferito. Alle medie, alle superiori, all'università, non raccontavo più niente a nessuno. In compenso, cresceva la mia voglia di ascoltare.

Ne ho sentite di storie, nei trent'anni che ho impiegato prima di scrivere un romanzo. Ho divorato leggende di paesi lontani – come quella sull'origine del manto della zebra, da cui nasce una delle favole di Kojo –, TED talk, articoli di giornale. Ho sfogliato riviste scientifiche, enciclopedie, dizionari. Ho appuntato aneddoti trovati nell'ultimo posto in cui me li aspettavo.

Se ho scritto questo libro devo dire grazie alla curiosità, ma anche ai romanzi e ai racconti che ho letto, alle giornate passate in silenzio, alla solitudine di Gabriel. E alla voglia di raccontare per il gusto di farlo, come farebbe un ragazzino a mensa, uno talmente preso dalla storia che ha in testa da scordarsi persino di mangiare.

Ringraziamenti

Domo.
Arigato gozaimashita.
Otsukaresama.

Per ogni situazione, e a seconda del grado di formalità, i giapponesi usano parole diverse per ringraziare. Potrei elencarle tutte, e aggiungere anche le rispettive combinazioni, ma forse non sarebbe abbastanza. Va al di là delle parole la mia riconoscenza verso chi ha contribuito a dare vita a questo libro. Mi affido allora al termine più semplice, quello che usiamo in italiano a volte senza pensare, ma che nasconde invece un mare di significati. Dico *grazie* a:

Lorenza Ventrone
Laura Cerutti
Carmen Prestia
Carlo Buga
Gianluca Foglia
Alessandra Maffiolini
Valentina Viglione
Luca Fiore
La mia famiglia

Grazie anche a tutti quelli che senza volerlo m'hanno dato ispirazione, che sono finiti in questo libro perché sono personaggi da romanzo, anche se loro non lo sanno.

Indice

9 Scappare dal dolore
15 Casa Retrouvailles
23 Tra i fiori il ciliegio
31 *Spunta singola*
32 Occhi buoni
38 Note inconciliabili
45 La cattedrale
52 *Ancora vivo*
55 Cani randagi
61 Fiori d'arancio e caffè
66 Esplosione silenziosa
71 *Spunta singola*
72 Piume e serpenti
76 Evaporare
84 *Il dolce e l'amaro*
86 Bias di conferma
93 La settimana di Natale
99 *Spunta singola*

100 Karesansui
106 Lord Byron
112 Infinito
119 Koi
127 Ripiegare
133 Cinque candele
141 *Cristallo*
144 Speranza
151 Attaccamento
157 T.A.S.
163 Lucertole e uragani
170 Montagne russe
175 Fragole selvatiche
181 Italia ’90
187 Voragine
193 Luce spenta
201 Bocca cucita
207 Amina
215 Scatola di luce
221 Secretum
226 *Spunta singola*
227 Silene noctiflora
234 *Colpevole*
237 Città del ricordo
244 Latte e biscotti
251 *Alla prossima vita*

255 Il miracolo
261 Ritrovarsi
268 Tramonto sul mare
274 Questione di tempo

281 *Nota dell'autore*
283 *Ringraziamenti*